El secreto del espejo

1.ª edición: septiembre 2016
9.ª reimpresión: noviembre 2025

© Del texto: Ana Alcolea, 2016
© De las ilustraciones: David Guirao, 2016
© De esta edición: Grupo Anaya, S. A., 2016, 2025
Valentín Beato, 21. 28037 Madrid
www.anayainfantilyjuvenil.com

ISBN: 978-84-698-0883-2
Depósito legal: M-26503-2016
Impreso en España - Printed in Spain

Las normas ortográficas seguidas son las establecidas por
la Real Academia Española en la *Ortografía de la lengua española,*
publicada en el año 2010.

*Reservados todos los derechos. El contenido de esta obra está protegido
por la Ley, que establece penas de prisión y/o multas, además de las
correspondientes indemnizaciones por daños y perjuicios, para quienes
reprodujeren, plagiaren, distribuyeren o comunicaren públicamente,
en todo o en parte, una obra literaria, artística o científica,
o su transformación, interpretación o ejecución artística fijada
en cualquier tipo de soporte o comunicada a través de cualquier
medio, sin la preceptiva autorización.*

Ana Alcolea

El secreto del espejo

A la memoria de mi padre.

Corría entre los árboles. Sabía que no podía parar si quería salvar la vida. Su pecho subía y bajaba al ritmo de su respiración, que se iba haciendo cada vez más rápida y sonora. Yilda nunca había escuchado el sonido del aire cuando entraba y salía mecánicamente de su cuerpo. Pero ahora lo oía y le arañaba las entrañas. Nunca había sentido tanto miedo ni tanta necesidad de salir de un lugar. Miraba de vez en cuando hacia atrás para ver si sus perseguidores le seguían el rastro. Tropezó con una liana que se le enredó en el pie derecho. Se cayó y se quedó tendida unos segundos. Los latidos de su corazón no le dejaban percibir los sonidos del bosque. Hacía rato que había anochecido y solo la luz del astro plateado iluminaba su camino. La luna, a la que se encomendaba cada noche al acostarse. La diosa, que a veces estaba y a veces no. La luz protectora, que a veces se escondía cuando más la necesitaba, pero que esta vez guiaba sus pasos. Los suyos y los de sus perseguidores. Abrió la bolsa de cuero en la que había metido sus cosas, y comprobó que no se le había perdido nada. Allí estaba el viejo collar de conchas que le había hecho su abuela cuando era pequeña, el espejo en el que un día había descubierto su propio rostro, un saquito con algunas de las hierbas medicinales que ayudaba a recoger durante su cautiverio, varios frascos con piedras que había aprendido a utilizar para curar los males y el puñal que había cogido del baúl de uno de sus perseguidores. Respiró lo más profundamente que pudo, miró de nuevo hacia atrás. Se quedó quieta e intentó escuchar pasos en la oscuridad. Nada. Tal vez los había conseguido esquivar. No obstante, siguió corriendo. Era lo que debía hacer. Correr. Correr. Correr hasta llegar a algún sitio donde nadie la conociera. Donde nadie supiera quién era. Correr hasta un lugar donde pudiera sentirse segura. Si es que existía ese lugar. Yilda corría y lloraba al mismo tiempo. Parte de su energía se escapaba por sus lágrimas, pero no podía dejar de llorar. Se sentía tan sola que no imaginaba que alguien se pudiera sentir más sola que ella. Más triste que ella. Más desesperada que ella.

Las ramas secas caídas de los árboles crujían bajo sus pies. Las tiras de cuero de sus sandalias empezaban a clavársele en los empeines y en los dedos. Uno de ellos le había empezado a sangrar. Le dolía, pero no se podía detener para curarse. Debía aprovechar la noche para alejarse lo más posible de la gruta en la que había vivido durante años, y de la que había conseguido escapar para huir de la muerte segura que la aguardaba al día siguiente. La luna era su aliada, como había sido siempre, pero también iluminaba a los hombres que la perseguían. Cerró los ojos y recordó cada minuto del día anterior. Recordó el rostro reflejado en el espejo y la voz que le había pedido que huyera. Recordó lo que había escuchado desde el otro lado de la puerta que nunca debía abrir. Yilda había oído solo unas cuantas palabras. Pero a veces unas pocas palabras pueden decir muchas cosas. Y las palabras «sacrificio», «luna», «Yilda» «conocimientos secretos», «debe morir», «mañana», lo significaban todo. Significaban la muerte. La suya. Entrar en el camino oscuro que conduce a la nada. Abrió los ojos y comprobó que la senda que creaba su menudo cuerpo en el bosque era un camino oscuro que debía de parecerse al de la muerte. Este pensamiento hizo que su corazón volviera a palpitar más y más deprisa, y que su respiración se fuera ahogando entre las grietas que el aire le provocaba en la boca y en los pulmones. Le pareció que la luna se acercaba hasta ella, y que el suelo se alejaba más y más de sus pies. Sus ojos se cerraron y cayó entre la hojarasca, que la acogió y la cubrió como si arropara a un recién nacido. Soñó que un rayo de plata iluminaba los árboles que había a su derecha y que todo lo demás quedaba oscurecido por las sombras. Soñó que los hombres de la cueva pasaban a su lado y no la veían. Soñó que tenía sed y que alguien que llevaba ropas azules le daba de beber. Soñó que tenía hambre y que alguien le daba de comer. Soñó que las nubes tapaban la luna y que empezaba a llover. Soñó con voces que se alejaban más y más. Voces que decían: «la hemos perdido para siempre», «el bosque la ha engullido», «nunca podrá salir de aquí», «nuestros saberes secretos están a salvo». Soñó que ella sonreía al escuchar esas palabras porque seguía viva, escondida y protegida por las hojas del bosque y por la luna, que se había marchado para que ninguna luz nocturna delatara su presencia.

Cuando despertó, su vestido y su manto estaban húmedos. Había llovido. Se levantó y vio que la noche estaba a punto de desaparecer. Un resplandor en el cielo cubierto de nubes le decía que el sol se acercaba y con él, el día. Debía darse prisa para encontrar un escondite en el que refugiarse durante las horas de luz. Y también tenía que hallar comida y agua. La lluvia había creado varios charcos. Se agachó y bebió un agua que tenía el sabor de la tierra. Reconoció dos plantas cuyas raíces se podían comer. De los hombres de la cueva había aprendido mucho. Demasiado, según ellos, tanto que la querían matar por esa razón. Había aprendido a conocer las propiedades de las hierbas que crecen en el bosque. Sabía cuáles se podían comer y cuáles eran venenosas. También sabía cuáles podían curar e incluso las que podían enamorar. Se quitó la sandalia derecha y vio que la herida del dedo le sangraba. Cogió una hoja alargada de un arbusto y rodeó el dedo con ella. Se colocó la sandalia de nuevo, miró a su alrededor. No había nadie. Volvió a mirar al cielo. La luz empezaba a alumbrar las copas de los árboles. Tenía que encontrar un refugio, pero ¿dónde? El bosque era un laberinto sin caminos. No llevaba a ningún lado. Al menos ella no sabía dónde estaba la salida, si es que había una salida. Llevaba más de siete años en lo más recóndito de la floresta, y los hombres sabios apenas la dejaban salir de la cueva para ayudarles a recoger las plantas y los animales con los que investigaban. Las pocas veces que había salido era de día, pero ahora la noche lo escondía casi todo. Tenía apenas siete años cuando la llevaron allí desde su aldea. Y las noches en las que la luna se asomaba desde el balcón del cielo, hablaba con su madre, a la que imaginaba sentada junto a la diosa celeste, vigilando sus sueños. Era entonces cuando Yilda se daba cuenta de que aún tenía la capacidad de sonreír. Aunque su sonrisa no la viera nadie.

Ni siquiera la diosa.

Carlos saboreaba muy despacio el helado de frutas rojas del bosque. Observaba a Elena, que estaba en la mesa de al lado y que le sonreía cada vez que sus miradas se encontraban. A Carlos le gustaba pensar que respiraban el mismo oxígeno y que los iluminaban las mismas lámparas. Y que Elena comía el helado con la misma parsimonia que él. A Carlos le habría gustado estar sentado en la misma mesa que ella, pero el protocolo era el protocolo, le había dicho su madre. Él era el nieto del novio y tenía que estar en la mesa presidencial, con su abuelo, con sus tíos, con sus primos, con su madre y con Paquita.

Paquita era la novia. Una señora de setenta y cuatro años a la que su abuelo Nicolás había conocido en Benidorm unos meses antes. Habían decidido casarse y habían celebrado una boda con tarta, flores y tarjetas blancas de ribete dorado. Y con helado de frutas del bosque, que era el favorito de Paquita. Habían invitado a todos los amigos de los contrayentes que aún estaban vivos, que solo eran tres por cada lado. Y a la familia más cercana de ambos, que eran siete. Y a varios vecinos y a algún amigo de los hijos y de los nietos, para que la fiesta no quedara deslucida. Como Elena y sus padres, a los que Carlos había insistido en invitar a pesar de que a Marga, su madre, no le apetecía que hubiera como testigos de aquella boda personas a las que apenas conocía. Gente, según Marga, que sale en las fotos, que luego deja de formar parte del círculo familiar, y a quienes tienes que ver todos los días con un perifollo en el pelo o con una corbata imposible e invariablemente con una sonrisa artificial y absurda lanzada a la cámara de un fotógrafo, que es otro desconocido y que además te ha cobrado un dineral. Por eso Marga le había solicitado a su hijo que Elena se colocara para las fotografías en una esquina. No le había dicho el porqué, pero lo había hecho para poder recortarla a mano o con el Photoshop. Así no se notarían mucho los retoques que, estaba segura, tendría que hacer más pronto que tarde. Porque aunque a

Marga le caía muy bien Elena, estaba convencida de que Carlos y ella no durarían mucho juntos.

Elena sacó un espejito del bolso y se miró los labios, en los que quedaba un rastro blanco de helado y del merengue que lo rodeaba. Se quitó los restos, sacó la barra de brillo y a Carlos le pareció que su boca emitía un fulgor más iluminador que las lámparas halógenas del techo. Y más luminoso que todas las estrellas que salpicaban la bóveda celeste. La de verdad y la de su habitación, que tenía decorada con estrellas de papel fluorescente, y que miraba cada noche antes de cerrar los ojos y de pensar en Elena. Afortunadamente, ella no podía leerle sus pensamientos, le habría considerado un cursi.

Paquita, la novia, se acercó a Carlos y le dio un beso en la frente y le pellizcó el moflete derecho. Carlos odiaba que le dieran besos en la frente y que le pellizcaran los mofletes. No obstante, le sonrió a Paquita, que se acababa de casar con su abuelo Nicolás y que era una señora amable a la que le gustaban las artes marciales, especialmente el judo, como a él.

—A partir de ahora me podrás llamar abuela.

A Carlos le sorprendió la frase y no contestó. Se limitó a sonreír y a meterse en la boca otra cucharada de helado. Marga estaba a su lado y no dijo nada. Apuñaló con su cuchara la bola helada y roja, y sintió el frío con sabor a frambuesa en las muelas. Pensó que debería ir al dentista pero no dijo nada. No era el momento de hablar del dentista. Ni de que Paquita le sugiriera a su hijo que la llamara abuela.

—Y nada me haría más feliz que el hecho de que tú, querida Marga, me llamaras mamá.

Marga notó que el frío del helado le atravesaba las muelas y le llegaba hasta el rincón del cerebro en el que se alojaban los recuerdos que guardaba de su propia madre.

—Me temo que eso no va a ser posible. No te ofendas, querida Paquita, pero ya tuve una madre. Y esa palabra no la voy a usar con nadie más. Y Carlos nunca ha llamado «abuela» a nadie, así que creo que tampoco va a empezar ahora.

Los ojos de Paquita se humedecieron ligeramente. Nunca había tenido hijos y había pensado que su boda le aportaría el cariño de una hija. Sin duda se había equivocado.

—Bueno, no pasa nada —mintió, porque sí que pasaba algo.

Pasaba que tenía ganas de ir al cuarto de baño y de echarse a llorar. Pero tampoco era cuestión de hacerlo; más que nada porque no quería contarle a Nicolás su metedura de pata, y porque se le iba a estropear el maquillaje por el que había pagado ciento veinte euros en una peluquería del centro. Se conformó con volver a sentarse en su sitio y terminarse el helado, que ya se había derretido.

Marga no dijo nada más al respecto. Oyó el sonido de un wasap. Sacó discretamente el teléfono del bolso y lo miró. Era Federico, su exmarido, que le preguntaba por la boda. Contestó con un escueto «Bien» y guardó el móvil donde estaba. Carlos le dedicó una mirada recriminatoria y un gesto de boca torcida con el que quería decir: «Mamá, me has dicho que no mire el móvil mientras estamos en la mesa, y vas tú y lo sacas».

—Era tu padre —se justificó Marga.

—¿Y qué dice?

—Pregunta por la boda.

—¿Y qué le has dicho?

—Que bien.

—¿A esto le llamas tú «bien»?

Carlos señaló con la cabeza a su abuelo y a Paquita, que se acababan de levantar y se encaminaban al centro del salón. A él la pareja de los recién casados le parecía patética, pero en ningún momento se había atrevido a decir nada al respecto. Tenía muy claro que las decisiones de su abuelo no eran cosa suya. Nunca había asistido a la boda de personas de esa edad y le parecía raro.

Al principio, Carlos se había mostrado reticente ante la noticia del matrimonio. Estaba acostumbrado a tener a su abuelo para él. Lo compartía con sus primos, pero ellos vivían en Barcelona y no los veía mucho. A partir de la entrada en su vida de Paquita, las cosas habían empezado a ser diferentes, y don Nicolás ya no estaba siempre que se le requería. Elena le había dicho que su abuelo tenía derecho a rehacer su vida con Paquita, a vivir sus últimos años con alguien que le hiciera más o menos feliz, y que llenara sus horas vacías. Hasta entonces, Carlos no se había planteado que la soledad de los ancianos tiene muchos ratos en los que no pasa nada. Como él estaba siempre ocupado, estudiando, entrenando, saliendo con sus amigos, o con Elena, no se podía imaginar que el tiempo terminaba transformándolo todo. También las actividades, los intereses, los sentimientos, y la propia percepción de las horas.

Paquita y Nicolás acababan de tomar posición de manos, cinturas y cabezas para emprender el vals, que empezaba a sonar. Las luces se atenuaron, las voces de los invitados se callaron, y todos aplaudieron a los novios.

—Sé que estás pensando que tu abuelo y Paquita forman una pareja peculiar. No lo digas —le ordenó su madre.

—Yo no he abierto la boca. Pero, hablando de parejas peculiares, me parece, mamá, que tú no tienes mucho que decir. —Ante la mirada furibunda de su madre, Carlos se encogió de hombros, y señaló a los bailarines con la cabeza.

—¿Por qué no bailáis Elena y tú? —le preguntó Marga a Carlos.

—¿Bailar? No, no, mamá. Yo no he bailado nunca.

Elena se levantó y se acercó a la mesa. Era bailarina y en cuanto sonaban dos compases, su cuerpo se ponía en tensión, sus pies se colocaban de puntillas y sus manos se estiraban.

—¿Te apetece bailar, Carlos?

—Sí, claro. Por supuesto. —Ante la respuesta de su hijo, Marga abrió la boca y enarcó las cejas, pero no dijo nada—. Pero no sé cómo hacerlo.

—Solo tienes que dejarte llevar. Por la música y por mí.

Marga tuvo que contenerse para no echarse a reír. Su teléfono volvió a sonar, esta vez con una llamada. De nuevo era Federico. Le dijo que la echaba de menos y que llegaría a la ciudad cuatro días después. Que lo habían vuelto a contratar en el museo para trabajar sobre los hallazgos arqueológicos de una villa romana a las afueras, así que de nuevo serían compañeros. Eso significaba que volvería a tenerlo cerca, lo que la sacaba de quicio porque Federico era un culo de mal asiento y descolocaba y descentraba su vida más de lo que ella deseaba. La parte positiva era que así Carlos tenía cerca a su padre, y eso siempre estaba bien.

—¿Vas a trabajar en los objetos de la villa romana? Yo también. Me lo comunicó ayer la directora.

—¡Estupendo! —exclamó Federico al otro lado del teléfono—. Parece que han aparecido un par de cosas que no deberían estar allí.

—¿Qué quieres decir?

—Pues lo que he dicho. Que entre los restos de la villa hay un par de objetos que no acaban de corresponder con la época de los demás, según parece. Habrá que investigar. Formamos un buen equipo, Marga.

—Vale. Te veo cuando vengas. Ahora tengo que dejarte. Apenas te oigo. Papá y Paquita están bailando un vals. Y Carlos baila con Elena. Solo faltamos tú y yo.

—Nunca te ha gustado bailar —le contestó Federico.

—Es que tú nunca has sabido bailar conmigo. No eres muy musical. Siempre has tenido orejas en vez de oído.

—Gracias por tu amable comentario.

—Es la verdad. Y ahora basta. Nos vemos.

Marga colgó el teléfono, apoyó los codos en la mesa y observó a los bailarines. El contraste de las dos parejas le hizo pensar en lo cruel que es el tiempo. Los movimientos gráciles y estilizados de Elena provocaban que Carlos se deslizara por la pista con cierta gracia. Una ligereza que contrastaba con la lentitud y pesadez de los pasos de su padre y de Paquita. El pelo negro de Carlos, la cabeza blanca de su abuelo. Las arrugas pintadas de Paquita, la cara lavada de Elena. El rojo desigual de los labios de la novia, el brillo de la sonrisa de Elena. Y ella, Marga, sola, sentada en la mesa de unos novios que le provocaban un nudo en el estómago, a pesar de que ella había animado a su padre a casarse con aquella viuda que había conocido en un viaje del Imserso en Benidorm. Aquella viuda, Paquita, que le había sugerido minutos antes que la llamara «mamá». No. Hacía años que no usaba esa palabra y no pensaba volver a hacerlo. Nunca.

Al día siguiente era domingo y Carlos se quedó remoloneando en la cama un buen rato después de despertarse. Le había mandado un par de wasaps a Elena pero no estaba conectada todavía. Cogió un libro y se puso a leer. Le gustaba leer un ratito antes de dormirse y antes de levantarse. Le parecía que así veía el despertar del día a través de los ojos de los personajes. Así, le parecía que todo, incluida su vida y las de los demás, era más relativo y menos trascendental.

Marga se levantó temprano y con dolor de cabeza después de la boda de su padre con Paquita. Comprobó que su hijo aún seguía en su habitación y entró en el cuarto de baño. Se miró en el espejo. Acercó su cara para ver mejor las arrugas que estaba segura le habrían salido durante la cena en el restaurante. Debajo de los ojos, unas líneas de expresión bordeaban las pestañas inferiores. Estaba segura de que el día anterior por la mañana no estaban allí, y de que se las habían provocado los comentarios de Paquita. Pensó que tenía que comprar uno de esos espejos que hay en los probadores de El Corte Inglés, en los que ni salen michelines ni arrugas. Se acordó del espejo de uno de los últimos hoteles en los que había estado en A Coruña. En él se veía más joven y más guapa que en ningún otro espejo de los que había probado. De hecho, le había preguntado al recepcionista que dónde lo habían comprado, pero el chico no tenía ni idea, y Marga se había quedado con las ganas de despegar el espejo de la pared y de llevárselo a su casa.

Sacó un CD y lo puso bajito en el aparato de música de la cocina mientras se preparaba el desayuno. Cerró la puerta para no despertar a Carlos. Cerró los ojos mientras escuchaba una canción que decía «you are the world for me» y pensó en que le habría gustado que algún día Federico le hubiera dicho algo parecido aunque no fuera verdad. También pensó que no estaría mal que el guapo tenor alemán que cantaba tan bien se lo dijera directamente a ella al oído, en lugar de decírselo a través de micrófonos, de altavoces y de un sistema magnético que no entendía.

—Cuánto has madrugado, mamá.

—Buenos días, Carlitos. ¿Te he despertado?

—No, mamá, ya llevo un rato despierto, pero no me llames Carlitos. Que ya soy mayor.

—Todos tenemos una edad. Algunos demasiada.

—¿Lo dices por la boda del abuelo?

—No. Lo digo por mí misma. Es como si de repente me viera vieja —le confesó Marga a su hijo, en una frase que nunca había pensado que pronunciaría ante él.

—Estás muy guapa y muy joven, mamá. —Carlos le dio un beso en la mejilla a su madre, que sonrió levemente y le removió el pelo hasta dejarlo completamente desordenado—. Eso dice Elena.

—Ya —respondió lacónica Marga, que se sentía en medio de la nada, entre Paquita y Elena—. ¿Lo pasasteis bien bailando el vals?

—Fue genial, sí. No me imaginaba yo que fuera capaz de bailar. Era fácil con ella, me iba llevando todo el tiempo con los brazos y con los pies.

—Yo creo que te llevaba con los ojos, porque no dejabais de miraros mientras bailabais. Elena es muy maja.

—Sí —contestó Carlos, que no quería hablar con su madre sobre Elena. Si seguían con la conversación, acabaría preguntándole si ya se habían besado y esas cosas, y Carlos no tenía ninguna intención de hablar de eso con su madre.

Abrió la nevera y sacó dos naranjas y el bote de mermelada. Exprimió la fruta. Cortó dos rebanadas de pan, en una se puso aceite y miel, y en la otra una cucharada de mermelada de melocotón con ciruela. Justo igual que había hecho su madre. Llenó la taza de leche fresca y se bebió la mitad de un trago, como hacía desde que era pequeño.

—Ayer llamó tu padre mientras bailabas con Elena.

—¿Y qué dijo? —preguntó el muchacho mientras masticaba un trozo de pan.

—No hables mientras comes. Mira que te lo tengo dicho.

—¿Que qué dijo papá? ¿Va a venir pronto?

—Esta semana —afirmó Marga con una sonrisa de oreja a oreja, que correspondía a la alegría que su hijo se iba a llevar con la noticia mucho más que a la suya propia.

—¡Bien!

—Vamos a trabajar juntos de nuevo en una investigación. Una villa romana a las afueras de la ciudad. Parece que han aparecido un montón de objetos interesantes, algunos de ellos un tanto extraños.

—¿Cómo que «extraños»?

—No lo sé exactamente. Eso fue lo que dijo tu padre. Cosas que no deberían estar donde han aparecido. Supongo que mañana sabré algo más. O al menos espero que mi jefa me lo cuente antes de que llegue tu padre de Italia.

—Me mandó un wasap ayer desde Sicilia, desde ese sitio en el que hay mosaicos romanos con chicas en biquini.

—Desde Piazza Armerina, sí. Pero no son exactamente chicas en biquini.

—Pues lo parecen. Mira la foto que me mandó.

Efectivamente, en la foto, tres jóvenes muchachas vestidas con lo que parecía un biquini estaban representadas en un mosaico que tenía más de dos mil años.

—¿Así que te manda esas fotos en vez de otras más, digamos, más interesantes culturalmente?

—A mí estas me parecen muy interesantes culturalmente, mamá. Demuestran que el biquini no se inventó en los años sesenta para tomar el sol en las playas del Mediterráneo, sino que ya los romanos, mejor dicho, las romanas, los utilizaban.

—Tu padre lleva una semana revisando unas restauraciones —explicó Marga mientras se servía un té e intentaba desviar el tema acerca de las chicas en dos piezas de los viejos mosaicos—. ¿Y qué te decía? Tu padre suele ser muy breve en sus mensajes.

—Decía que nos íbamos a ver muy pronto, y que traería limones de Sicilia.

—¿Limones? —Marga enarcó las cejas, sorprendida.

—Sí, eso dijo. No sé más. Supongo que los traerá en la maleta.

—Limones —repitió Marga a la vez que se sentaba para beberse el té—. En la maleta. Desde Sicilia.

Carlos se fue al baño y Marga se quedó sola en la cocina, pensando en por qué se había enamorado diecisiete años atrás de un hombre que se dedicaba a buscar estatuillas en el desierto, a mandarle a su hijo fotos de chicas en paños menores, aunque tuvieran dos mil años, y a traer limones sicilianos en las maletas.

Yilda oyó que los lobos aullaban al sol que se asomaba entre los árboles. Siempre le habían dado miedo los lobos. En la aldea se decía que se llevaban a los niños recién nacidos, que les chupaban toda la sangre y que los devolvían blancos y fríos a sus padres. Cuando su abuela le contaba aquellas cosas, a Yilda le daban unos escalofríos que solo desaparecían cuando se metía en la cama y conseguía dormirse y soñar con la madre a quien no conoció porque había muerto al nacer ella. La necesidad de encontrar un escondrijo antes de que el día alumbrara el bosque la hizo emprender la marcha. Los aullidos rebotaban en los troncos y Yilda se sentía rodeaba por aquellos animales de emponzoñados colmillos. Respiró profundamente y empezó a correr de nuevo. Al cabo de unos minutos se topó con un árbol gigantesco. No era como los robles que adoraban los druidas. Nunca había visto nada parecido. Estaba lleno de lianas y de ramas que penetraban en el interior de la tierra, creando una red a su alrededor. Yilda se asomó a uno de los varios recovecos en que parecía dividirse el tronco y vio que había sitio suficiente para ella. Cortó con el puñal una de las lianas y bebió el agua que se había acumulado dentro. Allí podría pasar el día y tendría agua para sobrevivir y coger fuerzas. Miró a su alrededor y comprobó con una gran sonrisa que crecían castaños que habían tirado sus frutos al suelo. Yilda recogió todas las castañas que pudo, las metió en la bolsa en la que guardaba sus enseres, y se introdujo en el árbol gigante. Al principio le picaba todo el cuerpo. Había arañas, moscas aletargadas y un par de salamandras que pasaban la noche refugiadas allí dentro. A Yilda no le gustaban nada ni las arañas ni las moscas ni las salamandras, pero pensó que eran mejores compañeros que los hombres que querían sacrificarla, y que no dudarían en hacerlo si la encontraban. Así que se arrebujó lo más que pudo, se tapó con hojas y con lianas y decidió que si quería sobrevivir tenía que dormir algunas horas. Comprobó que no había nadie cerca y que nadie podría verla a no ser que se acercara al hueco en el que estaba. Cerró los ojos y apretó el mango del puñal con los dedos. Si alguien se aproximaba hasta ella, no dudaría en clavarle el cuchillo en el corazón.

Yilda se quedó dormida enseguida. La oscuridad que reinaba dentro del tronco engañaba a su cerebro y le hacía creer que todavía era de noche. Cuando vivía en la cueva con los hombres sabios, solo algunos días tenía derecho a mirar fuera de la entrada. Era cuando la luna iluminaba el piélago infinito de las tinieblas. Entonces, los hombres le imploraban a la diosa por sus saberes, por el bien de las gentes de las aldeas, y le pedían que destruyera a los invasores que habían venido desde más allá del mar, desde la poderosa Roma, a conquistarlos y a llevárselos como esclavos para construir sus calzadas y sus murallas en el continente. Cuando Yilda los oía hablar de los enemigos, deseaba con todas sus fuerzas que entraran en la cueva y la sacaran de allí. Al fin y al cabo, ella era una esclava dentro de su propia tierra. Si se la llevaban lejos, al menos vería algo más que una cueva y un bosque. Podría mirarse alguna vez en el espejo y que el espejo le devolviera la imagen de un rostro limpio y de unos ojos alegres.

La despertó el sonido de voces y de cascos de caballos. El corazón de Yilda empezó a palpitar tan fuerte que temió que su sonido pudiera alertar a los dueños de aquellas voces. Se quedó inmóvil y no se atrevió a asomarse entre las hojas. Oyó pasos que se acercaban a su escondite y pensó que estaba perdida. De pronto se dio cuenta de algo: aquellos hombres no hablaban su mismo idioma, al menos no el idioma de los sabios de las cuevas. Era una lengua que entendía bastante bien pero que no era la suya. El sonido de sus pasos tampoco era el que había escuchado cada día desde hacía siete años. No. No eran sus perseguidores. Debían de ser aquellos hombres uniformados que habían conquistado las tierras en las que había nacido toda su familia desde generaciones. Aquellos que venían desde el otro lado del mar. Aquellos romanos de los que sabía lo que contaban los hombres con los que había convivido en el corazón del bosque. Que llevaban corazas de metal y armas poderosas. Que tenían muchos dioses y que no adoraban especialmente ni a la luna ni al sol, sino que tenían un dios para la guerra, otro para las cosechas, otro para dar mensajes, otro para el amor, otro para el trueno, otro para las artes... Cuando Yilda los oía hablar de aquello, le parecía divertido lo de tener un dios para cada cosa. Pensaba que así se les podría estar pidiendo favores a todas horas. Pues todas las horas estaban ocupadas con algo que debía interesar a unos o a otros. Sí, aquellas voces debían corresponder a romanos. ¿Pero qué hacían allí dentro, en el bosque? ¿Qué o a quién buscarían? No a ella, cuya existencia desconocían. Yilda reflexionó acerca de salir de su escondrijo y pedirles que la llevaran hasta su aldea. O mejor aún, hasta alguna de las grandes ciudades que, según decían los druidas, habían fundado en el continente. Pero súbitamente el miedo regresó a su piel. No. Eran hombres y tal vez no fueran tan diferentes de aquellos de los que huía. Se quedó quieta conteniendo el sonido de su respiración para no alertarlos de su presencia dentro del árbol. Oyó el sonido de un chorro como de agua que cayó cerca de donde estaba, y enseguida unos pasos que se alejaban junto a voces y risas.

Solo algunos pájaros habían regresado de pasar el invierno en las tierras cálidas del sur. Sus cantos despertaban a Yilda y la devolvían de nuevo al mundo real, del que salía de vez en cuando vencida por el agotamiento de la noche anterior. El sol fue abandonando la tierra, y el bosque volvió a oscurecerse. Solo entonces Yilda salió del agujero del árbol. Tenía los huesos entumecidos por la posición en la que había pasado casi doce horas, y le dolía el cuello. Lo movió y lo masajeó con la hoja de un arbusto. Recogió más hojas, semillas de enebro y arándanos que crecían alrededor del gran árbol, y emprendió la marcha. Tenía toda la noche para llegar a algún sitio. Lo único que sabía era que debía caminar hacia el lugar desde el que salía el sol. Si no se nublaba, las estrellas le indicarían el camino y llegaría hasta la aldea de la que había salido siete años atrás y a la que muchas veces había pensado que nunca regresaría.

El domingo por la tarde, Carlos quedó con Elena en el centro comercial. A ninguno de los dos les entusiasmaba el lugar, pero habían decidido verse allí porque solo en una de sus salas de cine ponían la película que ambos querían ver.

Era un complejo enorme en el que había tiendas enormes, restaurantes enormes, un lago casi enorme y farolas enormes. Todo era grande y lleno de luces de colores que intentaban poner color en la vida del noventa y nueve por ciento de los que iban hasta allí en un autobús o en su coche. Un color de luces de neón que desaparecía en cuanto volvían a la oscuridad de sus casas y de sus vidas. Cientos de vehículos y de gente que iba a comprar, a pasar la tarde viendo ropas, tornillos, lámparas y flores de tela que nunca iban a necesitar.

Parejas que remaban en las barcas del lago artificial para imaginarse que estaban en un lago de verdad con su gran amor de verdad. Eso pensaba Marga cada vez que iba hasta allí para comprar los arenques suecos en salsa de mostaza que solo se vendían en IKEA, que era una de las tiendas enormes que habían salido como setas en el parque comercial. Un parque que habían hecho donde hubo pinares años atrás. Un centro que se hacía llamar Puerto Venecia, y que ni tenía puerto ni tenía Venecia. Lo más veneciano de la zona era que a varios centenares de metros pasaba un canal. Y que en el lago artificial había barcas. Ni siquiera góndolas, barcas.

Carlos y Elena querían ver la segunda parte de *Los Vengadores*, una de esas películas que a Marga le parecían una estupidez y un dispendio económico inmoral. Por más que lo había intentado, no había conseguido que su hijo las aborreciera como ella. Y resultaba que a Elena, que era exquisita, bailarina y delicada como una flor, también le gustaban.

Marga le dio a Carlos dinero para el cine y para cenar una *pizza* en alguno de los horribles restaurantes de franquicias que había en el Puerto. Ella se quedó en su casa, tumbada en el sofá, viendo una mala comedia americana que ponían en la televisión, y que lo único que tenía a su favor con respecto a *Los Vengadores* era que la podía ver en su casa, que a los productores les había costado muy pocos dólares, y a ella solo unos céntimos en el recibo de la electricidad.

Estaba medio dormida cuando sonó el teléfono. Era su padre que le decía que él y Paquita iban a hacerle una visita. De nada sirvieron las excusas que Marga le puso: «Estoy cansada, estaba durmiendo, Carlos no está, vosotros tenéis que preparar la maleta para la luna de miel, tengo que leer unos artículos para el trabajo...». Don Nicolás le dijo que tenían una sorpresa para ella y que llegarían dentro de una media hora. Le preguntó si tenía cápsulas de café «Fortissio Lungo».

Ella dijo que no, y entonces su padre le contestó que no se preocupara, que ellos las llevarían.

Marga se quedó perpleja. Su padre nunca había sido inoportuno, y si alguna vez llamaba y ella le decía que tenía trabajo, él la respetaba y no se presentaba. Pero por lo que se veía, la bendición apostólica a su unión con Paquita estaba cambiando algunas cosas, y esa parecía ser una de ellas. Se levantó del sofá y se fue al baño a refrescarse la cara. Volvió a mirarse en el espejo. Las arrugas seguían allí, e intuía que le iban a salir más y más conforme Paquita se fuera haciendo más y más presente en su vida. Sacó la máscara de pestañas y se puso. También se aplicó un poco de sombra en los párpados y una ligera capa de maquillaje. Se pasó el cepillo por el pelo y suspiró. Enseguida sonó el timbre de la puerta.

—Hola, papá. ¡Qué buen aspecto tienes! Hola, Paquita, ¿qué tal?

—Hola, hija. No puedo decir lo mismo de ti. Tienes ojeras.

—Ya te he dicho que estaba cansada. Me había quedado dormida un rato en el sofá. Esta semana voy a tener mucho trabajo.

Paquita llevaba una cesta de la que salió un maullido.

—¿Y eso qué es? —preguntó Marga cuando vio asomar algo con pelo y con lengua.

—Es Hermione. Mi gatita. No podemos dejarla sola durante el viaje de novios. Y hemos pensado traértela para que la cuides. Además —añadió la mujer—, te hará compañía. Carlos se va haciendo mayor y estás muy sola. De hecho, creo que estaría bien que te compraras una gatita. Hace mucha compañía.

Marga tragó saliva y se mordió la lengua para no decir lo que estaba pensando. ¿Que ella estaba sola? ¿Que necesitaba la compañía de un gato? Odiaba a los felinos. Los únicos que soportaba eran los representados en bronce o en piedra, esculpidos o tallados tres mil o cuatro mil años antes. Pero un gato de verdad, y en su casa, no. ¿Pero qué se había creído aquella señora?

—Ni estoy sola ni quiero un gato.

—Vamos, hija. De momento, nos haces el favor de quedarte con ella estos días. Si ves que te gusta, te regalaremos una.

—De hecho, Hermione tiene una hermanita que vive con un sobrino mío, y que estaría encantada de cambiar de amo. Te la podrías quedar sin ningún problema. También es de raza persa como esta. Pero seguro que mi sobrino te la dejaba barata.

—No puedo creer que esté escuchando todo esto. Paquita, eres muy amable, pero yo no. Así que te agradezco tus preocupaciones hacia mi «solitaria» persona, pero olvídate de que quiera tener un gato.

—Una gata —corrigió Paquita.

—Me da igual gato que gata.

—No es igual, no es igual —apostilló la anciana—. Bueno, ¿nos va a dar café? Te va a salir barato. Aquí están las cápsulas.

Paquita sacó las cápsulas de la misma cesta en la que seguía Hermione. Marga las cogió, las lavó y las introdujo en la máquina del café. Solo dos. Ella tomaba té. Puso todo en una bandeja y volvió al salón. En su sofá estaban Paquita y su padre dándose un beso, y sobre la butaca, encima de su manta, se había acomodado Hermione. Marga respiró hondo.

—De eso nada. Fuera de ahí ahora mismo. Si se tiene que quedar la gata, lo hará en la terraza. Aquí dentro ni hablar. Ni dentro ni fuera —rectificó—. Papá, cómo se te ha ocurrido. Sabes que odio a los gatos. Que no me gustan.

—Bueno, solo será unos días, mientras estemos de viaje.

—Casi dos semanas, papá. Dos semanas en las que tengo mucho trabajo. No me puedo ocupar de un bicho.

—No la llames bicho, que es muy sensible —dijo Paquita, a la que Marga lanzó una mirada furibunda, que su padre le recriminó con otra mirada aún más furibunda.

—Además, va a venir Federico pasado mañana.

—¡Acabáramos! El botarate de mi yerno vuelve a casa. Él da mucha más guerra que esta linda gatita.

—Eso no es asunto tuyo. Y ahora, tomaos el café y llevaos a este animal de mi casa, por favor.

—No tenemos otro sitio donde llevarlo.

—¿Y ese sobrino que tiene otra gata?

—Vive en Valladolid —contestó Paquita con una sonrisa de oreja a oreja—. Vino a la boda, pero ya se ha vuelto a su casa.

—Además, Carlos está de acuerdo —intervino don Nicolás—. Él la cuidará.

—¡Qué! ¿Carlos lo sabe?

—Le acabo de mandar un wasap y le ha parecido una idea estupenda.

—Maldigo a todos los wasaps y a quienes los inventaron —exclamó Marga, y con ello dio por finalizada la conversación.

Mientras, Carlos y Elena veían la película en el cine del centro comercial. Se cogían de la mano y, de vez en cuando, Elena acercaba su cara a la de él para que este le pusiera un beso en la mejilla. En la boca no. A Carlos no le gustaba besarla en la oscuridad del cine, le parecía que aquellos eran besos casi robados, clandestinos, y él no quería eso. No quería que Elena pensara que le estaba robando un beso. Quería darle todos los del mundo, lo que se habían hecho y los que estaban por hacer, pero no en la oscuridad de una sala ajena y llena de gente a la que no se veía pero que se sabía que estaba ahí mismo, en las butacas contiguas, a menos de diez centímetros de distancia. Elena pensaba igual que él. Cuando terminó la película, se quedaron unos segundos quietos en sus asientos, ya con la luz encendida. Fue entonces cuando Elena le dio el primer beso de la tarde.

—Eh, chicos, que tenemos que salir. Dejad los arrumacos para más tarde —les espetó una señora repeinada con americana de cuadritos que parecía haberse equivocado de película porque se había quedado dormida a pesar del ruido de la banda sonora y de los efectos especiales.

Los muchachos se levantaron y la dejaron pasar. La mujer le dio un pisotón a Carlos a propósito, pero él pensó que había sido fortuito. No cabía en su cabeza que una señora que debía de tener la edad de Paquita tuviera tan malas intenciones.

—Por cierto, cuando he ido al baño antes de que empezara la película, he visto que mi abuelo me había mandado un wasap. Ya tienen todo preparado para ir primero a Mallorca y luego a Italia. Podrían ir a visitar a tu abuela. Sería divertido.

—Pues no lo creo —dijo Elena.

—¿Por qué dices eso? —preguntó extrañado Carlos.

—Porque tu abuelo y mi abuela no tienen nada que ver. No tienen por qué conocerse.

—Bueno, al fin y al cabo, sus nietos son novios. No tendría nada de malo —comentó el chico.

—Dejémoslo. ¿Está contento tu abuelo con la boda? ¿Ya tiene las maletas listas?

—Las maletas no sé. Lo que sí han preparado es al gato.

—¿Al gato? ¿Qué gato? —preguntó Elena enarcando las cejas, muy sorprendida—. No me habías dicho que tu abuelo tuviera un gato. Me dan alergia, ¿sabes? Me salen manchas rojas en la piel si me toca un gato.

—¡No fastidies! Nos lo van a traer a mi casa mientras están de luna de miel. Bueno, en realidad, no es un gato, es una gata. Y es de Paquita.

—Me da igual. La alergia no distingue entre machos y hembras. No podré ir a tu casa en esos días. De verdad, me pongo malísima.

—El tono con el que Elena pronunció las frases le extrañó a Carlos. Elena no solía ser tan tajante.

—Pues vaya. Ya le había escrito a mi abuelo para decirle que me parecía bien. No tenían a nadie más con quien dejar a la gata. No se la pueden llevar en el avión.

Elena pensó que la podían tirar por el agujero del váter de la aeronave. Sus experiencias con gatos eran tan malas que no tenía ninguna simpatía por los bichos de esa especie, así que la imagen de la gatita arrojada desde nueve mil pies y ahogándose en el mar le pareció agradable. Afortunadamente, Carlos tampoco podía leer los pensamientos de la chica. Se quedó callado unos instantes y movió la cabeza de un lado a otro. Elena iba a su casa dos tardes por semana para estudiar y preparar juntos proyectos del instituto. Tendría que pensar algo para que la presencia del felino no desbaratara sus planes. Ni la presencia del felino ni la de su padre.

Caminó un par de horas hasta que notó que había menos árboles y que eran más pequeños. Estaba saliendo del bosque. Sonrió aliviada porque se alejaba de la oscuridad en la que había vivido sumida durante tanto tiempo. Pero la sonrisa desapareció enseguida de su rostro: el campo abierto la hacía más vulnerable. Cualquiera podría verla desde muchas leguas de distancia. Por fortuna, su vestido pardo tenía el mismo color de la tierra húmeda. Las colinas con las que tanto había soñado, y en las que solo había estado un par de veces, se abrían ante ella con sus formas caprichosas y con la piel cubierta de las flores de brezo.

Su aroma la llevó hasta sus años infantiles, cuando su abuela hacía ramos que colocaba en toda la casa para ahuyentar a los malos espíritus. También la hizo viajar hasta los tarros de la miel que recogía su padre de abejas que libaban aquellas florecillas minúsculas y rosadas. Tan diferente de la que recogía ella para los druidas en las colmenas de los claros del bosque. Cerró los ojos. Quería inspirar el olor de todo el brezo que se extendía bajo sus pies y ante sus ojos. Quería que penetrase por cada poro de su cuerpo y que toda ella se convirtiera en el brezo. Ser brezo y ser mecida por el viento. Ser parte de aquella naturaleza que tanto había echado de menos. Se arrodilló y se dejó acariciar por las flores y por la brisa que venía de las colinas y del mar, que no estaba lejos. El aire traía su olor y su sal. Por primera vez en mucho tiempo, Yilda lloró de libertad. Estaba sola, pero el mundo la rodeaba y giraba a su alrededor.

Anduvo varias horas siguiendo la dirección del viento que, como recordaba de cuando era niña, siempre venía del mar. Allí cerca debería encontrar su aldea. Cuando se la llevaron los hombres sabios, no tardaron más de una jornada hasta adentrarse en el bosque. Si se daba prisa, podría llegar antes de que saliera el sol. De pronto, sintió un escalofrío al pensar qué iba a hacer ella en la aldea, si probablemente ya no quedaba nadie que la conociera. Y mucho menos, alguien que le quisiera dar cobijo. Por eso la habían donado a los druidas, porque nadie tenía interés en la pobre huérfana que no poseía nada. Ni tierras, ni casa, ni pozo, ni una barca para pescar, ni edad suficiente para que un hombre la pidiera. Ahora tenía casi quince años y tal vez alguien quisiera tomarla, aunque teniendo en cuenta sus años en el bosque con los druidas, y que había escapado de ellos, quizás ningún hombre quisiera hacerla su esposa. Todos la iban a considerar maldita. Este pensamiento la aturdió. En realidad, no había ningún lugar en el mundo donde alguien hubiera pensado en ella, donde alguien la hubiera echado de menos. «Ningún lugar en el mundo. Ningún lugar en el mundo. Ningún lugar en el mundo», repitió al principio en su mente, luego lo susurró, y después lo gritó para que lo oyera el brezo que cubría las colinas y se apiadara de ella. De la pequeña Yilda, que estaba sola en medio de la enormidad de la tierra. Y del universo entero. Porque estaba también la luna, cuyo rayo iluminaba su camino. Y las estrellas. Y el manto celeste. En ese momento, una estrella cayó desde el infinito. Y luego otra. Yilda pensó que eran dos lágrimas que el cielo derramaba porque había entendido su soledad y la había compadecido.

La venció el cansancio y se sentó sobre el brezo. No quería dormirse antes del amanecer, pero la tensión se acumulaba en su cuerpo y en su alma y no podía más. Apoyó la cabeza en un saliente que le sirvió de almohada y cerró los ojos. Soñó con las estrellas que caían una a una de los ojos de la luna. Caían y se posaban en el mar. Pero el agua no las apagaba, sino que se quedaban allí, flotando. Y enseguida se convertían en las lámparas de las barcas de los pescadores, que traían el pescado cada amanecida. Hacía años que no comía nada que viniera del mar. Los peces que cocinaba para ella y para los hombres sabios los pescaban en el río que corría subterráneo en la cueva. A ella no le gustaban los peces de río. Le gustaban los marinos, y los cangrejos. Comía muchos de niña porque su padre era pescador y ella lo acompañaba a veces en la barca, a veces a los acantilados. Un día la barca de su padre no volvió. La tormenta la hundió y el océano no devolvió ni una astilla a la costa. Cuando a Yilda le dijeron que su padre había desaparecido en al mar, sintió que el suelo se hundía bajo sus pies, y que hiciera lo que hiciera, ya nunca nada volvería a ser igual.

Solo en sus sueños las cosas eran como habían sido antes. Yilda soñaba con su madre, con su padre, con su abuela. Con la aldea en la que correteaba y en la que jugaba. Pero sobre el brezo, el sueño había acabado con las estrellas que se habían posado en el mar convirtiéndose en las lámparas de las barcas. Su sueño se repitió una y otra vez hasta que un rayo de sol llegó hasta su cara y la despertó. Miró a su alrededor y vio que la luz del día inundaba las colinas y que el brezo había recuperado su color rosado. No había nadie en lo que alcanzaba su vista. Fue entonces cuando vio el mar, una línea azul que se extendía hasta el horizonte. Pasó la lengua por sus labios y comprobó que sabían más y más a sal. Aquel sabor le volvió a recordar sus días de niña en la aldea.

De pronto, vio que algo se movía cerca de ella. Al principio pensó que sería una serpiente. En el bosque había visto muchas, y había matado a más de una. Pero no, lo que se movía tenía pelo. Un pelaje marrón. Tal vez fuera un zorro que volvía a su madriguera después de haber pasado la noche de caza. Pero no, tampoco era un zorro. Enseguida oyó unos maullidos y el animalillo se acercó hasta ella y le lamió la sandalia y los dedos de los pies. Era una gata. Yilda se preguntó qué hacía una gata en las colinas. Alrededor del cuello llevaba algo, una cadena de metal con una inscripción grabada. Ella había aprendido a leer a escondidas aquellos signos que no eran los mismos que escribían los hombres sabios, sino los que leían en los textos de los enemigos.

—Pamina. ¿Es tu nombre, pequeña? —preguntó a sabiendas de que no le iba a contestar—. Extraño nombre para una gatita. Casi tan extraño como que estés aquí y ahora. Y como que lleves esta inscripción escrita en la lengua romana.

En ese momento, Yilda pensó que tal vez no estaba tan sola en el mundo como había pensado. Tal vez Pamina se iba a convertir en su compañera para el viaje que estaba a punto de emprender a algún lugar del mundo que estuviera lejos, muy lejos del bosque, de la cueva y de los hombres que la habían tenido encerrada durante siete largos años.

Marga maldijo las conversaciones que había tenido con su padre, en las que lo había convencido para que emprendiese la aventura de casarse con Paquita, que le había parecido una señora encantadora en el primer momento. Aunque nunca se había creído esa frase demasiado hecha y demasiado fácil que dice que «las primeras impresiones son las que valen». Y ahora estaba más convencida que nunca: en el mismo instante en el que Paquita se puso el anillo de casada en el dedo, ya se creyó en la confianza de sugerirle que la podía llamar «mamá». Y después de su primera noche de esposa de su padre, se permitía traerle el gato. La gata. ¡Pero qué se había creído esa señora!

Le hizo a Hermione un hueco en la habitación de invitados. Donde solía dormir Federico cuando estaba en casa. Federico y ella estaban más o menos separados. A veces más, y a veces menos. En un rinconcito del cuarto preparó una vieja manta para que el bicho se quedara quietecito entre sus límites. Marga cerró la puerta tras de sí. Al menos, el animal no saldría al resto de la casa. En cuanto la dejó sola, Hermione se subió en la cama y empezó a jugar con la colcha de ganchillo que había hecho la difunta madre de Marga. Clavó sus garritas en el perlé y consiguió desgarrarla por cinco sitios. Luego bajó y bebió un poco del agua que Marga le había dejado junto a la mantita. Se acercó a la puerta y la arañó a la vez que maullaba para solicitar que la sacaran de su encierro.

Marga se había quedado un rato tumbada en el sofá y se había puesto un DVD de ópera, una versión del *Werther* de Massenet, con su tenor preferido. Tenía una caja de bombones en la mesa y una caja de pañuelos de papel, porque siempre lloraba cuando llegaba la escena final y ella, la protagonista, por fin le daba el beso a él, que estaba a punto de morir. En ese preciso momento, oyó la llave en la cerradura. Carlos volvía de su cita con Elena.

—Hola, mamá. ¿Qué tal? —Carlos se sobresaltó a ver a su madre limpiándose las lágrimas—. ¿Qué ha pasado? ¿Por qué lloras?

—Se ha muerto el pobre justo después del beso. Siempre se muere —contestó ella con un gemido.

—Mamá, joer, me habías asustado. Creía que se había muerto alguien de verdad. Ese se muere siempre y lo sabes. No sé por qué tienes que llorar.

—Me duele su muerte cada vez que lo veo —le confesó a su hijo.

—Mamá, no tienes remedio, eres demasiado melodramática.

—¿Y el cine? ¿Qué tal la película?

—Un horror —contestó el chico—. Tú te habrías salido. Y nosotros no lo hemos hecho porque nos ha costado un dineral. ¿Y el lindo gatito? —ironizó Carlos—. Me ha contado el abuelo que lo iban a dejar aquí.

—Gatita. Es una hembra. La he puesto en la habitación de tu padre. Hasta que venga él a mitad de semana, será su sitio. Luego ya pensaremos algo.

El muchacho abrió despacio el cuarto y encendió la luz. Allí estaba la gata, arrebujada entre la manta. No le hizo falta fijarse mucho para darse cuenta de que la presencia del animal había hecho estragos en la habitación. Y no solo en la colcha de su abuela.

—Mamá, creo que deberías venir a echar un vistazo.

Marga se quitó la manta de encima y se levantó perezosamente. Cuando entró en la habitación, se le heló la sangre. La colcha estaba desgarrada y por varios lados hecha jirones. La lámpara de la mesilla, en el suelo, donde se había estrellado y convertido en minúsculas estrellas de cristal roto. La puerta y el armario, llenos de arañazos hasta donde la altura del bicho le había permitido. Marga cogió a la gata, que le arañó una mano. Miró a Carlos, que no decía nada.

—Maldita gata. Maldita Paquita. Maldito el momento en que animé a tu abuelo a que se fuera a Benidorm de vacaciones y la conoció.

—Mamá, no exageres —la conminó su hijo, mientras iba a buscar el cepillo para retirar los cristales.

—¿Cómo podríamos deshacernos de ella sin que se notara que nos la hemos cargado?

—¡Mamá! —exclamó Carlos, escandalizado antes la pregunta y las intenciones de su madre. ¿De verdad sería capaz de asesinar a un inocente gatito?

—Ni mamá ni porras. Yo no voy a aguantar a este animalejo en mi casa durante dos semanas. Hay que encontrar una solución. ¿A quién se la podemos endosar?

—A Elena no, que le dan alergia.

—Lo que faltaba. Pues ve buscando una solución, porque si no, esta gata acabará en el cubo de la basura.

—Mamá, no esperaba que fueras tan cruel con los animales.

—¿Cruel? ¿Cruel? —repitió—. Ella ha sido más cruel que nadie. Ha destrozado la cubierta de ganchillo que hizo tu abuela, por no hablar de todo lo demás que ha roto y arañado. La colcha de mi madre, que le costó tantos meses hacer. La recuerdo cada tarde, sentada en el sofá, haciéndola con todo el cariño y todo el trabajo del mundo. Y ahora, viene esa gata que es de la mujer que se va a sentar en el mismo sofá en el que mi madre tejió la cubierta, y se la carga en menos de una hora. ¿Acaso no es eso crueldad?

—Mamá, ¡a quién se le ocurre dejar sola a la gata en una habitación, y encerrada!

—No, si la culpa la tendré yo.

—No digo que tengas tú la culpa. Pero la pobre gata no sabía que la colcha la había hecho la abuela.

—¡Pobre gata! ¡Pobre gata! Me entran ganas de estamparla contra la pared y de servirle sus sesos a Paquita en una tortilla la próxima vez que venga a casa.

—¡Mamá, estás sacando lo peor de ti! Nunca te había oído decir barbaridades semejantes.

—Pues ya ves. Tu madre también es capaz de cabrearse. Y ahora, cena algo y a dormir, que ya es hora, y mañana es lunes.

—He cenado con Elena, mamá. Hemos comido una *pizza* buenísima. —Carlos no le mencionó a su madre que notaba a Elena un poco diferente.

—¿De qué era la *pizza*? —preguntó Marga mientras seguía con la gata en los brazos, sin saber qué hacer con ella y dónde colocarla.

—De berenjenas, cebolla caramelizada y queso gorgonzola. Con aceite de guindilla por encima. Buenísima. Te habría gustado.

—La voy a dejar en la terraza.

—Se cargará las flores.

—Pues en el baño pequeño.

—Se cargará la cortina.

—Si rompe algo más, la dejo en el contenedor. Ayúdame a quitar la cortina y todo lo demás. Se va a quedar en el cuarto de baño. Y con la puerta cerrada.

—La arañará.

—Pondremos la manta en la puerta. La encajaremos en la parte de arriba y la sacaremos por la parte de abajo.

Así lo hicieron. Forraron la puerta con la manta y la cerraron. Antes, habían llenado el bidé de agua para que bebiera y le habían puesto un cuenco con comida.

—Buenas noches, mamá. Por cierto, que papá me ha mandado un wasap.

—¿Y qué te ha contado?

—Que le han mandado fotos de las piezas nuevas y que te van a encantar. Que me trae un póster con las romanas en biquini de la villa romana de Sicilia. Y que nunca has probado limones tan buenos como los que tiene ya metidos en la maleta.

Marga se fue a la cama y se puso a leer en el libro con el que llevaba una semana. No podía concentrarse. Imaginaba a la gata en su lavabo tomando las aguas como en un balneario. Imaginaba a su padre con Paquita bailando un tango en cuanto llegaran al hotel. Imaginaba que Carlos y Elena se habrían estado besando un montón de veces en el cine mientras veían o no veían la película. Imaginó a su madre sentada en su viejo sofá, tejiendo una cubierta nueva. E imaginó a Federico que se presentaba en la puerta de su casa con una maleta llena de limones sicilianos. «Demasiada acidez para un mismo día», pensó Marga, y con este pensamiento, terminó el capítulo número diez de la novela.

En los ojos de la gata, Yilda podía ver y oler el mar. Y el miedo. Un miedo que volvió a apoderarse de ella al pensar que si alguien la reconocía en la aldea, podrían obligarla a regresar con los druidas. Y volver significaba morir. Intentaba creer que nadie la iba a reconocer después de los siete años que habían pasado. Quería estar segura de ello. Su pelo se había oscurecido y había perdido el color cobrizo claro que todos decían que había heredado de su madre. Ahora era más rojo, casi como los arándanos que la habían alimentado en el bosque. Como el cielo cuando el sol se mece sobre el mar antes de esconderse. Tampoco era la niña regordeta que había entrado al servicio de los crueles hombres sabios. Estaba delgada, y los últimos días habían estrechado aún más su cintura y sus muñecas. No. Nadie que la hubiera conocido como Yilda, la hija de Brand y de Brenda, la reconocería. Diría que era una prisionera del norte, que había huido de los romanos y que la gata la había llevado hasta allí.

Caminaron durante más de tres horas, y por fin avistaron la aldea. Desde lejos, Yilda había visto humo. Pensó que saldría de las chimeneas. Al acercarse se dio cuenta de que no era sí. El poblado había ardido y el humo no era sino el resquicio de los rescoldos del fuego. No había nadie, ni vivo ni muerto. Huellas de cascos de caballos, y a las afueras, sobre la arena de la playa, una gran hoguera de la que solo quedaban las cenizas. Yilda se la quedó mirando y comprendió enseguida. Respiró el aire que venía del mar y así evitó el mareo que le propiciaban sus pensamientos. Pamina maulló y Yilda pensó que su maullido era tan intenso que podría escucharse al otro lado del mar.

—Ahora yo estoy contigo, gatita. Yo te cuidaré.

Se agachó y la cogió en brazos. La gata lamió su cara y le hizo cosquillas en la nariz. Yilda sonrió a pesar de todo.

Pero su sonrisa se apagó enseguida. Por la playa, seis hombres a caballo se acercaban. El corazón de Yilda empezó a latir muy deprisa, mientras Pamina seguía mojándole las mejillas con sus lengüetazos.

—Eh, ¿quién eres tú? —le preguntó en latín el que dirigía el grupo, un hombre corpulento, cuyos ojos habían visto cosas terribles, pero que de pronto se enternecía ante la mirada del miedo que mostraba la pequeña—. No sé por qué te pregunto, si no me vas a entender. Estas gentes no entienden la lengua de la ilustre Roma.

Los demás se echaron a reír.

—Sí que lo entiendo, señor —musitó Yilda.

—¿Me entiendes? ¿Acaso eres hija de Roma? —preguntó el romano, contento por un momento de no tener que obedecer las órdenes que tenía de matar a todos los habitantes de las aldeas rebeldes al Imperio.

—No, señor. Pero conozco vuestra lengua y vuestras letras.

—Esa gata que llevas en tus brazos es la que le regaló a Claudio Pompeyo su hija—exclamó el hombre, señalando a Pamina con su mano—. ¿Qué hace aquí la gata? La creíamos muerta. ¿Por qué está contigo? Dime, muchacha, ¿de dónde has salido y por qué sabes nuestra lengua?

Yilda no sabía qué contestar. El miedo se apoderaba de su garganta, de su voz, de sus ojos. Sin duda, aquellos romanos, enemigos de su pueblo, eran los responsables de que no quedara ni una casa en pie en la que había sido su aldea. Pero también eran enemigos de los druidas. Lo mejor sería contarles la verdad. Tal vez así se ganaría sus simpatías. Si el miedo abandonaba su voz y le dejaba hablar.

—Encontré a Pamina en las colinas —titubeó—. Estaba perdida, buscaba a alguien y me encontró a mí. Llevo varios días perdida en el bosque. He huido.

—¿Has huido? ¿De dónde? ¿De quién?

—Hace siete años ellos me llevaron de esta aldea. Soy huérfana y la gente del pueblo me ofreció a los druidas. He sido su esclava durante todo este tiempo. Pero me he escapado. Me persiguieron, me escondí y no me encontraron.

—¿Los druidas? ¿Y por qué has vuelto a este lugar, si sus habitantes te habían repudiado? —siguió interrogando el hombre.

—No sabía dónde ir. Pensé que si llegaba hasta aquí, nadie me reconocería y podría trabajar. Sé cocinar, conozco las plantas medicinales. Sé leer las runas, los alfabetos sagrados y el latín.

—¿Por eso sabías el nombre de la gata? ¿Lo leíste en la inscripción?

—Sí, señor.

—Vendrás con nosotros. Podrás ser muy útil para entendernos con tu gente. ¿Aprendiste latín con los druidas?

—Sí, señor. Escuchaba detrás de las puertas, y cuando se iban, estudiaba sus escritos en secreto. Pero también cumplía con mi deber, cocinaba, limpiaba...

—¿Serías capaz de encontrar el lugar donde has vivido dentro del bosque? —Yilda tragó saliva tras escuchar la pregunta del romano.

—No, señor. Aún no sé cómo fui capaz de salir del bosque. Además, preferiría morir antes que entrar de nuevo allí adentro. —Señaló con la cabeza los confines del brezo y el comienzo del bosque oscuro.

—Está bien. No va a morir nadie más por hoy. Flavio, cárgala en tu grupa. Y procura que no se te escape. Encontrar a esta criatura es lo más interesante que hemos hecho hoy. —Cayo Vinicio dio la espalda a los demás y empezó a galopar solo por la orilla del mar.

Los demás rieron para ocultar sus pensamientos. Poco antes habían matado a todos los habitantes de la aldea, hombres, mujeres, niños. Los soldados no estaban contentos con su acción. No había sido heroica. Nadie les había plantado cara. Solo habían entrado en el pueblo y habían usado sus espadas. Una vez. Otra vez. Y otra más. Luego, habían preparado una hoguera y habían quemado los cadáveres. No. No habían hecho nada de lo que sentirse orgullosos. Habían cumplido órdenes. Unas órdenes horribles.

Flavio extendió su mano hasta Yilda y la chica subió al caballo. Nadie había tocado sus dedos desde que su padre murió. Le dio un escalofrío al notar la mano áspera del joven en su piel. El hombre estiró sus brazos y Pamina subió inmediatamente al caballo. Miró de reojo a la muchacha y podría decirse que sonrió por ser él quien la iba a acompañar hasta el campamento en el que ondeaban los estandartes y las águilas de Roma.

—¿Cómo te llamas, muchacha? —le preguntó mientras agarraba a la gata por el pescuezo.

—Yilda, señor, me llamo Yilda.

Cayo Vinicio, el jefe del grupo, se había adelantado al galope junto a la orilla. El día había sido cruento en la aldea y se odiaba por lo que había hecho y mandado hacer. Aquello era lo peor para un soldado que había jurado fidelidad a su emperador. Algunas veces había que cumplir órdenes terribles, que contrastaban con el refinamiento de modales que la propia Roma pregonaba. Refinamiento para escribir poemas, églogas y epopeyas. Refinamiento también para envenenar a los enemigos de casa. Pero brutalidad ilimitada para tratar a quienes consideraban bárbaros, que eran todos aquellos que quedaban fuera de sus fronteras. Cayo Vinicio se preguntaba qué pensarían los dioses cuando los humanos hacían aquellas cosas. ¿Los mirarían desde su Olimpo divino y se divertirían viendo cómo asesinaban a gente que no les había hecho nada, a niños inocentes, a madres que amamantaban a sus hijos, a pescadores recién llegados de su trabajo, a ancianos que habían sobrevivido a tempestades y a enfermedades solo para sucumbir bajo la espada de un desconocido como él, con quien ni siquiera habían hablado, de quien no habían tenido ni tiempo de ver el rostro? Respiró profundamente y pensó en lo absurdo de la crueldad, de la guerra, de los hombres. De su propia vida.

Cayo se paró unos momentos para contemplar el mar, que llegaba humilde a la orilla, convertido en olas apenas perceptibles por sus ojos. Olas suaves, casi silenciosas, una detrás de otra. Ahí venía a morir el mar en toda su infinitud. Ahí se convertía en nada, bajo los cascos de su caballo. Cayo Vinicio sentía que aquello era una metáfora de la vida, de la guerra, del ser humano. Toda su fuerza, su violencia, su brutalidad, acababa confundida con el polvo de la arena. Como el mar, así eran los hombres, pensó. Se giró y vio que sus soldados seguían junto a la aldea, al lado de la niña. Sí, encontrarla había sido lo mejor del día. Tal vez aquella muchacha era un regalo de los dioses para mostrarle que aún había esperanza. Que aún quedaban olas en el mar que no perecían en ninguna orilla.

Marga llegó tarde al trabajo porque había olvidado programar el despertador. El vigilante la miró de arriba abajo como solía hacer y le dedicó su más amistoso «Buenos días» de la mañana. Ella le contestó con una inclinación de cabeza pero no dijo nada. Le sabía fatal llegar tarde y que los demás se enteraran. Y máxime en un lunes. Se disculpó con su jefa y bajó al sótano, donde las piezas nuevas estaban ya en varias cajas esperando a que alguien las desembalara. Marga sabía que ese alguien tenía que ser Federico, que llegaría dos días después, así que hasta el miércoles no podían hacer nada con aquello.

—Te he dejado las fotografías del yacimiento, para que te vayas haciendo idea de lo que tenemos —le dijo la doctora Ramírez, Elvira para los amigos y para casi todos los compañeros.

—Parece que hay un par de piezas interesantes, ¿no?

—Ah, pues no sé nada —respondió Elvira, un tanto contrariada porque Marga supiera más que ella.

—Federico *dixit*.

—¿Cómo de peculiares? —le preguntó Elvira.

—No tengo ni idea —mintió Marga.
En ese momento, sonó su teléfono. Era su padre que le decía que ya habían llegado a Formentor, que estaban en un hotel precioso, con una terraza enorme en primera línea de playa. También le preguntaba por Hermione. Marga no le contestó a esta pregunta y le dijo que tenía poca cobertura porque estaba en el sótano del museo. Le deseó que lo pasaran muy bien y que ya hablarían otro rato. Elvira se la quedó mirando sin decir nada. Le sorprendía la sequedad con que Marga había tratado a su padre, lo que no era normal en ella. Volvió a sonar el móvil. Esta vez era Carlos.

—¿Qué pasa, Carlos?

—Nada importante. Solo que he entrado en el baño donde está la gata y le he dejado un poco de comida.

—¿Y?

—Pues que está todo hecho un asco. Huele tanto a pis que casi he vomitado el desayuno. He limpiado un poco, pero era difícil porque se me ha agarrado al pantalón, lo ha arañado y lo ha dejado hecho una mierda. ¿Por qué nadie le ha cortado nunca las uñas?

—¿Empiezas a entender mi idea de meterla en el contenedor?

—Marga salió de la habitación para que Elvira no escuchara lo que hablaba con su hijo.

—Huele toda la casa a pis.

—¿Ya estás en el instituto?

—Estoy llegando.

—Pues, hala, olvídate de la gata y a concentrarte en las clases.

—Lo intentaré. Pero me parece que el pantalón me huele a pis. Creo que se me ha meado encima. Elena se va a espantar.

—¿Y por qué no te has cambiado?

—No me daba tiempo. Que tengo mates a primera hora y el profesor no nos deja entrar si llegamos tarde. Me he puesto colonia para compensar el mal olor.

—¡Vaya mezcla! No habrá quién se te acerque.

—Mamá, que tengo que cortar, que ya estoy a punto de entrar. Luego te veo.

—Adiós, que tengas buen día. Recuerdos a Elena.

Marga volvió al despacho y contempló las cajas cerradas. Sobre su mesa estaban los informes del yacimiento con las fotos de las piezas. Las pasó deprisa, pero no pudo evitar que le llamara la atención una de ellas. Entre fragmentos de cerámica de *terra sigillata*, cuentas de collar y fíbulas de oro, un pequeño mosaico que representaba a un gato.

Mientras tanto, Carlos había llegado a clase justo antes que su profesor de Matemáticas. Un minuto después y no lo habría dejado entrar. Se sentó al lado de Elena, que soltó un estornudo en cuanto la mano de Carlos rozó su brazo a modo de saludo. Nadie en la clase sabía que estaban juntos y no querían que se enteraran. Ni siquiera Paco y Adrián lo sabían, aunque sospechaban algo, pero Carlos no soltaba prenda. Y menos aún las barbies a las que Elena no soportaba. Desde que llegó al instituto el año anterior, Elena no había conseguido hacer más amigos que Carlos. El hecho de que fuera bailarina y de que tuviera un horario diferente para ir al conservatorio, había propiciado un menor contacto con la mayoría de los compañeros quienes, además, la consideraban «rarita». Ella estaba acostumbrada a este hecho. Era la «rarita» desde pequeña; casi siempre llegaba a una ciudad en mitad de curso y tenía que incorporarse cuando los grupos de amigos y de trabajo ya estaban hechos. La excepción había sido su traslado a Zaragoza y encontrarse con Carlos, de quien no solo se había hecho amiga sino algo más. Por fin Elena había conseguido que algunas de sus compañeras la envidiaran y no la despreciaran por hacer *ballet*, por no participar de todas las actividades en Educación Física. Tenía que cuidar el tipo de ejercicios que realizaba para no deformar su cuerpo. Murmuraban sobre ella por subir la pierna más alta que nadie en las espalderas y por flexionar su espalda hacia atrás hasta la rodilla. Y todo porque siempre estaba acompañada por Carlos, que aunque había sido el más bajito de la clase durante toda la primaria y durante el primer ciclo de secundaria, el verano anterior había dado un buen estirón y se había convertido en un chico muy atractivo, alto y fornido, porque ya le tocaba. Y porque por fin su cuerpo empezaba a mostrar el trabajo al que había sido sometido durante años de entrenamiento de judo. A Elena la envidiaban tres de las chicas de su clase: Marta, Andrea y Lorena. Pero a ella le daba igual. Por primera vez le daba igual no caerle bien al resto de sus compañeras. Bailaba en la compañía de baile del conservatorio, y salía con alguien con quien se sentía muy a gusto.

El profesor empezó con su clase de derivadas, ecuaciones, logaritmos y raíces cuadradas.

—No entiendo nada —musitó Elena, y volvió a estornudar otra vez al acercarse levemente a Carlos.

—¿Te has acatarrado?

—No. Estaba bien. He empezado cuando has llegado tú.

—A lo mejor resulta que te doy alergia.

Al nombrar la palabra «alergia» ambos se miraron. «¡Cielos, el gato!», pensaron sin decir ni pío. El profesor García vio que algo les pasaba pero no interrumpió su interesante disertación en la pizarra digital sobre la utilidad de las ecuaciones de segundo grado en el hecho de que no se caigan los puentes ni los viaductos.

—Pues los romanos no sabían nada de ecuaciones y sus acueductos no se caían. Mirad el de Segovia, que lleva ahí casi dos mil años —dijo Andrea.

El profesor García se giró y la miró por encima de sus gafas. No replicó. Pensó que a veces no merecía la pena gastar su saliva ni su tiempo en explicar cosas a personas que nunca entenderían el valor de las matemáticas. Ni el de las matemáticas ni el de tantas otras cosas.

—Pero sí que sabían matemáticas, de otra manera que nosotros ahora, pero sabían —replicó Lorena—. Todo el mundo sabe que las matemáticas son fundamentales para todo. Incluso para hacer *ballet*, ¿a que sí, Elena?

Elena se preguntó por qué tendría que contestar a una pregunta tan tonta como aquella. Miró al profesor, que no decía ni «mu».

—Sí, en *ballet* se trabajan mucho los grados de los ángulos, claro. Pero no las ecuaciones de segundo grado. Yo, de todos modos, me sé bien la fórmula: menosbmásmenosraízcuadradadebcuadradomenoscuatroacpartidopordosa. Me la aprendí el año pasado y no se me ha olvidado, ni creo que se me olvide jamás. Me costó mucho memorizarla —reconoció Elena delante de todos sus compañeros y de su profesor, aunque en realidad no sabía por qué lo estaba haciendo.

—En cualquier caso, chicos, hay una cosa para la que las matemáticas os van a ser muy útiles en la vida.

—¿Para qué, profesor? —preguntó Pablo.

—Para aprobar el curso.

Cuando terminó la clase, Carlos se acercó a Elena para darle un lápiz que se le había caído, ella volvió a estornudar.

—Es el gato. ¿Lo has tocado?

—Ni te cuento lo que ha pasado con el maldito gato esta mañana.

—Hoy no iré a estudiar a tu casa. Mientras esté allí no puedo. ¿Ves cómo me han salido ya unas manchitas en el brazo donde me has tocado antes? ¿Es que no te has lavado las manos después?

—Iba tan deprisa para llegar a tiempo a clase que se me ha olvidado. Me las lavaré ahora mismo. ¿Podemos quedar en otro sitio? ¿En la biblioteca? ¿En tu casa?

—En mi casa imposible, tenemos invitados. Un bailarín recién llegado de Holanda. Bueno, en realidad ya no baila, se lesionó hace unos años y ahora es coreógrafo. Viene a trabajar con mi padre en una coreografía nueva para *Norma*.

—¿*Norma*? —preguntó Carlos.

—Una ópera. Va de druidas y de romanos. Y de la luna.

Elena esperó que Carlos no mencionara nada acerca de que esa noche habría luna llena y que eso es siempre algo especial. Esperaba que no dijera cosas como que «Aunque estemos separados, ambos miraremos la misma luna, y será como estar juntos». A Elena no le gustaban aquellos romanticismos de poeta barato, como ella los llamaba.

—¿De la luna? —exclamó Carlos—. Esta noche hay…

—No lo digas. Bueno, me tengo que marchar. Mañana nos vemos.

Y Elena se marchó con su mochila a cuestas sin más. Carlos se quedó bastante mosqueado. Normalmente, ella no tenía esa actitud. Siempre salían juntos del instituto y pasaban juntos el mayor tiempo posible. Pero ahora…, ahora no había sido así.

—Druidas, romanos, lunas… En fin…, malditos druidas y malditos gatos —musitó Carlos sin que nadie lo escuchara.

El camino hasta el campamento les hizo galopar sobre la arena de la playa durante un buen rato. Yilda respiraba el aire del mar y con él los recuerdos de los días pasados con su padre. Le parecía ver al buen hombre en su pequeña embarcación cuando iba y venía de la jornada de pesca. Su barca siempre llena de peces que intercambiaban por verduras con los campesinos y por ropa con los mercaderes. Ella cuidaba de las gallinas, que les proporcionaban huevos que también trocaban por otros productos. De pronto, el aire del mar también le trajo los momentos de vana espera, el día en el que su padre no regresó.

Ni siquiera una tabla que haber guardado, ni un resto del timón, ni un trozo de red. Nada. Durante días, la pequeña Yilda se sentó en el acantilado para otear el horizonte. Decenas de naves recortaron la línea que separa el cielo del mar. Decenas de naves regresaron uno y otro día a la aldea. Pero no la única que ella habría deseado ver al menos una vez más.

—Pensamos que habíamos perdido a la gata para siempre. Qué raro haberla encontrado tan lejos del campamento. Ha estado perdida durante más de tres días —le dijo Flavio, que no sabía cómo ni de qué, pero quería hablar con la chica desconocida y misteriosa.

—Yo también he estado perdida tres días. Eso tenemos en común ella y yo —repuso Yilda, buscando cada palabra en el rincón del cerebro en el que había ido memorizando los textos que los hombres sabios traducían y leían en secreto.

—Es impresionante lo bien que hablas nuestra lengua. ¿Seguro que nos dices la verdad? ¿No serás alguna esclava huida de sus señores en alguna de nuestras ciudades del sur?

—No, señor. Nunca he estado en territorio romano. Los druidas se me llevaron de la aldea apenas cumplí los siete años. Me quedé sin padre y nadie quería hacerse cargo de mí. Así que me dieron a los hombres sabios. Les he servido todo este tiempo, hasta que escuché que querían sacrificarme a la diosa luna al día siguiente. Escapé y ella me dio fuerzas para sobrevivir en el bosque y para que ellos no me encontraran. Me refugié en el tronco de un árbol.

—¿El tronco de un árbol?

—Sí.

—Hace dos días hicimos una batida en el bosque, en busca de los druidas. El Imperio quiere acabar con esos rituales en que hacen sacrificios humanos. Por supuesto, no encontramos ni su guarida ni su rastro. Me acerqué a un tronco enorme y me pareció que sería un escondrijo perfecto. Probablemente serviría de madriguera para algún animal.

—Yo estaba allí. Y escuché ruido de hombres muy cerca de mí. Tuve mucho miedo pero no me moví y no me visteis. He pasado mucho miedo estos días. Más que nunca en toda mi vida.

—Tu vida aún es muy corta, pequeña Yilda. Te quedan aún muchos miedos por los que pasar.

Yilda se quedó callada y pensó en las palabras del hombre cuya espalda estaba tan cerca de su rostro. «Te quedan aún muchos miedos por los que pasar». ¡Qué más podía pasarle a ella, que había perdido a su padre, a su madre, a su abuela, a todos los que quería, que había vivido siete años a merced de los druidas, que la consideraban en menos que si fuera una hormiga! ¡Qué le depararía el viaje en el que estaba inmersa ahora, sobre un caballo, con un soldado romano!

Dejaron la playa y con ella la vista del mar. Se adentraron en el interior. Al poco rato, avistaron el campamento en lo alto de una colina. Desde allí, los romanos dominaban los páramos, el mar y podían ver a todo ser vivo que osara moverse hacia ellos, o desde ellos. Cualquier movimiento sería avistado por los vigías a los que no se les escapó que el grupo de legionarios traía a una mujer en una de las grupas.

Cuando llegaron, a los expedicionarios les esperaban malas noticias. Al general le había picado una abeja en el brazo, lo tenía inflamado y rojo, sudaba y deliraba. El jefe descabalgó y entró en la tienda principal del campamento. Flavio descendió de su caballo y ayudó a Yilda a bajar. A la chica le llamó la atención la presencia de una vaca y de varias gallinas en el campamento. Todo el mundo andaba de un lado para otro con cara de preocupación. La muchacha no había entendido todo lo que habían gritado los hombres, pero sí lo suficiente como para entender lo que ocurría.

—Quizás yo pueda ayudar. ¿Me permitís ver al hombre enfermo?

—No está enfermo. Ha sufrido una picadura. Es un hombre fuerte —contestó Flavio—, pero el veneno ha debido de entrar en su sangre. Cuando eso ocurre, no hay ningún remedio.

—El galeno le ha practicado una sangría —explicó Antonino, uno de los soldados que entraban y salían de la tienda del general—. Pero no ha mejorado.

Yilda había oído hablar de que los romanos extraían sangre de los enfermos cuyo cuerpo se ponía caliente, pues pensaban que el aumento de temperatura se debía a que tenían demasiada. Pero ella sabía que aquello era una barbaridad, al menos eso es lo que les había escuchado siempre a los hombres sabios del bosque.

—Conozco bien las plantas. Aprendí mucho con los druidas. Sé lo que hay que hacer cuando una abeja pica y el cuerpo reacciona de esa manera. Dejadme verlo.

En ese momento salió Cayo Vinicio, tribuno de Roma, que era el jefe del grupo que había encontrado a Yilda. Su rostro denotaba una preocupación extrema. Flavio le explicó las intenciones de la chica.

—Está tan mal que no creo que perdamos nada. Dice el galeno que es cuestión de horas. ¿Qué necesitas, pequeña?

—En mi bolsa llevo algunas pócimas que cogí de los druidas. Hay que aplicarlas con miel de las propias abejas. Y hacerle beber mucha agua para que el mal vaya saliendo de su cuerpo.

—¿Y de dónde sacamos la miel? —le preguntó Cayo.

—Si hay abejas, hay miel, señor. Solo hay que seguir su rastro y se llegará a las colmenas. La miel que hacen es muy buena. La hacen con las flores del brezo. ¿No has visto que los páramos están llenos de brezo?

—¿Brezo? ¿Qué es el brezo? —A Cayo le parecía extraño aprender de una pequeña criatura como Yilda, lo que le hizo sonreír por primera vez en bastante tiempo.

—Es esa planta de florecillas rosadas que cubre las colinas. Este olor que nos rodea viene de ellas.

—No huelo a nada —repuso el hombre, mientras miraba a Flavio buscando la conformidad a sus palabras.

—Eso es porque no has aprendido a leer en la naturaleza, señor. Pero creo que estamos perdiendo un tiempo precioso. Hay que encontrar la miel. ¿Podemos ir con los caballos? Iremos más deprisa.

—¿Y no se espantarán? —inquirió el joven Flavio, que temía a las abejas, pero no quería reconocerlo delante de Cayo Vinicio.

—Los dejaremos en cuanto veamos las colmenas. Cuando haya más y más abejas querrá decir que los panales están cerca.

Salieron Flavio y ella en un caballo, y dos jinetes más. No cabalgaron más de diez minutos cuando avistaron un grupo de abejas. Yilda dio orden de dejar los caballos y de acercarse a pie.

—¿Y si nos pican también a nosotros? —preguntó uno de los hombres.

—Me acercaré yo sola, he hecho esto muchas veces. Los druidas me encargaban sacar la miel de sus colmenas.

Yilda caminó siguiendo la estela de las abejas, y por fin llegó a una colmena. Estaba repleta de panales llenos de miel. Era muy ligera. Introdujo un dedo y la probó. Estaba muy rica, mejor que la que recogía para los hombres del bosque. Se cubrió el rostro y las manos con pedazos de una tela fina que llevaba en su pequeña bolsa, y se dispuso a recoger los panales. Formaban figuras geométricas perfectas. Yilda siempre se había preguntado cómo y por qué hacían la miel y las colmenas aquellos insectos tan laboriosos y extraños. Puso su botín en una bandeja que Cayo le había dejado y regresó a donde estaban los hombres. Flavio la miraba atónito, con el corazón palpitándole muy deprisa. Él y sus dos compañeros no daban crédito a lo que acababan de ver. Aquella muchacha no tenía miedo de las abejas y había salido sin un solo picotazo y con la bandeja llena de trozos de panal rebosantes de miel.

—Hemos de darnos prisa si queremos curar a vuestro general.

Cabalgaron al galope y llegaron enseguida. Cayo los esperaba en la puerta. Estaba pálido.

—Está peor. Ha bebido un par de sorbos de agua.

—No tiene que beber un par de sorbos. Tiene que beber jarras enteras, aunque no tenga ganas. Tápenle la nariz para obligarlo a abrir la boca, y métanle el agua como sea —ordenó Yilda, ante la sorpresa de todos los demás.

Aquella jovencita hija del pueblo bárbaro se atrevía a dar instrucciones a un tribuno de Roma. Cayo la miró atónito. Yilda entró en la tienda sin esperar a que nadie la invitara. Observó al moribundo. Sacó dos botellitas de su saco y las colocó en un taburete. Ella se sentó en el suelo y empezó a mezclar una parte de cada una de las dos pócimas con la miel que iba extrayendo del panal. Mientras lo hacía, decía palabras en una lengua que nunca habían escuchado los dos hombres que vigilaban expectantes sus movimientos, Cayo y Flavio. Cuando tuvo lista la mezcla, se acercó al enfermo y se la extendió en el brazo inflamado, en la frente y en el abdomen. Al notar el frío de la cataplasma en su cuerpo caliente, Claudio Pompeyo abrió los ojos unos segundos por primera vez en un día. Fue el tiempo justo para ver que una niña de cabellos rojos y piel muy blanca estaba a su lado y le sonreía. Claudio Pompeyo creyó que había llegado al paraíso de los inmortales y que lo recibía una ninfa de la corte de la diosa Venus, a la que siempre dedicaba sus ofrendas.

Elena llegó a casa con los brazos llenos de manchas rojas. Entró directamente en el baño y se untó una crema que le había recetado el médico para brotes alérgicos. Se miró en el espejo y observó que en la mejilla derecha también le había salido una irritación. Oyó las voces del salón y se dio un toque de maquillaje para esconderla. Además de las de sus padres, distinguía dos voces de hombre con acento extranjero. Se cepilló el pelo y se bajó las mangas para que no se le notara nada.

—Buenas tardes a todos —dijo en cuanto entró en el cuarto de estar.

Su padre le presentó a los dos hombres que estaban allí. Joseph van der Leyden, el famoso bailarín lesionado y reconvertido a coreógrafo, y un jovencito que le acompañaba.

—Es mi sobrino y asistente —explicó van der Leyden—. Se llama Nelson y ha venido a ayudarme.

Elena y Nelson se dieron la mano. El chico tenía dieciocho años y bailaba en una compañía de aficionados. Estudiaba veterinaria y hablaba perfecto español, con un leve acento sudamericano.

—Es que mi madre es cubana. Bailaba en el Ballet Nacional de Cuba, hasta que en una gira pidió asilo político en Holanda y allí se quedó. Ahora tenemos una semana de vacaciones en mi país así que por eso he acompañado a mi tío. Desde su última operación de espalda, prefiere viajar acompañado.

Elena saludó a van der Leyden, y el hombre mantuvo la mano de la chica unos segundos entre las suyas.

—Tienes las manos frías, Elena. Dicen que «manos frías, corazón caliente». Me parece que esta chica está enamorada. ¿Me equivoco?

Elena se ruborizó y se limitó a sonreír. ¿Esa era la primera frase que se debía recibir de un desconocido?

—Si quieres ser alguien en este mundo del *ballet*, deberás tener, además de las manos, la cabeza muy fría. En este trabajo todo es esfuerzo y zancadillas. Si fueras mi hija, te quitaría la idea de la cabeza. Pero como no lo eres, no lo voy a hacer.

Los padres de Elena se miraron y no dijeron nada. Elena se sentó, dio dos sorbos al vaso de agua que se había servido. Los demás se enfrascaron en una conversación sobre todos los problemas que daba ser bailarín profesional, todas las renuncias que había que hacer, incluidas las del amor. A Elena le picaban los brazos. Su madre se dio cuenta.

—¿Qué te pasa? Llevas una roncha roja en esa mano.

—En esa, y en la otra, y en los dos brazos, y hasta aquí —dijo mientras ponía un dedo en su mejilla—. Esta la he tapado con tu maquillaje.

—¿Y eso? Habría que ir al médico. Habrás comido algo que te ha sentado mal.

—No, mamá. No ha sido eso. Es que Carlos tiene un gato en casa. Yo ni lo he visto, pero cuando Carlos ha llegado a clase, se ha sentado a mi lado, y me ha tocado el brazo, he empezado a estornudar y enseguida me han salido estos ronchones horribles.

—¿Y por qué tienen gato? ¿No sabían que te daban alergia?

—No lo sabían. Y además, no es suyo, es de Paquita, la mujer del abuelo. Se han ido de luna de miel y les han dejado el gato. Mejor dicho, la gata.

—¡Pues vaya plan! —exclamó Concha.

—¿Cuál es el plan? —preguntó su marido, que había oído palabras sueltas de la conversación de su mujer y su hija.

—Que Carlos tiene un gato en su casa.

—¿Quién es Carlos? —preguntó van der Leyden.

—El medio novio de Elena —respondió su padre. Elena lo miró y frunció el ceño. De eso no se hablaba. Ella no había dicho en ningún momento que Carlos fuera ni su medio novio, ni su novio entero. ¿Por qué su padre se lo tenía que contar al holandés?

—Si tienes novio, no llegarás a nada en esta profesión. Se es bailarín las 24 horas al día. No valen medias tintas.

A Concha le molestaba que aquel hombre al que acababa de conocer y que cenaba invitado en su casa, se permitiera pontificar desde una silla de su propio salón. Y mucho menos sobre su propia hija.

—Creo que sería bueno que vinieras una temporada a Ámsterdam con nosotros. Trabajarías más el cuerpo para la danza contemporánea, y te alejarías de tu amigo Carlos y del gato —sugirió van der Leyden—. Hay una beca en mi academia esperándote. He visto vídeos tuyos, eres buena. Aprenderías mucho con nosotros.

—De momento tiene que acabar el curso en el instituto —intervino su madre.

—No pienso marcharme de aquí. Llevo dos cursos en el mismo instituto, en la misma ciudad, por primera vez en mi vida. Por fin he conseguido hacer algún amigo que no me considera «la rara». Y eso no pienso cambiarlo por nada del mundo. Y mucho menos por irme a una ciudad en la que siempre llueve y que está rodeada de agua por todas partes.

—¿Prefieres esta ciudad que está rodeada de desierto por todos lados? Las vistas desde el avión cuando se acerca a Zaragoza son realmente espantosas —intervino Nelson.

Elena se levantó y se fue a su habitación. No tenía ganas de seguir oyendo cosas sobre su ciudad, sobre Carlos y su relación con él. Ni siquiera sobre el maldito gato. Prefería las manchas rojas en su piel durante dos semanas, a cambiar nuevamente de ciudad y dejar a Carlos.

Se calló lo que pensaba sobre que alguien le pusiera a su hijo el nombre de Nelson, como el apellido del famoso almirante inglés. Se calló lo que opinaba acerca de que el tal Nelson tuviera la espalda y los brazos excesivamente musculados en un gimnasio. Le parecía más un matón de puerta de discoteca que un bailarín. Y también se calló su opinión sobre la soledad en la que sin duda vivía van der Leyden, que tenía que pedirle a su sobrino el favor de acompañarlo. Elena no entendía por qué ser bailarina no se podía compaginar con una vida familiar más o menos normal. Su padre lo había hecho. Más o menos. También era verdad que habían pagado un precio alto: siempre de acá para allá, sin echar raíces en ningún lado, y perdiendo las suyas. En realidad, cuando alguien le preguntaba a Elena de dónde era, nunca sabía qué contestar. Había vivido en tantos lugares que no sabía de dónde era. Había nacido en A Coruña, pero, tras apenas dos años, se trasladaron: Madrid, Valencia, Génova, Nueva York, Bucarest, Barcelona, La Haya, Grenoble, Edimburgo, Barcelona, A Coruña, otra vez, y por fin Zaragoza. «El *ballet* debe ocupar las 24 horas del día de la vida de un bailarín», había dicho. Pues no. No iba a ocupar las 24 horas de su vida. Elena no estaba dispuesta a pagar determinados precios por conseguir algo. No los que había tenido que pagar su padre. Y su madre. Y ella. O al menos, eso pensaba en esos momentos.

Notó escozor también en la garganta, fue a la cocina, cogió un tarro de miel y se lo llevó a su habitación. Dejó una cucharada en su boca y la fue paladeando lentamente, como siempre hacía. Así llegaba a la garganta poco a poco y curaba más. Pensó que tal vez la miel también ejerciera sus poderes sobre las manchas de la piel. Se aplicó una capa muy fina en los brazos y encendió el ordenador. Imaginó que nunca había estado tan dulce como en esos momentos. Se miró en el espejo, se lavó la cara y extendió otro poco de miel sobre el ronchón de la mejilla. Ese día no le gustaba su cara. Le parecía que la nariz era demasiado chata, el pelo demasiado rizado, los ojos demasiado pequeños y la boca demasiado grande. Y para colmo, el rosetón. Le gustaba mirarse en aquel espejo porque era muy viejo. Había sido de su abuela paterna que se lo había mandado como regalo para su último cumpleaños. Lo tenía en su habitación. Era un espejo veneciano, lleno de flores de cristal y de muchos cristales tallados. La pátina del tiempo había creado manchas en él, y una especie de velo que hacía que todos los rostros que reflejaba parecieran más bellos y lisos que en la realidad. Como si el tiempo hubiera creado un filtro en él para devolver la imagen más hermosa de quienes se miraban en su superficie. Pero ese día, ni siquiera el viejo espejo le devolvía una visión amable de sí misma.

Le disgustaba que el contacto con la piel de Carlos le hubiera provocado ese malestar en su piel. Estaba enamorada de Carlos y no quería que nada perturbara la atracción que sentía por él. Recordaba sus primeros besos el día en el que ella bailó por primera vez en la compañía. Sus besos en el cine la tarde anterior. El contacto con su piel siempre había sido hermoso. En cambio, hoy... «En fin —pensó Elena—, será cuestión solo de quince días. El gato desaparecerá y ya no tendré que preocuparme más de mi alergia. Todo volverá a ser como antes. O no».

Después de dos días, Claudio Pompeyo había mejorado tanto que pasaba despierto la mayor parte del día. Apenas tenía fiebre y su brazo volvía a tener el color bronce y el tamaño de siempre. Ni rastro de la inflamación ni del color rojo que la acompañaba. Comía con apetito las viandas que le servían, especialmente la carne de venado, que abundaba entre aquellas colinas cubiertas de brezo. En sus sueños febriles, Claudio Pompeyo añoraba Roma, sus templos, el foro, las termas donde se relacionaba con otros patricios que le contaban lo que ocurría y lo que debía ocurrir a su juicio en el Imperio. Añoraba el mar de Ostia, donde tenía una villa a la que apenas iba, sobre todo desde que lo habían destinado primero a Cesaraugusta, donde vivía con su familia, y luego a Britania, donde lo habían enviado a doblegar a los bárbaros celtas que vivían en las islas. Los que hacían sacrificios humanos a los dioses, y no hablaban la lengua del poeta Virgilio ni de Cicerón, el mejor orador de todos los tiempos, según Claudio Pompeyo y según todos aquellos que lo habían escuchado en sus discursos.

Yilda seguía curando su brazo y preparaba las infusiones de miel y hierbas que sus sirvientes le ofrecían al amanecer y al anochecer. Claudio sabía que una joven que había vivido con los druidas era la responsable de su curación, pero no la había vuelto a ver desde el primer momento en el que ella le puso la cataplasma en el brazo aún hirviente de fiebre.

—¿Y la muchacha? Quiero verla —ordenó a uno de sus hombres.

—No está, señor —le respondió el joven Marco, que miraba con recelo a Yilda y a sus cabellos rojos.

—¿Dónde está?

—Ha salido con Flavio y dos hombres más a buscar más miel. Esa chica es capaz de oler a las abejas. Cada día encuentra nuevas colmenas y extrae el líquido sin que ninguno de esos horribles bichos le pique.

—Quiero verla en cuanto venga.

—Cuando llega, señor, tú estás ya dormido. La chica se pasa el día fuera buscando miel, flores de brezo y otras hierbas que utiliza para sus medicinas.

—Esa niña está bendecida por los dioses. Traédmela en cuanto aparezca por aquí. Y si estoy dormido, despertadme. Quiero verla.

—Y podrás además hablarle, señor. Habla latín —musitó el soldado, en voz muy baja.

—¿Habla latín?

—Y lo lee, señor. Es muy rara. Se ha criado en el bosque y resulta que lee y habla nuestra lengua.

—Sin duda los dioses la han dotado bien. Cuidadla. Que no le suceda nada. Y traedla a mi presencia en cuanto llegue.

—Como ordenes, Claudio Pompeyo.

Yilda recogía toda la miel que podía para curar al tribuno. Preparaba luego con cuidado los ungüentos que le ponía en la piel y las pócimas que le hacía beber. El resultado no podía ser mejor. Todos los hombres del campamento la observaban cuando salía y cuando entraba, siempre acompañada por tres legionarios que protegían su trabajo. Todos cuchicheaban entre ellos acerca de la joven pelirroja que entraba y salía de los muros y de la tienda del general. Todos comentaban que ella solita había sido capaz de hacer lo que los galenos de la legión no habían sabido: curar a Cayo Pompeyo de la picadura de una abeja. Todos hablaban de cómo era posible que aquella criatura de los bosques supiera la misma lengua en la que Júpiter, Marte y Minerva hablaban con los mortales. Cuando pasaban cerca de ella, no osaban mirarla directamente a los ojos y temían rozarla con sus mantos. Acaso tenía la protección de los dioses o era ella misma una semidiosa engendrada por Júpiter en alguna mujer de las islas.

Yilda vivía ajena a los comentarios y a los pensamientos que su humilde personita suscitaba. Temía saludar con una sonrisa que alguno de los soldados pudiera malinterpretar. Cuando paseaba entre las tiendas, lo hacía siempre acompañada de la pequeña Pamina, a la que cogía en sus brazos y le daba parte de la leche que le correspondía. La gata se lo agradecía lamiendo su mejilla y dejándola mojada, lo que no le gustaba nada a Yilda, pero se aguantaba, porque entendía que era la única manera en la que Pamina sabía mostrar su agradecimiento. Incluso su cariño. Con el único de los soldados con el que se relacionaba era con el joven Flavio, que siempre la acompañaba en sus salidas a recoger la miel y las plantas para sus medicamentos.

Una tarde, Flavio se acercó con ella a la colmena y la ayudó a recoger los panales. A él no le gustaban las abejas, tenía un miedo irracional a todos los animales que volaban, especialmente a aquellos insectos, que le traían muy malos recuerdos, pero no quería mostrarlo ante la muchacha. El corazón le iba muy deprisa conforme se iban acercando y el zumbido de las abejas se iba haciendo más y más intenso.

—No tienes que venir conmigo, si no quieres. Puedo hacerlo sola.

—Quiero aprender —mintió el joven—. Además, las flechas de tus compatriotas son mucho peores que los aguijones de las abejas.

Yilda sonrió con cierta amargura. Sabía que las flechas de su pueblo habían matado a muchos más romanos que todas las abejas de las islas. Y también era consciente de que aquellos mismos hombres que tan amables se mostraban con ella habían arrasado su aldea con todos sus habitantes.

—¿Sabes una cosa? —le preguntó Yilda a Flavio—. Me gustaría ir con vosotros a Roma. Quiero ver cómo es una ciudad, las calles, los templos, los mercados, la gente, las ropas de las mujeres. Todo. Quiero salir de este lugar en el que solo crece el brezo y solo se come carne de ciervo. ¿Son hermosas las mujeres de Roma?

Flavio sonrió también, y en su sonrisa había un punto de tristeza que no supo disimular.

—Yo nunca he estado en Roma.

—¿Cómo? Pero si eres romano. ¿Cómo es posible que nunca hayas estado en Roma? Te estás burlando de mí.

—En absoluto. Todos los que hemos nacido en los límites del Imperio somos ciudadanos romanos. Pero el Imperio es grande. Yo soy de Hispania, de una ciudad junto a un gran río, una ciudad en la que sopla un viento gélido en invierno, y en la que hace un calor tórrido en verano, porque está rodeada de tierras muy secas. Una ciudad que está muy lejos de Roma. Yo también quiero ir a la ciudad de las siete colinas. Tal vez un día…

—Y las mujeres de Hispania, tu tierra, ¿son hermosas? —insistió ella.

—Sí que lo son —asintió Flavio—. Pero ninguna tiene el cabello tan rojo como tú.

Yilda lo miró y le sonrió en silencio. En ese momento, notó que el aguijón de una abeja se le clavaba en el cuello, pero le pareció que su veneno le llegaba hasta el corazón. «No importa —pensó—, estoy inmunizada».

El miércoles por la mañana, cuando Marga llegó a su despacho en el museo, vio dos maletas en el suelo con etiquetas de Iberia. Las reconoció al instante, era el equipaje de Federico. Salió al almacén y allí estaba su exmarido, con su bata blanca ya puesta y abriendo con cuidado una de las cajas con el nuevo material.

—Buenos días. ¿De dónde has salido? —Fue el saludo de Marga.

—Buenos días, querida —contestó Federico, mientras dejaba la caja en el suelo y se acercaba a Marga con los brazos abiertos dispuesto a darle un abrazo y un beso en los labios.

Ella apartó la cara del trayecto de la suya y el beso fue a parar a su oreja. Él la abrazó, y a Marga se le hizo un nudo en el estómago que tuvo que deshacer con una manzanilla media hora después.

—Esperaba un recibimiento más caluroso.

—¿Qué hace aquí tu equipaje? Podías haberme avisado. ¿Cuándo has llegado?

—Llegué anoche, muy tarde. He dormido en un hotel. Pero si te parece bien, esta noche me trasladaré a tu casa, así estaremos los tres juntos.

Marga se quedó callada un momento. Algunas veces, cuando venía Federico, se quedaba en casa, y así estaba más tiempo con Carlos. Otras veces, permanecía en un hotel, o alquilaba un apartamento. Últimamente, prefería la casa. Ella lo admitía por el bien de Carlos, y aunque no lo reconocía abiertamente, también estaba encantada con la presencia de Federico. Así parecían una familia «normal».

—La habitación de invitados está ocupada —le dijo, mientras se ponía su bata.

—Ah, ¿sí? ¿Y por quién?

—Un gato. Mejor dicho, una gata. La de Paquita. Nos la ha dejado mientras dure el viaje de novios.

—No sabía que Paquita tuviera una gata.

—Ni yo tampoco.

—Nunca te han gustado los gatos.

—Siguen sin gustarme. Por eso está en la habitación de invitados —dijo Marga con una sonrisa irónica—. Ya se ha cargado la colcha que hizo mi madre de ganchillo, y ha arañado la puerta. Y ha roto la lámpara.

—¿Mi lámpara? ¿La Louis Poulsen que vale un riñón?

—«Valía» un riñón —matizó Marga—. Ahora ya no existe.

—¡La madre que la parió a la gata! —exclamó Federico.

—¿Y los limones sicilianos? —preguntó Marga, que no quería seguir hablando del puñetero gato.

—En la maleta están.

—Se van a pudrir ahí dentro.

—No. Ya los he controlado esta mañana. Están preciosos. Nunca has visto limones más grandes.

Marga no pudo evitar una sonrisa al comprobar cómo Federico era capaz de emocionarse por algo tan simple como unos limones. A veces pensaba que era como un niño grande que vivía la vida como si fuera un libro de aventuras. Otras veces, pensaba que era una bendición que a su edad todavía fuera capaz de entusiasmarse con algo tan inocente como un limón. Y otras, no sabía qué pensar de él.

—Bueno, ¿ya has abierto una caja? ¿Qué es lo que hay ahí dentro que se supone que es tan especial?

—Hay varias cosas interesantes. Todo esto ha sido encontrado en los restos de una villa romana a las afueras de Zaragoza. Ya sabes, en esta ciudad, en cuanto cavas un poco, salen resquicios de Cesaraugusta y de las gentes que la habitaron hace más de dos mil años. Lo normal es que aparezcan mosaicos, restos de cerámica, abalorios, figurillas de dioses, en fin, esas cosas de las que están llenas todas las vitrinas de los museos.

Federico se entusiasmaba más y más. Marga notaba que su nariz se iba poniendo roja, que era lo que le ocurría siempre que algo le emocionaba. De hecho esa había sido una de las cosas que la enamoraron diecisiete años atrás, cuando ambos trabajaban en un yacimiento arqueológico en Túnez, en el desierto. Al principio, ella había creído que el color rojo venía del calor y de la exposición al sol, pero enseguida se había dado cuenta de que provenía de algo que se originaba en la mente entusiasta del entonces joven y prometedor arqueólogo.

—Entonces, ¿qué hay aquí que se considera tan especial?

—Verás… —Y Federico desenvolvió una pieza cuidadosamente empaquetada y cubierta de tela de fieltro. La sacó y la colocó delante del rostro de Marga—. ¿Qué ves?

—No veo nada especial. Parece un espejo, pero está tan viejo que ni me veo a mí misma como soy. Bastante borrosa y con las arrugas difuminadas. Hasta parece que tengo el pelo más rojizo. Es un espejo viejo. No es tan especial —contestó ella.

—Bueno, aparte el hecho de que nunca te has visto la cara, sino un reflejo de ella —apostilló Federico—, observa el mango por la parte de atrás. Hay una inscripción.

—Hay unas cuantas rayas y un agujerito a cada lado. Ni siquiera está entero. Y yo no veo letras por ningún lado.

—Querida Marga —dijo él en voz muy baja, mientras le acariciaba la barbilla—, parece mentira que tuvieras tan buenas notas en Paleografía. Esto que ves aquí no son rayas. ¿No te das cuenta? Son signos de ogam, el alfabeto de los druidas.

Marga se acercó más el espejo para ver mejor lo que Federico señalaba como signos alfabéticos celtas. Pensó que necesitaba ir al oculista, porque tenía que acercarse demasiado el objeto a los ojos para distinguir algo más que rayas. Por supuesto que había estudiado el ogam, y las runas, y todas las letras antiguas, pero que aquellas rayas del mango del espejo quisieran decir algo, no lo tenía tan claro.

—Yo creo que son decorativas, sin más. Alguien se entretuvo en grabar estas líneas para que quedara mejor.

—¿Y por eso las puso en la parte de atrás? No tiene sentido. Es ogam, estoy convencido —afirmó.

Colocó con cuidado el espejo sobre la mesa. Sacó una lupa del bolsillo y se sentó. Le pidió a Marga que hiciera lo mismo en la silla de al lado.

—No me has preguntado por Carlos —le reprochó.

—He hablado por wasap con él esta mañana. Ya me ha contado lo de Elena.

—¿Lo de Elena? ¿Qué es lo de Elena? —preguntó Marga, extrañada. Carlos no le había mencionado nada.

—Que está un poco rara últimamente. Al menos, eso dice él.

—¿Así que ahora te cuenta a ti sus cosas personales en vez de a mí?

—Marga, tendrás que ir acostumbrándote a que Carlos se está haciendo mayor. Ya no es el niño pequeño que acudía a su mamá corriendo cada vez que se hacía un restregón en la rodilla. Ahora los restregones son de otro tipo y no se les cuentan a las madres.

—¿Y a los padres sí? —Marga se levantó y se fue al baño.

No quería que Federico notara que le habían asomado dos lágrimas a los ojos. Se lavó la cara y se bebió un vaso de agua del grifo. Tal vez Federico tenía razón, Carlos estaba llegando a esa edad en la que ya no se cuenta todo a las madres. Pero ¿por qué se lo había contado a él, a quien apenas veía? «Ya, cosas entre hombres, eso será», intentó justificar el hecho. Se volvió a mojar el rostro y se miró en el espejo. Aquellas arrugas bajo sus ojos delataban que Carlos se estaba haciendo mayor, sí.

—Bien —dijo mientras se sentaba de nuevo en su silla—. ¿Has descubierto ya el significado de las supuestas letras druidas que, en mi humilde opinión, no son más que simples rayas?

—Mira —contestó él, sin mencionar nada con respecto a su hijo, como si no hubiera pensado en lo que acababa de ocurrir. Fue recorriendo el mango del espejo con el dedo. Su cara muy cerca de la de Marga—. Dos líneas oblicuas, un espacio debajo, luego cinco líneas horizontales. Después dos más cortas a la derecha. Luego dos también cortas a la izquierda. Y por último, una línea horizontal. Está clarísimo.

—¿Qué es lo que está clarísimo? —Marga levantó la cabeza a la vez que él.

Se miraron a los ojos. Federico miró la boca de Marga. Acercó su rostro al suyo. Sus labios a los suyos y la besó. Ella no le devolvió el beso y se apartó levemente.

—¿Qué es lo que está clarísimo? —repitió.

—Al menos hay dos cosas muy claras para mí.

—¿Que son?

—Que os quiero más de lo que imaginas —respondió él, mientras acariciaba un mechón del pelo de Marga que se había humedecido al lavarse la cara.

—¿Y la segunda cosa? —preguntó ella, inexpresiva, como si no le hubieran afectado en absoluto las palabras que acababa de escuchar.

—Que aquí está escrito el nombre de una mujer.

Cuando Flavio y Yilda llegaron al campamento, recibieron la orden de entrar en la tienda de Claudio Pompeyo. Dejaron la miel y las hierbas en una mesa de la entrada, y un soldado les acompañó al aposento del tribuno.

—Así que tú eres la jovencita que ha hecho posible que yo esté ahora aquí, vivo y de pie.

—Los dioses lo han querido así, señor. Yo solo he sido su intermediaria —comentó humildemente Yilda.

—¿Dónde has aprendido a curar? Eres una niña y sabes más que todos los galenos de Roma juntos —dijo Claudio.

—Conviví siete años con los druidas.

—¿Ellos te enseñaron?

—No, señor. Si hubieran sabido que aprendía me habrían matado. De hecho, querían hacerlo, por eso me escapé. Creo que empezaron a sospechar y por eso decidieron sacrificarme. Pero la diosa me ayudó.

—¿Qué diosa? —preguntó el tribuno.

—La luna. Me encomendé a ella. Siempre lo he hecho, desde que era pequeña.

—¿Y cómo has sido capaz de aprender todas esas cosas, si los druidas no te enseñaban?

—Vivía en la cueva con ellos. Cuando hacían sus ceremonias, me escondía y observaba. Y cuando salían al bosque, estudiaba todo lo que habían hecho. Debo reconocer que espiaba sus movimientos, sus palabras, sus escritos. Logré descifrar los signos y aprendí a leerlos. Los romanos y los nuestros. Pero no creas que soy demasiado curiosa, no lo soy. Quería aprender, necesitaba aprender para no morirme, señor. Nadie me hablaba. Nadie me sonreía. Nadie me consideraba como a una persona. Solo se dirigían a mí para darme órdenes. Y yo debía obedecer. Recogía miel, hierbas… Aprendí a distinguirlas y a preparar las pócimas que ellos hacían. Aprendí a reconocer las estrellas porque la noche me escondía de sus miradas. Aprendí las palabras sagradas que pronunciaban para hablar con los dioses. Así pude sobrevivir, señor. Tenía curiosidad para aprender algo nuevo cada día. Eso era lo único que me hacía soportar mi cautiverio, saber que al día siguiente habría algo nuevo que aprender.

Cada palabra que pronunciaba Yilda se clavaba en algún lugar recóndito de Flavio. Parecía tan frágil, a merced de los hombres del bosque, pero era capaz de sacar de aquel cuerpo inocente, menudo y adolescente, toda la fuerza necesaria para seguir viva. La narración de Yilda conmovió también a Claudio Pompeyo.

—He recibido órdenes de Roma. Viene una legión a sustituirnos. Volvemos a casa y el regreso hemos de hacerlo en son de paz con las gentes de estos lugares. Supongo, pequeña, que no quieres quedarte en estas tierras inhóspitas en las que lo mejor y lo peor que te puede ocurrir es que los druidas acaben contigo. Te llevaremos con nosotros. En nuestra compañía estarás segura. Y nosotros lo estaremos contigo. A pesar de todas las abejas de estas islas.

—¿Roma? ¿Me van a llevar con ustedes a Roma? —Yilda sonrió y miró alternativamente a Flavio y a Pompeyo.

—¿Acaso tienes un sitio mejor al que ir? —preguntó Claudio.

—No, no. Hace tiempo que deseo ir a la ciudad de los emperadores. Desde que oí contar a mi padre que allí los suelos de las casas formaban dibujos y las paredes estaban pintadas con colores. Que las mujeres llevaban hermosos tocados y que los edificios eran más altos que los árboles.

—¿Tu padre estuvo en Roma? —preguntó Flavio.

—No, pero mi padre sabía muchas cosas. Era pescador. Nunca salió de la aldea, pero conoció a hombres que habían venido de Roma, como tú.

—Vendrás pues con nosotros —ordenó Claudio Pompeyo—. Tus saberes pueden sernos muy útiles en el Imperio. Podrás vivir con mi familia, si te parece bien. Y sorprenderás a todo el mundo con tu sabiduría. Los galenos se morirán de envidia. Tendrás que fabricar alguna pócima que cure ese mal terrible.

Claudio Pompeyo se echó a reír. Inclinó levemente la cabeza e hizo un gesto con la mano que significaba que quería quedarse solo de nuevo. Flavio y Yilda salieron de la tienda del tribuno. El joven se paró un momento y observó la mirada radiante de la chica. Parecía que el rojo de su cabello brillaba aún más. Pero había algo que Yilda no sabía y que debía saber cuanto antes.

—No vamos a ir a Roma. Quiero decir, que no vamos a ir a la ciudad de Roma. Roma es mucho más que la ciudad, y nosotros vamos a Hispania, que pertenece a Roma. Nos quedaremos en Cesaraugusta, a donde pertenece nuestra legión. Él va de vez en cuando a Roma, con algunos centuriones y otros patricios. Pero en la ciudad Augusta está su familia, con quien quiere dejarte, según ha dicho. Yo también vivo allí. Podré verte cuando no esté de misión. Algún día me llevarán a Roma, tal vez entonces podamos ir juntos.

—¿Cesaraugusta? ¿Es la ciudad del viento de la que me hablaste?

—Sí —contestó Flavio.

—Está bien. Si Cesaraugusta también es Roma, está bien.

—Echarás de menos estas tierras. Allí no hay brezo. Ni mar. Solo hay ríos.

—Aquí no tengo a nadie. Y allí habrá personas que quizás me enseñen a vivir como una mujer romana. Y que quizás piensen alguna vez en mí. Aquí no hay nadie que me eche de menos.

—No tienes nada que envidiar a las mujeres romanas. Ellas envidiarán tu pelo rojo, ya te lo he dicho.

Yilda le sonrió a Flavio, le dio un trozo de panal, y se retiró a su tienda. Se sentó sobre los cojines que le habían dispuesto. Sacó todos los objetos que había guardado y que harían con ella el viaje hasta la ciudad del viento. Le había dicho a Flavio que no echaría de menos sus tierras, pero le había mentido. Siempre se echa de menos el lugar en el que se ha vivido si uno ha sido feliz en él. Cuando era pequeña, había tenido momentos hermosos, los que pasaba con su padre en la barca, y cuando veía que su embarcación llegaba a puerto. También cuando jugaba con los demás niños, y cuando recogía los huevos de las gallinas. Y sobre todo cuando su abuela le contaba viejas historias de dioses y de aparecidos. Pero aquellos recuerdos permanecían en las brumas de su memoria porque los años pasados con los druidas habían difuminado lo que Yilda había guardado como un tesoro en lo más profundo de su ser. Apenas recordaba el rostro de su padre. El de su abuela se habían borrado completamente. Las voces de ambos se habían perdido para siempre. Eso era lo que más echaba de menos Yilda, el sonido de las voces de las personas a las que había querido. Lo echaba de menos en la isla, en el bosque, y lo echaría a faltar también en cualquier sitio en el que viviera, ya fuera Cesaraugusta, ya fuera la mismísima Roma. Yilda sabía que para echar de menos algo o a alguien daba igual estar en un sitio que en otro. Sacó el collar de conchas de su abuela y se lo puso al cuello. Se miró en el pequeño espejo y por primera vez se vio guapa. No se dio cuenta de que Flavio la observaba desde la pequeña abertura de la tienda.

—En este espejo está grabado el nombre de una mujer —repitió Federico—. En la lengua de los antiguos druidas. Es ogam, la lengua sagrada que utilizaron antes de que llegaran los romanos. Sobre todo en Irlanda e Inglaterra. ¿Qué vino a hacer aquí este espejo? Eso es lo que tenemos que averiguar.

—Lo robaría alguno de los soldados cuando intentaron conquistar Britania —respondió Marga, a la que en ese momento nada le parecía suficientemente interesante—. Pertenecería a alguna de las mujeres que mataron. Eran bastante brutos nuestros antepasados.

—Las mujeres de Britania no sabían leer ni escribir. Y mucho menos conocían estos signos, que eran los que usaban exclusivamente los druidas en sus textos secretos, en sus ceremonias mágicas, en sus estelas funerarias. La gente común no tenía acceso a esos saberes, ni a sus signos. Y menos aún las mujeres.

—Quizás algún druida le regaló este espejo a alguna mujer y puso su nombre —sugirió Marga.

—Aquellos hombres no se preocupaban de esas cosas. No. Es algo raro. Además la decoración que lleva el marco y el resto del mango es típicamente romana. Es muy extraño. Un espejo romano con una inscripción druida encontrado en una villa romana del siglo I. Y aún hay algo más que tampoco acaba de encajar.

—¿De qué se trata?

—De esta cuenta de collar. Estaba en el mismo ajuar, con el espejo. Esta sí que es absolutamente romana, con una incrustación de colores.

Federico había sacado una cuenta cuadrada de pasta vítrea. En los cuatro lados en los que no había agujero estaba decorada por una florecilla de colores hecha también de cristal.

—Se parece a las cuentas del collar de mi prima Ángela, la que vive en Venecia —dijo Marga.

—¿Tu prima la escritora?

—Sí, tiene un viejo collar veneciano. O al menos parece veneciano, igual que esta bola. No parece que tenga dos mil años.

—Pues ha aparecido en el yacimiento, y es romano. Lo raro es que esté con el espejo. ¿Qué mujer romana podía tener un collar así y además un espejo con inscripciones druidas?

—Cualquier mujer romana de cierta alcurnia podía tener el collar al que pertenecía esta cuenta. No es nada raro —replicó Marga, mientras acariciaba la cuenta y se la ponía sobre un dedo, a modo de sortija.

—Pero el espejo con un texto en ogam sí que es raro —insistió Federico.

—A no ser que estas rayas que te parecen letras sean solo eso, rayas, sin más, y no digan nada —ante la expresión de Federico, Marga cambió de discurso—: ¿Un nombre de mujer habías dicho?

—Sí, mira.

Federico sacó de su bolsillo un cuaderno en el que tenía escritas notas sobre viejos alfabetos, runas y ogam. Copió las líneas del espejo en vertical y a cada grupo le asignó una letra, como constaba en sus apuntes:

—Las dos líneas oblicuas corresponden a una «g» con sonido de «y». Ya sabes que el sonido de la «j» tardó muchos siglos en articularse —explicó—. Las cinco rayas largas horizontales representan a la vocal «i». Las dos más cortas a la derecha son una «l». Las otras dos pequeñas a la izquierda muestran una «d». Y por último, la larga horizontal es la letra «a».

—Interesante —dijo Marga, mintiendo, apenas había hecho caso de la explicación de Federico. Miraba sus dedos y sus uñas, siempre tan limpias y bien cortadas.

—Aquí pone «Yilda».

—¿Yilda? —preguntó ella—. No es un nombre romano.

—¡Claro que no lo es! —exclamó Federico, entusiasmado—. Es un nombre celta. Muy antiguo. Yo tengo razón.

—Pero sería Gilda, ¿no has dicho que las dos primeras líneas corresponden a una «G»?

—Sí, se escribiría con «g», pero se pronunciaría como «y». Como en italiano.

Marga recordó que así se llamaba la protagonista de una de sus óperas favoritas de Verdi, *Rigoletto*. Un personaje que siempre la había irritado especialmente: una chica que se deja matar para salvar a su seductor, que es un tipejo impresentable, poderoso y mentiroso.

El tipo de hombre que Marga no soportaba. Nunca había entendido por qué aquella Gilda, pronunciada «Yilda», se sacrificaba por él, que cantaba aquello de «La donna è mobile, cual piuma al vento».

—Yilda. Este espejo era de una mujer celta, que quizás tuvo algo que ver con los druidas.

—¿Y por qué estaba aquí, en una villa romana de esta ciudad?

—Aquí hay muchos más objetos. Esto será como un rompecabezas que acabaremos solucionando. Solo hay que pensar y empatizar. Empatizar es el secreto de casi todo.

—Pues empieza por ti mismo. A ver si «em-pa-ti-zas» —pronunció Marga silabeando— más con tu hijo y conmigo.

En ese momento, entró un wasap en el móvil de Marga. Era de Carlos: «Mamá, no iré a comer, que he quedado con Elena, que tiene algo que contarme».

—Algo pasa con Carlos y Elena. Han quedado a comer —le contó Marga a Federico—. Voy a contestarle que estás aquí y que nos veremos a la hora de la cena. Tiene muchas ganas de verte, pero supongo que tiene que solucionar algo con esa chica.

—¿Por qué la llamas «esa chica»? Pensé que te gustaba.

—Y me gusta, pero hay algo que me dice que no van a acabar bien. El sexto sentido de las madres.

—Que no siempre acierta —bromeó Federico—. Mi madre no pensó que tú y yo nos fuéramos a casar, y mira.

—Sí, eso, mira qué matrimonio tan estupendo tenemos —ironizó Marga—. Vamos a dejar el tema. Habrá que seguir abriendo cajas para descubrir quién era Yilda y qué hacía paseando por las calles de Cesaraugusta en medio del viento.

El día en el que levantaron el campamento llovía tanto que la línea del horizonte sobre el mar había desaparecido.

Parecía que el mundo se hubiera convertido en un gran océano detrás del grupo de soldados y de Yilda.

La muchacha no se giró a mirar atrás ni siquiera una vez. No quería sentir el mal de la nostalgia del que había oído hablar a su abuela. Sabía que tenía que empezar por ahí, por no mirar lo que dejaba tras de sí: sus años en la aldea junto al mar, sus años en el bosque junto a los hombres sabios.

Pamina se había guarecido en su regazo, en el carro que el tribuno había dispuesto para que la joven fuera cómoda durante el viaje hasta las naves que los llevarían al continente. Yilda abrió las cortinillas para oler el brezo que pasaba a su lado al ritmo y a la velocidad de los caballos. Enseguida Flavio mandó a su corcel que se pusiera a su lado.

—¿Estás segura de que no echarás de menos estas tierras donde naciste?

—Solo echaré de menos el perfume del brezo. En tu tierra habrá otras plantas, las abejas las libarán y fabricarán miel, pero no será como la de aquí. Sí, solo echaré de menos el brezo —repitió y sonrió al joven.

Yilda fantaseaba con que al llegar a la ciudad, Flavio la convirtiera en su mujer. La trataba de un modo tan diferente a como la habían tratado todos los hombres que había conocido hasta entonces, que pensaba que el corazón de Flavio guardaba hermosos sentimientos hacia ella. Unos sentimientos que también estaban naciendo en el interior de sus entrañas, y que hasta ese momento le habían sido desconocidos.

Sus tratos con los hombres del bosque habían estado desprovistos de la amabilidad y del buen trato que le profesaba Flavio. El tribuno Claudio era amable y le estaba agradecido por haberle salvado la vida, Cayo Vinicio apenas la miraba porque era extremadamente tímido con ella, y cuando le hablaba, era delicado y cortés. Los demás también eran gentiles con ella, pero lo de Flavio era diferente, al menos a ella se lo parecía.

Acarició a la gatita que se arrebujaba en su regazo. También ella era cariñosa y Yilda agradecía cualquier comportamiento que le dibujara una sonrisa. Habían sido siete años sin que ni una palabra, ni una caricia le despertara en su rostro un gesto de felicidad. Cuando estaba en la cueva del bosque, a veces pensaba que la luna la había abandonado a su suerte. Solo cuando en el cielo la luna se convertía en una boca sonriente, Yilda sentía que era a ella a quien la casta diosa se dirigía. A ella, a quien su sonrisa blanca en medio de la oscuridad la animaba a seguir viva en medio de las adversidades y de la soledad más absoluta en la que vivía. La rodeaba solo el olor y las voces de aquellos druidas que no la consideraban más que a cualquiera de las piedras en las que escribían los extraños signos con los que pretendían comunicarse con el sol y con la luna. Aquellos signos que Yilda había aprendido a descifrar.

—¿Cómo están nuestras pequeñas damas? —Se acercó Cayo Vinicio al carruaje. Flavio se retiró junto a un grupo de soldados.

—Bien, señor. Pamina ha bebido su leche y duerme tranquila.

—¿Y tú, pequeña Yilda?

—Yo no puedo dormir, señor. Quiero llevarme conmigo el olor del brezo. Aspiro profundamente para que se meta dentro de mí, y así pueda respirarlo siempre que lo necesite.

—Extraño procedimiento —admitió Cayo—. Siempre echamos de menos las tierras de nuestros antepasados, aunque nunca hayamos estado en ellas.

—Ese sí que es un extraño pensamiento, señor. ¿Cómo echar de menos un lugar en el que nunca se ha estado? —le preguntó Yilda, a lo que Cayo contestó con un suspiro—. Yo no echaré de menos estas tierras en las que sí he vivido. Solo el aroma y el color de estas flores.

Cayo paró el caballo y descendió. Con su daga, cortó varias ramas y se las ofreció a Yilda.

—Aunque se sequen, siempre estarán contigo. Aunque ya no huelan, su color te recordará de dónde vienes. De las tierras donde los hombres no se rinden y donde el mundo se acaba. Te recordarán quién fuiste. Una joven perdida en las colinas a quien primero una gata y luego unos soldados romanos encontraron. Una mujer que fue capaz de hacer cosas que nunca creyó posibles. Todo eso y más te recordarán estas flores cuando ya estén secas y tu rostro esté surcado por las arrugas del tiempo.

Yilda cogió las ramas cubiertas de minúsculas flores de color rosa y las colocó a sus pies. Apenas se había fijado en Cayo Vinicio porque casi todos sus pensamientos se los llevaba Flavio.

—Señor, ¿por qué has dicho que siempre se echa de menos la tierra de nuestros ancestros aunque no se haya estado en ella? No te entiendo.

—Mis antepasados eran de Alejandría. Nunca he estado allí. Ellos llegaron a Sicilia y se quedaron. Mis abuelos se instalaron en Roma. Nunca he estado ni en Alejandría ni en Sicilia, pero hay algo en mis huesos que me llama hacia aquellos lugares. En Agrigento tengo una finca en la que crecen los mejores limones del Imperio. Eso dicen. Cada año me mandan cajas enteras a Roma y yo los reparto entre mis amigos. —Cayo sonrió.

—Tal vez algún día vayas. ¿Están muy lejos?

—Hay que cruzar el Mare Nostrum para llegar a Alejandría. Y para ir a Sicilia solo hay que cruzar un estrecho. No está lejos de Roma, pero mis obligaciones militares me han mandado siempre hacia las tierras donde se pone el sol. A Hispania. A Britania.

—¿Ese Mare Nostrum es el mar que vamos a cruzar nosotros? —preguntó Yilda.

—No. Iremos hacia el sur para llegar a Hispania. Las naves nos esperan en algún lugar de donde viene el sol. Y ahora, intenta dormir un poco, pequeña, el viaje es largo.

—¿El tribuno Claudio Pompeyo está bien? —inquirió la chica.

—Está bien y te manda sus saludos desde su posición. Aún no se cree que esté completamente curado.

—Los dioses así lo han querido —repuso Yilda, humilde.

—No sabemos si tus dioses o los nuestros, pequeña. Aunque yo me inclino a pensar que los dioses no han hecho más que ayudar a tu sabiduría, que es muy grande. No lo olvides. Sabes cosas que pueden ayudar a los demás. Utiliza tus dones para el bien y recibirás el bien.

A Yilda se le humedecieron los ojos al escuchar las palabras de Cayo.

—Esas mismas palabras me las dijo mi padre el último día, antes de desaparecer para siempre en el mar.

—Desde más allá del mar, tu padre te protegerá siempre. No lo olvides. Y ahora descansa.

Cayo Vinicio acarició levemente la mejilla de la joven sin mirarla a los ojos para no importunarla. Yilda observó cómo Cayo se alejaba al galope. Su caballo era el más hermoso. Un corcel blanco, de crines largas que su dueño se encargaba personalmente de cepillar cada día. Yilda cogió una pequeña ramita de brezo, aspiró su perfume, y se la colocó en una de las trenzas con las que anudaba sus cabellos tan rojos como el sol que empezaba a esconderse muy lejos.

Elena llegó a la cita en el parque mucho antes que Carlos. Quería sentirse segura porque tenía que decirle algo que, estaba convencida, no le iba a gustar. No se sentía con fuerzas para seguir su relación con él. Lo quería, sí. Lo quería mucho. Carlos pertenecía a lo mejor que había en su vida. Pero sentía dentro de ella una sensación que le decía que debía alejarse de él porque de lo contrario iba a hacerle mucho daño. Carlos formaba parte de ella, era cierto. Pero lo que más pasión le despertaba era el *ballet*. Lo que la hacía levantarse cada mañana con entusiasmo era la certeza de las clases en la barra, ante el espejo, el sentirse envuelta por una música que se iba convirtiendo en movimiento al llegar a su cuerpo. Las palabras de van der Leyden le habían hecho pensar en ello durante toda la noche. No había dormido ni un minuto. Si había un momento para ella en el difícil mundo de la danza, era este. Era «ahora o nunca». La beca que le daban en Ámsterdam no era algo a lo que pudiera renunciar o posponer si quería dedicarse al *ballet* profesionalmente. Si dejaba pasar ese tren, no podría coger otro. Aquel era un tren de los que solo pasan una vez por la estación de la vida de cada uno. De eso, Elena estaba segura.

Pero coger ese tren significaba dejar pasar aquel en el que ella y Carlos habían construido una relación que iba mucho más allá de la amistad. Una relación que Elena sentía que la había hecho mejor y más fuerte. No quería sentirse culpable por tomar una decisión que le haría daño a los dos, pero que tenía muy claro que era la que tenía que tomar. Si no lo hacía, se lo reprocharía siempre. A sí misma, y a Carlos, por quien habría sacrificado lo que más le importaba. No, no debía ser injusta con el don que la vida le había regalado. Ni por Carlos ni por nadie.

Vio al muchacho que llegaba con la mochila a la espalda. En ese momento, unos músicos callejeros se pusieron a cantar en el banco de al lado. Aquello era lo último que quería escuchar Elena en aquel momento: una balada de amor que trataba de amores perdidos. Afortunadamente, los chicos cantaban mal y tocaban la guitarra aún peor, así que no se dejó influir por la magia que la música ejercía siempre sobre ella.

—Hola, Elena —dijo Carlos al llegar. Se sentó junto a ella y le dio un beso leve en los labios. La boca de la chica lo recibió con una sonrisa apenas perceptible—. No tienes buena cara. ¿No has dormido bien?

—No, no he dormido bien.

—¿Te entretuvieron los invitados?

—Más o menos. —Las respuestas de Elena eran más lacónicas que nunca.

—Pasa algo, ¿verdad?

—Sí y no.

—¿Ya no me quieres? ¿Es eso?

—No es eso. Sí que te quiero.

—Pero… En las películas, después de esa frase siempre hay un «Pero». Un «Pero» con mayúsculas —dijo Carlos, con un soplo de tristeza en la pronunciación de cada una de sus palabras—. ¿Hay un «Pero» con mayúsculas?

—Sí, hay un «Pero» con mayúsculas.

—Ya —contestó Carlos, a la vez que se retiraba el flequillo de la frente y dejaba la mochila en el suelo.

Tampoco él había dormido. Presentía que el cambio de actitud de Elena en los últimos días se debía a que sus sentimientos hacia él habían cambiado. No entendía por qué, pero algo ocurría. Él no había hecho nada para que así fuera. Pero por la experiencia de sus padres, ya sabía que las cosas del amor no eran ni fáciles, ni blancas, ni negras, sino todo lo contrario.

—Me han ofrecido una especie de beca para bailar en una compañía de Ámsterdam. Es una oportunidad única y no la puedo desaprovechar. —Elena buscó una rotundidad en las palabras que enmascaraban su angustia.

Carlos sintió que le habían metido una inyección de agua helada en una vena y se le había congelado toda la sangre. Pensó que su corazón se paraba en una estación perdida en medio del desierto.

—Bueno, Holanda no está tan lejos —intentó consolarse Carlos al escucharse decir esas palabras.

—No quiero hacerte daño. No quiero que me esperes. Puede pasar mucho tiempo hasta que vuelva, si es que vuelvo. —Elena estaba tan confusa que no sabía qué decir. De hecho, tampoco sabía qué pensar—. Es que no sé.

—Quieres que cortemos. —Carlos le ponía las cosas muy fáciles. Demasiado, pensó Elena.

—Creo que será lo mejor.

—Eso nunca es lo mejor. —El chico ponía en cada una de sus palabras las imágenes de soledad de su madre tras la separación.

—No quiero sentirme atada a alguien si no sé si podré estar a la altura.

—¿Y qué significa eso de «estar a la altura»? Nadie te pide algo así, sea lo que sea lo que quiera decir esa frase. —La vida de sus padres le había enseñado que había que desdramatizar muchas cosas referentes a las relaciones de pareja—. Esto no es una clase de *ballet*. Ni una representación de *El lago de los cisnes,* en la que o eres la mejor o no bailas el papel protagonista. Esto es la vida. Aquí no te echa nadie si no estás «a la altura». La vida no es una clase de *ballet*, ni un examen. Y yo no soy el coreógrafo que te va a dirigir, ni te va a decir cuánto tienes que subir la pierna y cuánto tiempo la debes mantener inmóvil.

Elena se miraba las rodillas extremadamente picudas que marcaban un ángulo recto bajo sus vaqueros.

—No quiero una relación en la que me sienta controlada a kilómetros de distancia.

—¿Controlada? ¿A qué viene eso? ¿Alguna vez te has sentido agobiada por mí? —Carlos se había quedado atónito al escuchar la palabra «controlada».

—No, no, por ti, nunca. Eres la persona más generosa que he conocido jamás.

—¿Generoso? No. Soy normal. No me considero con derecho de control sobre nadie que no sea yo mismo. Esto es algo que he aprendido de la relación de mis padres. Ya sé que no es la más convencional del mundo, pero nadie controla a nadie, y eso me gusta.

—Cuando nos conocimos, recuerdo que mencioné que había tenido una relación con otro chico. Fue hace dos años, antes de venir a vivir aquí. Aquel chico me hizo mucho daño. ¡Me acosó tanto! ¡Sufrí tanto! No quiero que me vuelva a pasar.

—Nunca me lo llegaste a contar.

—Él era de una ciudad en la que viví un tiempo. Luego mis padres y yo nos trasladamos a otra. Éramos muy jóvenes, trece o catorce años. Decidimos seguir a pesar de la distancia. Pero él me controlaba continuamente. Si me mandaba un wasap, veía que estaba conectaba y que no le contestaba, creía que estaba con otro chico y que no le hacía caso. Me sentía tan agobiada. Lo dejé. Siguió molestándome hasta que lo bloqueé. Luego cambié de número de teléfono. Fue todo muy desagradable. No quiero soportar eso nunca más. Llegaría a odiarte y no quiero hacerlo.

—Yo nunca te haría algo así. Y tampoco aguantaría que nadie me lo hiciera —exclamó Carlos, desconcertado por la historia que le estaba contando Elena.

—Es más habitual de lo que te imaginas. Hay mucha gente que piensa que tiene derechos sobre los demás, y que controla y acosa.
—¿Y no se lo contaste a nadie?
—No, a nadie.
—Debías haberlo contado.
—¿A quién?
—A tus amigos. A tus padres.
—A mis padres no se lo podía contar porque no sabían que salía con ese chico. Y a mis amigos... —Elena sonrió amargamente—. No tenía amigos. ¿Se te ha olvidado? Solo lo tenía a él. Al principio, creía que me quería y que por eso quería saber siempre dónde y con quién estaba. Tardé en darme cuenta de que eso no era amor. Era otra cosa que no sé calificar. Pero desde luego, amor, no. ¿Sabes?, tenía tanto miedo cada vez que sonaba el teléfono y entraba un wasap. Me escribía cosas que jamás se habría atrevido a decirme a la cara. Palabras escritas a medias, tan fáciles de escribir y tan difíciles de pronunciar. ¡Qué terrible y temible máscara puede llegar a ser una palabra escrita en una pantalla!
—Pero yo nunca haría eso —afirmó categórico Carlos.
—No estés tan seguro. No sabemos de qué somos capaces. Mi padre dice que el ser humano es capaz de lo mejor y de lo peor. También dice que es la falta de seguridad en uno mismo la que muchas veces hace que la gente tenga comportamientos crueles. Su ejemplo favorito es que si a Hitler lo hubieran admitido en la Escuela de Bellas Artes, él habría estado entretenido y satisfecho consigo mismo, y nunca habría pasado todo lo que pasó antes y durante la Segunda Guerra Mundial. —Elena le retiró el pelo de la frente a Carlos. Sus dedos acariciaron levemente su piel, lo que le produjo un escalofrío deseado desde hacía rato.
—Yo nunca lo haría. Y sí que estoy seguro de ello.
—No quiero irme de aquí y pensar en qué estás haciendo y con

quién. A lo mejor es eso, que temo ser yo quien se comporte de esa manera.

—Tú tampoco lo harías.

—No estés tan seguro, Carlos. No estés tan seguro de nada. De nada. Ni de nadie. Ni de ti ni de mí.

Elena acercó sus labios a los de Carlos y le dio un beso que tenía el sabor amargo de las despedidas.

Recorrieron muchas leguas hasta que llegaron a un bosque en el que Cayo y Flavio recordaban haber abierto una senda en su camino de ida. Mandaron a dos legionarios y la encontraron después de un buen rato. Poco después, el tribuno Claudio Pompeyo advirtió un extraño silencio en el bosque. No se oían pájaros ni rumor alguno. Yilda también se dio cuenta de que algo raro ocurría. Un bosque sin sonidos siempre es algo a lo que temer. La naturaleza crea su música aunque sea discordante. Pero su ausencia es siempre inquietante, y suele delatar la existencia de algún fenómeno preocupante o la presencia de humanos poco o nada acogedores.

Enseguida sus temores se manifestaron con la aparición de un grupo de hombres armados con lanzas. Llevaban el rostro y el torso pintados con círculos y con rayas de color rojo. Dispararon una de sus lanzas contra el carruaje en el que iba Yilda. El corazón le dio un salto. Se arrebujó en un cojín y abrazó a la gatita. Oyó el silbido de más lanzas, pero ningún grito de dolor. Se asomó tímidamente y vio al grupo de hombres pintados que se acercaba a los romanos con gesto fiero. Fue entonces cuando oyó la voz de Claudio Pompeyo que la llamaba.

—Yilda, sal de ahí. Diles que vamos de regreso a nuestras naves y que no queremos luchar con ellos. Diles que nuestras armas son más poderosas que las suyas. Y que nuestros dioses también lo son.

La joven salió muy despacio de su habitáculo y se acercó al grupo. Flavio la observaba impaciente y preocupado. Cayo Vinicio tenía la mano sobre su daga, para usarla al menor indicio sospechoso por parte de los enemigos. Yilda observó a los hombres pintados y comprobó que no conocía a ninguno de ellos, lo que la tranquilizó ligeramente. Tradujo lentamente las palabras del tribuno y esperó la respuesta sin dejar de mirar fijamente los ojos azules del líder, que la contemplaba extrañado de su presencia entre los soldados de Roma.

—¿Qué haces con ellos? ¿Te llevan prisionera o eres una traidora a tu pueblo? —preguntó el desconocido con un acento diferente al que tenía Yilda.

—Ni una cosa ni otra. Me voy libremente con ellos. No tengo a nadie aquí. Toda mi familia ha muerto —le explicó sin que ningún gesto delatara nada más, ninguna emoción, ningún dolor.

—¿Qué estáis hablando? —preguntó Claudio.

—Me ha preguntado por mí, señor —contestó la joven, que siguió hablando con el hombre de largos cabellos rubios y ojos claros e imperturbables.

El olor del miedo había vuelto. El olor agrio, ácido, a sudor seco, había regresado a Yilda. El miedo, que era como la boca negra de un lobo, de un oso gigantesco, de una cueva en la que jamás entrara la luz. El miedo sonaba a chasquido de hierba seca, a grito helado. El miedo sabía a comida podrida, a raíces y a setas venenosas. El miedo no se tocaba, pero convertía en hielo punzante la piel de quien se acercaba a él.

Por eso, los huesos de Yilda se habían quedado fríos como el agua del mar en pleno invierno, como la tierra congelada en la que ni siquiera los muertos podían entrar.

—Marchaos, estos romanos vuelven a casa. Se retiran de las islas —musitó Yilda.

—Mientes. Hemos visto otros grupos que han llegado hace unos días. No se van todos. Han venido más. Invaden las tierras de nuestros ancestros y calumnian nuestros viejos ritos. Deben morir, y tú con ellos.

—Llevamos mensajes de paz a Roma —improvisó Yilda—. Me mandan los druidas con ellos. Quieren que conozcan nuestras costumbres y nuestros ritos para que nos respeten y nos traten como iguales. Por eso me voy con ellos. Soy una emisaria de los hombres sagrados.

—Antes has dicho que ibas libremente.

—Me ofrecí voluntaria para ir con ellos —mintió la chica.

—¡Pequeña bruja embustera! —gritó el hombre, sin alterar un músculo de su rostro pintado e impasible—. Los druidas no dejan salir a nadie de sus bosques secretos.

—Tú no eres un druida. No sabes nada de ellos. —A Yilda le temblaba todo el cuerpo menos la voz cuando pronunciaba las palabras que podían llevarla, a ella y a sus compañeros, a la muerte o a la salvación—. Yo sí los conozco. No oses ponerme la mano encima o sufrirás el castigo de los dioses. De los míos, que son los mismos que los tuyos. Déjanos pasar.

El hombre soltó una carcajada, miró a los soldados que tenía delante y arrojó su lanza a uno de los jóvenes romanos, que cayó al suelo sin emitir siquiera un quejido. La muerte llegó hasta él sin darle tiempo a exhalar un último suspiro. El corazón de Yilda dio un brinco y el miedo se tiñó del olor y del color de la sangre del legionario. El miedo se había convertido en un gran silencio de color rojo.

—¿Qué ha dicho y qué le has dicho? ¿Por qué ha matado a uno de los nuestros? —le preguntó Claudio a Yilda, que se había quedado paralizada.

—He creído que podía engañarles —contestó intentando disimular su temblor—. Le he dicho que los druidas me mandan a Roma para parlamentar. Pero no se lo ha creído. Tienen la fiereza en los ojos y sus oídos están cerrados a las palabras de paz.

—Preparados para atacar —dijo Claudio a Cayo, para que diera las órdenes a sus hombres.

En ese momento, un zumbido empezó a escucharse en el corazón del bosque. Una nube negra se acercaba por detrás de los hombres pintados. Eran abejas, miles de abejas, millones de abejas.

—Ponte a cubierto, Claudio Pompeyo. Las abejas vienen en nuestra ayuda.

Cuando Carlos llegó a casa, se encontró a sus padres sentados en el sofá. Ambos miraban absortos un libro de los que había en las estanterías del salón, lugar reservado para los volúmenes que Marga consideraba más sagrados. Es decir, era uno de aquellos que tenían el privilegio de ser elegidos para el rescate en el caso de incendio o catástrofe. A sus pies dormía Hermione, la gata de Paquita, a la que alguien había sacado de su ostracismo en el cuarto de invitados.

Federico se levantó inmediatamente para abrazar a su hijo, al que hacía varias semanas que no veía. Enseguida se dio cuenta de que algo no iba bien.

—¿Qué pasa, Carlos? No traes buena cara —se adelantó Marga en el comentario.

—Nada, no pasa nada —mintió el muchacho.

—Esa no es la cara de no pasar nada —dijo Federico—. De hecho, es la cara de «algo no va bien con Elena». ¿Me equivoco?

Carlos hizo un gesto con la boca que su madre interpretó como «Me fastidia daros la razón, pero es verdad, SOS, hay un problema».

—¿Y bien? —insistió Marga.

—No hace falta que nos lo cuentes —dijo su padre, para fastidio de Marga, que se sintió desautorizada, como tantas veces.

—No hay nada que contar. Elena se va a Holanda. Le van a dar una beca para bailar. Y no quiere mantener una relación a distancia. Le da miedo.

—¿Miedo? En las relaciones a distancia está el secreto del éxito. Y de la felicidad —aseveró Federico.

Marga le clavó una mirada que no lo fulminó como en ese momento habría deseado, porque afortunadamente las miradas no tienen el poder que las metáforas les atribuyen de vez en cuando.

—Tiene miedo de que si no la tengo cerca me convierta en un acosador y en un controlador. Le pasó eso con un chico antes de conocerme. —Carlos se sentó en el sofá, en medio de sus padres. Estaba desconcertado por el discurso de la chica a la que quería.

—Pero tú le habrás dicho que jamás harías una cosa así —exclamó Marga.

—Sí.

—¿Y?

—Ha dicho que no sabemos nunca de qué vamos a ser capaces. En fin, confío en que se lo piense mejor. Yo también creo que no es para tanto que no estemos juntos una temporada. ¿Y tú, papá? ¡Qué bien que hayas vuelto! —Carlos quería cambiar de tema. No le gustaba hablar con sus padres ni de Elena ni de sus problemas con ella.

—Sí, estoy muy contento de estar aquí, aunque me vuelva a tocar dormir en el cuarto de invitados.

—¿Con Hermione?

—No. Yo no duermo con gatos. Ni con gatas.

El comentario provocó una sonrisa en Carlos. Leve, tan leve que apenas lo notaron ni él ni sus padres.

—Y vosotros, ¿qué es lo que estáis mirando en ese libro y con tanto interés?

—Alfabetos druidas —contestó Marga, contenta de que su hijo tuviera ánimo suficiente para cambiar de conversación. Cuando ella hablaba con sus amigas de sus problemas con Federico no podía dejar de hacerlo. Claro, que con su padre también evitaba el tema todo lo que podía.

—¿Y eso por qué?

—Entre los objetos que han aparecido en el nuevo yacimiento hay un espejo con una inscripción hecha en los signos secretos que solo conocían los druidas —le explicó su padre.

—No sabía que los druidas se miraran al espejo —comentó Carlos, a la vez que se sentaba en el sillón, junto a su padre.

—Y menos en Cesaraugusta. En la villa de un tribuno romano, ¿no te parece?

Federico le removió el pelo a Carlos. Por un momento le pareció que el contacto de su piel con los dedos de su padre lo sacaba de la caverna oscura en la que el miedo a perder a Elena lo había empujado de golpe.

Cuando se acostó, no dejaba de pensar en Elena. Volvía a su memoria cada beso que se habían dado, cada palabra que se habían dicho esa tarde, y todas las tardes desde que comenzaron su relación. Como si todo lo que la conciencia había guardado en un rincón escondido de su mente saliera ahora para recordarle los buenos momentos que habían compartido. Sentía que ese retorno de los recuerdos era como si su propia memoria lo castigara al hacerle presente lo que había sido y lo que probablemente nunca volvería a ser. Pero ¿por qué su memoria lo quería castigar? ¿Por qué se castigaba a sí mismo? No había hecho nada por lo que debiera ser castigado. Quería a una chica. Eso era todo. La quería y la respetaba en el sentido más estricto de la palabra. Respetaba sus decisiones. Era lo único que debía hacer. Un día su abuelo le había dicho que en esta vida estamos para muchas cosas y una de ellas es respetar a los demás. El espacio de los demás, los sentimientos de los demás. Era algo de sentido común, que él había aprendido desde siempre. No estaba acostumbrado a pretender ni a esperar demasiado de nadie. Solo de sí mismo. Cuando competía, si le gustaba ganar, no era por vencer al adversario, sino por demostrarse que había mejorado y que era capaz de hacer las cosas muy bien. En realidad, no solía ganar casi nunca. Siempre había alguien mejor que él. Desde siempre también había convivido con esa realidad y no pretendía cambiarla.

Aquella noche, Carlos soñó con una chica que no se parecía en nada a Elena. Una muchacha de cabellos rojos que corría desesperada por el campo y que se volvía a mirar hacia atrás de vez en cuando, como si temiera que alguien la estuviera persiguiendo. El paisaje era agreste, colinas con vegetación baja, cardos de color fucsia y arbustos con florecillas rosas. Había lagos y, de vez en cuando, algún castillo en la lejanía. Un paisaje que se parecía demasiado al de Escocia, a las tierras altas, y no a la ciudad llena de canales por las que Elena lo iba a dejar, tal vez para siempre. Se despertó sobresaltado y con sensación de sed. Se levantó y se bebió un vaso de agua. Vio que su padre estaba en el cuarto de invitados y movió la cabeza de un lado a otro. ¿Alguna vez sus padres se convertirían en una pareja normal? No, no lo creía. Tropezó con algo que soltó un maullido y un arañazo. Hermione había dormido plácidamente en el pasillo, hasta que Carlos le pisó el rabo sin darse cuenta.

—¡La leche! ¿Por qué me has arañado? No te he visto, ha sido sin querer. Pero tú, gata traidora, me has clavado las uñas.

El pie de Carlos sangraba levemente. Fue al baño, se lavó la herida, se puso alcohol, betadine y una tirita para no manchar las sábanas. Cogió a Hermione y la sacó a la terraza acristalada.

—Te vas a quedar aquí metida. Y callada. Me has hecho daño, ¿sabes? No eres una gata simpática.

Hermione maulló triste y miró a Carlos con los ojos muy abiertos. Levantó la pata derecha como para que él se la cogiese y así reconciliarse. El muchacho no hizo ningún caso de su gesto y cerró la puerta tras de sí.

Volvió a su habitación y miró el móvil. Había varios wasaps de Elena que no había visto porque lo había dejado en silencio, como hacía cada noche, cuando ya se decidía a dormir. «Tal vez no sea buena idea irme a Holanda». «Pero si no me voy me voy a arrepentir el resto de mi vida». «Y si me voy a lo mejor también me arrepiento». «Yo te quiero, Carlos, pero es que no sé qué otra cosa puedo hacer». «Ojalá fuéramos los dos más mayores y tú te pudieras venir conmigo». «Pero tampoco te pediría nunca una cosa así». «En fin, ya veo que no contestas, debes de estar dormido como un tronco». «Dulces sueños».

«¿Dulces sueños?, —se preguntó Carlos—. Si al menos la chica pelirroja de mi sueño se hubiera parecido un poco a ti, habrían sido mejores».

Se metió de nuevo en la cama, respondió con el emoticono de una carita durmiente y apagó el teléfono.

—Ponte a cubierto, señor, las abejas vienen en nuestra ayuda.

El ruido del ejército de abejas sorprendió a todos. Los hombres pintados se giraron y no consideraron el peligro al que estaban expuestos. El líder dio orden de atacar a los legionarios romanos y estos obedecieron las instrucciones que Cayo Vinicio les había dado en el mismo momento en que vieron la turba de insectos.

Comenzó la lucha a caballo. Los corceles sentían los aguijones en su piel y se encabritaban, así que algunos de los jinetes cayeron al suelo y fueron pisoteados por sus propias monturas. Yilda se había refugiado detrás de un gran roble, el árbol sagrado de los druidas. Siempre sentía que los árboles la protegían. Desde allí observaba los movimientos de unos y de otros. Y de las abejas, que aseteaban a los hombres de las islas, pero dejaban en paz a los romanos, tal vez porque el metal de sus armaduras y de sus escudos las disuadían, o tal vez porque, como pensaba Yilda, habían venido para ayudarla a ella y a quienes la protegían. Tal vez la diosa de la luna la había escuchado y mandaba su ayuda de esa manera. Los hombres pintados lanzaban sus armas hacia sus enemigos sin ver sus posiciones. Las abejas los cegaban al volar a su alrededor y al picarles. Uno de ellos sufrió las picaduras en sus ojos, todo se volvió oscuro de repente. Movía su lanza de un lado a otro, pero no vio una espada romana que le rompió el corazón. Otro de los isleños intentaba defenderse de las picaduras con su escudo de cuerdas y cuero, cuando una daga entró en su cuello por un lado y salió por el otro. Cayó con los ojos aún abiertos y parpadeantes. La muerte no había llegado todavía a su conciencia y sus ojos contemplaban, con una inesperada lágrima final, los árboles y el cielo por última vez.

Yilda vio a Cayo Vinicio, que se acercaba al jefe de la expedición picta. El líder de los ojos azules y los cabellos largos y rubios había sido atacado por dos legionarios a los que había matado de un mismo espadazo. Las abejas se habían enredado en su pelo e intentaban picotearle, pero él ni siquiera las sentía. Miró a Cayo y levantó su escudo para evitar el golpe mortal. La espada del romano se clavó en la adarga. Cayo observó el rostro gélido del guerrero, que sacaba un hacha de entre sus pocas ropas y la levantaba hasta su cabeza. Yilda gritó, y en ese momento, una turba de abejas se arremolinaron alrededor del cuerpo del hombre con el que había intentado negociar. Una de las abejas se introdujo en su boca, abierta para respirar más profundamente en el fragor de la batalla. Sintió el zumbido dentro de su cuerpo y el aguijón que le asestaba un picotazo brutal en la garganta. El dolor le hizo perder el sentido y caer del caballo, que salió corriendo y pasó junto a Yilda, que nunca había pensado que vería en toda su vida lo que estaba viendo en pocos minutos. Al hombre apenas le quedaba un hilo para que el aire siguiera entrando en el cuerpo. La hinchazón de la garganta había cerrado casi todo el contacto de sus pulmones con el exterior, con la vida. El guerrero veía acercarse la muerte y sentía que no había manera de huir de ella. Ninguna espada serviría para disuadirla. Ni siquiera era capaz de gritar, de rugir, para espantarla, como había hecho otras veces. Suplicó a Cayo con sus ojos que acabara con su agonía. El romano entendió su mirada, y le clavó la espada en el pecho. La sangre le salpicó en la cara y le nubló la vista por unos segundos. Yilda observaba junto al árbol, y no pudo evitar un escalofrío al ver la sangre derramada del hombre con el que había parlamentado en su mismo idioma pocos minutos antes. Tragó saliva y miró a Cayo, que sintió los ojos de la chica clavados en los suyos. En ese momento, un jinete picto se acercó a él y golpeó su hombro con un hacha. El dolor de la herida hizo caer de rodillas a Cayo. Respiró profundamente para intentar controlar el sufrimiento.

El jinete se acercó de nuevo, pero Cayo Vinicio levantó su espada en ese instante, y le propinó un corte en la rodilla. Los tendones se partieron y se asomaron entre los restos de piel. El jinete cayó junto a su jefe, su cabeza se golpeó al caer con una roca y murió en el acto. Sus ojos abiertos parecían mirar la sangre que emanaba de él y que manchaba el rostro de quien había sido su compañero hasta unos momentos antes.

Las abejas siguieron atacando, hasta que todos escucharon el silbido de uno de los pictos, que había asumido el mando cuando vio caer a su líder. En pocos segundos, los hombres pintados desaparecieron en el bosque, perseguidos por los insectos. Enseguida volvió a reinar el silencio, que pronto se rompió con las voces de los romanos, que intentaban reanimar a los caídos, y que se llamaban unos a otros para comprobar quiénes formaban aún parte de los vivos y quienes habían cruzado ya la laguna Estigia.

Flavio acudió a donde Cayo estaba tendido con una profunda herida en el hombro. El brazo estaba ensangrentado. Y el cuello. Y sus ropas.

—Te curarás. Es solo un rasguño —le dijo el joven.

—A cualquier cosa le llamas tú «rasguño». Esta mala bestia casi me arranca el brazo.

—Él ha salido peor parado. Ya está viendo a sus antepasados.

—Desde luego. ¿Dónde está el tribuno? ¿Está bien? —preguntó Cayo, preocupado por Claudio Pompeyo.

—Sí, no ha sufrido ningún daño. Hemos tenido tres bajas —explicó Flavio.

—No deberíamos haber tenido ninguna. Esos salvajes... Y gracias a la intervención de las abejas, que los han aturdido y atacado. ¡Qué extraña cosa, que el honor de Roma haya sido salvaguardado por la ayuda de estos pequeños bichos! —exclamó Cayo Vinicio.

—No les llames «pequeños bichos» —intervino Yilda, que había escuchado la conversación desde su escondite—. Nos han salvado. De no haber sido por ellas, que han atacado a los hombres pintados, estos habrían acabado con todos nosotros.

—¿Por qué estás tan segura? Nuestras armas son más poderosas que las suyas. Y nosotros estamos mejor entrenados —repuso Flavio.

—Ellos conocen el bosque y estas son sus tierras. Las defienden de quienes consideran sus conquistadores.

—Y si eso que dices es cierto, ¿por qué extraña razón las abejas han tomado parte por nosotros y no por ellos? —preguntó el herido.

—Porque yo he pedido ayuda a mi diosa y ella las ha mandado —afirmó Yilda, tajante.

—No olvides que Yilda entra y sale de las colmenas, y jamás la ha picado ninguna abeja —le dijo Flavio a Cayo Vinicio—. Son sus amigas.

Cayo no dijo nada, pero miró a Flavio con las cejas arqueadas y una sonrisa irónica. Aquella chica tenía poderes, eso era evidente. Parecía haber hechizado al mejor de sus hombres, que era capaz de creer que las abejas habían ayudado a los soldados de Roma a vencer a una cuadrilla de salvajes paganos. Sí, sin duda, Yilda tenía cualidades muy especiales. De hecho, Cayo no quería reconocer que tal vez también lo estaba hechizando a él. Se notaba más y más débil. Sentía que la vida se le iba con la sangre derramaba. Miró a Yilda antes de cerrar los ojos. Quería que su imagen fuera lo último que guardara su memoria antes de caminar hacia el Averno. En ese momento, llegó Claudio Pompeyo, que abrazó a Yilda, que no esperaba semejante acción.

—Gracias, Yilda. Sin duda, los dioses te han enviado a nosotros para que lleguemos hasta nuestras naves sanos y salvos —exclamó.

Cayo pensó que todos se habían vueltos locos. Se sentía morir. En ese momento, Pamina se acercó a él y le lamió el pie. Era su manera de pedirle que la cogiera en sus brazos. Apenas tenía fuerzas para acariciarla. Su sangre seguía regando la tierra.

—Hay que curar esa herida. Yilda, seguro que tus ungüentos cierran esa carne antes de que lleguemos al mar —dijo Claudio.

Yilda miró a Cayo, y vio en sus ojos que él no tenía ninguna esperanza en que sus pócimas lo curaran. Abrazaba a la gata como si con ese abrazo se estuviera despidiendo del mundo. La muchacha le tomó la mano y le dedicó una sonrisa que amargaba tanto como la luna nueva.

Una sonrisa que intentaba ocultar el dolor que Yilda sentía por todo lo que acababa de ver en la batalla. Nunca había visto el color, el olor y el ruido de la muerte. Su única experiencia con la muerte fue cuando su abuela se marchó con las estrellas. En la cama, tranquila y en silencio. Cuando murió su madre en su parto, también había sido así, según le contaron. Y su padre desapareció en el mar y el mar no le devolvió ni siquiera su silencio. Para Yilda, la muerte era la ausencia de palabra, de aire. En cambio, esa tarde había visto que no siempre era así. Miembros separados del cuerpo. Gargantas seccionadas de las que brotaba la sangre a raudales. Abejas que provocaban ceguera e hinchazones que cerraban la posibilidad de respirar. La muerte había llegado al bosque en forma de grito desgarrador, de color violento, de olor a podredumbre. Entre los fallecidos, jóvenes romanos que poco antes habían hablado con ella o de ella. Y hombres pintados que hablaban su lengua y tenían la piel tan clara como la suya. Tal vez algún lejano pariente entre quienes yacían sobre la tierra enrojecida por la sangre, y ruborizada al haber presenciado en su suelo la batalla de cada uno de aquellos hombres con su propia muerte.

Sí, la sonrisa de Yilda al acompañar a Cayo Vinicio era amarga, porque la muerte que había a su alrededor había impregnado sus ojos, sus labios y el aire que seguía respirando.

Y porque no estaba segura de poder salvarle la vida.

Al día siguiente, Federico y Marga acudieron juntos al museo. Manolo, el guarda jurado de la puerta, los saludó con una inclinación de cabeza. No entendía qué veía una mujer como ella en un tipo como aquel, que se iba y la dejaba sola durante largas temporadas. Manolo pensaba que Marga estaba cada día más atractiva y que su marido o exmarido no se merecía tener una mujer así.

—Buenos días, Manolo —lo saludó Federico—. Mucho tiempo sin verlo.

—Ya sabe dónde estamos. Yo casi todos los días del año en este mismo sitio, con estas mismas paredes a mi alrededor. No como usted, que anda de acá para allá, conociendo gentes y lugares interesantes cada día. Como mucho, un diez por ciento de los visitantes del museo me dicen «Buenos días». El resto ni me mira. No es el mío el mejor trabajo del mundo.

—Todos pueden ser los mejores trabajos del mundo si se les pone una sonrisa. —Federico le dio una palmada en la espalda, antes de entrar.

«Una sonrisa —pensó Manolo—. Él sí que puede ponerle una sonrisa a todo lo que hace. Si estuviera ocho horas de pie cada día, hace tiempo que se le habría borrado».

—Bueno, Marga. Vamos a ver qué más cosas hay ahí dentro. En algún lugar debe de estar la explicación de la presencia de ese espejo con signos druidas.

Después de haber repasado durante la noche anterior el libro en el que aparecían todas las claves de los alfabetos antiguos, Marga se había quedado convencida de que, efectivamente, en el mango del espejo ponía «Yilda». Habían comprobado los viejos nombres, y Yilda era un nombre celta. Se decía que quien se llamaba así era proclive a la poesía, al misticismo. Eran mujeres imaginativas, soñadoras, idealistas. A Marga, aquello de que los nombres dijeran algo acerca del carácter de las personas que los llevaban, le parecía una solemne tontería. A Federico no.

—Tú siempre has dicho que las palabras son creadoras, y así lo ha sido siempre en todas las religiones de la antigüedad. El nombre en la literatura siempre se ha relacionado con la identidad —le recordó Federico—. No tienes más que pensar en don Quijote de la Mancha, que cuando está a punto de morir, recobra la cordura y su nombre «real», el de Alonso Quijano.

—Y como Amadís de Gaula, el protagonista de la única novela de caballería que le gustaba a Cervantes, que cuando es infiel a su amada, ya no se siente digno de llamarse «Amadís», y se cambia el nombre por «Beltenebros», «bello entre las tinieblas». Sí, en la literatura es así —reconoció Marga—. Pero la realidad es algo bien diferente. Conozco a varias Margas cuyo carácter es muy distinto. Y a un par de Paquitas que también. Y esa gata no se parece en nada a la Hermione de *Harry Potter*, ni tan siquiera en el pelo. Incluso conozco a otro Federico que no tiene nada que ver contigo.

—Eso espero. Soy único. —Y Federico agarró a Marga de la cintura e intentó darle un beso, que ella rehuyó. Cuando decía tonterías como esa, no lo soportaba.

Federico se dio por enterado, dejó a Marga, entró en el cuarto pequeño, se quitó la chaqueta y se puso la bata blanca. Cuando salió, Marga hizo lo mismo. No quería quedarse a solas con él en la habitación donde se cambiaban. La directora no iría al museo ese día, así que estarían solos en el sótano. Federico fue desenvolviendo los objetos que había en la segunda caja. Monedas de la época de Augusto y de Tiberio, pequeños frascos de cristal que milagrosamente habían aguantado dos mil años bajo tierra sin romperse. Figuritas de dioses lares, un fauno tañendo una lira, más restos de cerámica de *terra sigillata*, con escenas de la vida cotidiana en la vieja Roma, una vasija casi completa.

—Mira qué pieza, está prácticamente entera —exclamó Federico, emocionado.

Tenía en sus manos una jarra alargada, pintada en negro con las figuras en el color del barro. Una escena en la que una mujer joven se mira al espejo que le está sujetando una de sus esclavas. La dama está sentada en un diván, mientras que la esclava está arrodillada. En un árbol, un pájaro tiene las alas abiertas y parece a punto de emprender el vuelo y abandonar la escena.

—Es preciosa esta pintura, ¿no te parece?

—Sí que lo es —reconoció Marga—. Qué rasgos tan delicados. Fíjate en los peinados de ambas, cada rizo, cada onda. Sin duda, quien pintó esto era un artista muy minucioso. Además, parece un rostro de verdad.

—¿Qué quieres decir?

—Que parece que está retratando a alguien real. Tiene rasgos de mujer real, no es una mujer que pudiera ser cualquiera. Es alguien de verdad. Alguien que existió aquí mismo, en esta misma ciudad, hace dos mil años.

—Tal vez sea la dueña del espejo —sonrió Federico ante la posibilidad—. Escucha, hay algo dentro de la jarra.

Efectivamente, Federico la movió de un lado a otro y se oía algo en su interior.

—Será tierra. Lleva dos mil años enterrada —dijo Marga.

Su marido cogió unas pinzas del cajón y las introdujo en la abertura. Con sumo cuidado, logró atrapar lo que había dentro. No era tierra.

—¿Qué demonios es esto? —preguntó Federico—. ¡Es la rama de un arbusto! ¿Cómo se habrá metido aquí bajo tierra?

—No se ha metido —negó tajante Marga—. Alguien la guardó ahí dentro. Esta planta no se cría por estos lares. Alguien la trajo de muy lejos.

La rama estaba seca, pero las florecillas aún conservaban, aunque mustio, su color rosáceo. Marga sonrió y le dio un beso a Federico en la mejilla derecha.

—Es brezo.

Tras dos días sin incidentes, llegaron a la costa del sur de la isla. Yilda había atendido la herida de Cayo que, aunque seguía abierta, había dejado de sangrar. Un ungüento de miel y brezo, mezclado con los misteriosos polvos de diferentes rocas que había sustraído de la cueva de los druidas, había hecho su trabajo.

Uno de los ingredientes era un polvillo semitransparente, de un blanco opalescente, que el más viejo de los hombres sabios decía que provenía directamente de la luna. De rocas de la luna que una noche especialmente clara de verano habían caído sobre la tierra, según él, como lágrimas vertidas por la diosa ante las invasiones de los hombres de las togas y de las túnicas.

Yilda había observado a los sabios cuando habían salido del bosque y habían encontrado el agujero que la piedra de la luna había hecho en la ladera de una colina. El suelo brillaba salpicado de los cristales caídos desde el infinito. Los druidas los recogieron y los llevaron a la cueva, donde los molieron y convirtieron en un polvo muy fino, que utilizaban para pintarse la cara en las ceremonias. Yilda descubrió pronto su poder cicatrizante, cuando se le derramó un tarro sobre una herida que se había hecho al cortar el lomo de un venado.

Un día, los hombres la habían mandado a las colinas a buscar plantas para una de sus ceremonias. Yilda se acercó hasta la ladera donde había caído la piedra lunar. Apenas quedaban restos visibles. Eran tan minúsculos que no se podían coger. Solo un fragmento, semienterrado, casi del tamaño de la palma de su mano y muy fino. Lo cogió, lo limpió con cuidado de la tierra que se le había adherido, y se asustó al ver reflejada la imagen de una joven de cabellos rojos y enmarañados como los suyos.

Se llevó la mano a la nariz y la chica que veía hizo lo mismo. Se tocó el pelo, y ella, la muchacha que parecía haber llegado de la luna, hacía lo mismo. Cerró un ojo, y la imagen cerró el suyo. Sonrió y la joven de la piedra también sonrió. Solo entonces se dio cuenta de que era ella.

—¿Qué te pasa, Yilda? —La voz de Flavio a su lado la sacó de sus recuerdos—. Parecía que estabas muy lejos de aquí.

Yilda sonrió. Sí, había estado muy lejos del lugar en el que ahora se encontraban. Su memoria la había llevado al primer día en el que vio su rostro reflejado en un espejo.

—Tu sabiduría sigue obrando milagros.

—La diosa me da su protección.

—Hay muchos dioses.
—Para mí solo hay una diosa. —Y Yilda señaló con los ojos a la luna, que se alzaba en toda su majestad redonda en medio del cielo, sobre el mar, donde se reflejaba trazando un camino que se desvanecía entre las aguas, y que iluminaba las naves romanas en las que zarparían a la mañana siguiente.
—La hermosa Diana, la diosa virgen, la intocable, la que convirtió al cazador Acteón en ciervo porque la había visto desnuda, mientras se bañaba. Tanto se enfadó Diana que hizo además que sus propios perros no lo reconocieran y lo devoraran —le explicó Flavio.
—¡Qué extraña historia! Hablas de la luna como si fuera una mujer. Y no lo es. La luna es la fuerza y el espíritu. La inocencia y la crueldad. La vida y la muerte. Es la luz en la noche. No es un ser humano, es Ella, la diosa. No tiene forma de mujer. No está desnuda. De hecho, no «está». «Es».

Tras un día de ensayos en la academia de danza, Elena se metió en su habitación después de cenar. Sus padres habían salido con van der Leyden y su sobrino. «Mejor así», pensó. No tenía ganas de ver a nadie alrededor de una mesa, y mucho menos de tener que dar explicaciones acerca del estado de su relación con Carlos, y del proceso de sus reflexiones acerca de aceptar la oferta. Le entró un wasap. Lo miró. Era de Carlos. «Yo nunca haría algo así». Elena le contestó con el emoticono de una carita sonriente, y desconectó el teléfono. No quería hablar con él. Le había dicho lo suficiente la tarde anterior y en los wasaps, y no quería darle más vueltas. Rememorar la época en que sufrió el acoso le había dejado mal el estómago. Por supuesto, aquello era algo que tenía superado; por eso ya podía hablar de ello sin echarse a llorar ni a temblar, como le había ocurrido durante meses.

Sacó el libro de matemáticas y el cuaderno, y se puso a hacer los ejercicios que les había mandado el profesor para el día siguiente. Intentaba concentrarse pero no lo conseguía. No paraba de pensar en Carlos, en la historia del pasado que había vuelto a su memoria, en la puerta que se le abría para bailar en la compañía de van der Leyden en Ámsterdam, en los papeleos que tendría que hacer con ayuda de sus padres para que le convalidaran los estudios y para matricularse en un instituto que le permitiera tener tiempo libre para estudiar y bailar. Puso un CD en el aparato de música. No le gustaban los auriculares. Prefería respirar la sensación de que la música inundaba su cuarto y le impregnaba cada una de sus células. Era como nadar en música. Consiguió terminar los deberes en el mismo instante en el que sonaba el teléfono fijo. Se levantó, fue hasta el salón y lo cogió. Era su madre.

—No tienes el móvil conectado. ¿Todo bien?

—Sí, mamá. Es que se había quedado sin batería y lo he puesto a cargar. ¿Pasa algo?

—No, solo quería saber si estabas bien y en casa.

—Sí, mamá, ya ves que estoy en casa.

—Habíamos pensado que vinieras a tomar un postre al restaurante. Tienen unas tartas caseras que son una delicia. ¿Por qué no llamas un taxi y te vienes? Hay dinero en la caja de estaño del salón.

—¿Tartas? ¿A estas horas? —Eran casi las diez de la noche—. No es lo más saludable del mundo.

—Vamos, anímate. Así hablamos de tu beca. De tu viaje…

—Mejor mañana, mamá. No es el mejor momento para hablar de eso, de verdad.

—¿Y por qué?

—He cortado con Carlos por esa razón.

Al otro lado del cable, su madre se quedó callada unos segundos. Elena hizo lo mismo. Concha sabía lo que le había ocurrido a su hija con aquel antiguo novio, pero nunca se lo había dicho. Había cosas que a una madre no se le pasaban por alto.

—Bueno, creo que eso necesita una conversación delante de un café con leche y sentadas en un sofá. ¿Quieres que vaya ahora mismo y me lo cuentas?

—No, mamá. —Aquello lo que menos le apetecía a Elena—. Estoy bien. Me voy a la cama ya. Mañana hablamos. O no. Son cosas mías. Pasadlo bien.

Y Elena colgó el teléfono antes de que su madre dijera algo más. No. Aquel no era el mejor momento ni para eso ni para nada que no fuera intentar dormir.

A Carlos le costó mucho conciliar el sueño aquella noche. Elena había desconectado su móvil y ni siquiera leía sus mensajes. ¿Por qué había apagado el aparato? ¿Acaso no quería saber de él ni leer las palabras que antes tanto le gustaban? Esa preocupación, esa ansiedad ante la falta de respuestas era lo que había temido Elena. Se sintió esclavo de aquel aparato que sabía todos sus secretos y lo desconectó. Se acordó de que sus padres y su abuelo contaban que hubo un tiempo en el que no existían los *smartphones* y la gente andaba por la calle libremente, sin estar pendiente de mensajes, llamadas, wasaps, del control absoluto de los demás. Un tiempo en que la gente miraba a su alrededor y hablaba con palabras de verdad con las personas que tenía a su lado. Un tiempo en el que la gente estaba realmente donde estaba. Un tiempo en el que la vida no giraba en torno a la melodía o al pitido de un chisme del tamaño de un paquete de pañuelos de papel. Un tiempo que no estaba tan lejano como el de los objetos que sus padres investigaban en el museo, aunque a veces lo parecía.

Se levantó y se asomó por la ventana. La luna era un ojo que lo miraba escrutador. Un ojo que lo veía todo, como ese *big brother* que era el *smartphone,* que sabía dónde estabas y con quién hablabas.

Que conocía casi hasta los más ocultos pensamientos. Cerró la ventana y bajó la persiana. En ese momento, se sentía vigilado también por ella. Por la luna, que tantas veces había sido testigo silencioso y cómplice de sus besos con Elena en el banco del parque.

Elena salió al balcón de su cuarto. La luna la miraba como una madre que protegiera hasta sus pensamientos. Estaba especialmente grande y más dorada que nunca. Elena se preguntó por qué a veces era un disco frío y plateado, y en otras ocasiones era casi tan dorada como el sol al amanecer. Recordó sus besos con Carlos al amparo de sus rayos, y lloró. Lloró lágrimas que le supieron a almendras amargas cuando llegaron hasta sus labios. Se metió en la cama y lloró hasta que se quedó dormida. No se dio cuenta de que un rayo de luna entraba por la ventana y se paraba en la silla de su habitación, como si fuera el ángel guardián de sus sueños.

Flavio y Yilda calentaban sus manos junto a una hoguera cerca de la playa. Comían carne de ave que los soldados habían cazado en el bosque. Las naves posadas a pocos metros de la orilla le parecían a Yilda enormes gaviotas que descansaran sobre el agua. La chica observaba el mar mientras charlaba con Flavio.

—Nunca había visto barcos tan grandes. ¡Cuántos remos! De pequeña a veces acompañaba a mi padre cuando salía a pescar. El mar me gusta, pero también me da miedo.

—La primera vez que lo vi me parecía que estaba dentro de un sueño —recordó Flavio—. No podía imaginar que algo pudiera ser tan inmenso. Y cuando el barco se alejó tanto que dejé de ver la costa y me sentí rodeado de agua, creí que no volvería a ver tierra nunca más. Temí que la nave fuera engullida por las olas.

—Las olas, a veces, son como las fauces de un lobo. En otras ocasiones, en cambio, son como el vaivén de una cuna. Mira la luna, Flavio, está dorada. Eso quiere decir que el mar nos será propicio y que llegaremos a puerto.

—¿Por qué estás tan segura? ¿Lees en la cara de la luna? —le preguntó el joven romano, que miraba las manos de la chica, que se movían como alas de gaviota mientras señalaban el cielo.

—No hables de ella como si fuera una mujer —repitió Yilda—. No lo es, pero sus rayos nos protegerán.

—El tribuno Claudio Pompeyo requiere en su tienda la presencia de la joven Yilda. —Un soldado se había acercado a los dos muchachos y, tras una leve inclinación de cabeza, se marchó inmediatamente después de dar su mensaje.

—¿Así hablan los romanos de tu tierra, con esas palabras tan rebuscadas? —le preguntó Yilda a su acompañante.

—Él viene de una región lejana que no conozco —respondió Flavio con una sonrisa—. Será mejor que vayas a la tienda del tribuno. Tal vez necesiten tus conocimientos para algo urgente.

Yilda se levantó y se apoyó en el hombro de Flavio, que permaneció sentado. El contacto de su piel con los dedos de la chica le hizo temblar de una manera que hacía tiempo que no recordaba.

La joven miró de nuevo la luna, que iluminaba el cielo mientras ascendía. Entró en el habitáculo de Claudio Pompeyo. Allí estaba el tribuno acompañado de Cayo, todavía pálido.

—Te hemos llamado, pequeña, para agradecerte tu labor. Has salvado la vida de Cayo Vinicio y la mía. Aquí tienes una bolsa con monedas. Cuando lleguemos a Hispania, podrás comprar lo que quieras con esto.

Yilda nunca había visto monedas. El brillo del metal y su forma redonda le recordaron al disco lunar. Las tocó temerosa. Era como si tocara a su propia diosa.

—No necesito dinero, señor. Nunca me ha hecho falta.

—En la ciudad se paga por todo. Por el pan, por el vino, por las joyas, por la ropa, por el baño...

Pamina había estado tumbada entre los pies de Cayo, pero enseguida se acercó a Yilda y le lamió los pies. La chica se agachó y la acarició.

El miedo había sido sustituido por un sentimiento que Yilda no había vivido hasta entonces. El contacto de su mano con el hombro de Flavio le había vuelto a provocar esa sensación, que ahora le hacía sentirse más segura ante todo lo que la rodeaba.

—¿Puedo pediros algo, señor? —le preguntó a Claudio.

—Pide y es muy probable que tu petición te sea concedida. —El tribuno miró a Cayo mientras pronunciaba estas palabras.

—No quiero estas monedas. No sabría qué hacer con ellas. A cambio, os ruego que me permitáis vivir en vuestra casa de la ciudad, como me dijisteis. Cuidaré de vuestra esposa, de vuestros hijos. Curaré todos los males que los acechen.

Claudio Pompeyo se sentó y comió un trozo de carne antes de contestar.

—Sí, ya sé que te sugerí esa posibilidad —su semblante se había oscurecido de repente—, pero me temo que no puedo acceder a tu petición, querida niña. He empeñado mi palabra con respecto a tu persona.

—¿Vuelvo por tanto a ser esclava? —preguntó Yilda con una sonrisa sombría y con la voz quebrada. Aquello no se lo esperaba.

—No, ¡por Baco! Nunca más vas a ser esclava de nadie.

—Pero si has dispuesto acerca de mí, sin haber pedido siquiera mi opinión, es como si fuera esclava. Eso es lo que hicieron los druidas y las gentes de mi aldea. Decidieron por mí.

—Digamos que tengo una propuesta mejor para ti. Pero eres libre de aceptarla o no.

Yilda se quedó callada y tomó en sus brazos a Pamina, que no dejaba de lamerle los dedos de los pies.

—Cayo Vinicio me ha pedido que vayas con él a Roma. Allí te espera un gran futuro entre los galenos. Podrás enseñarles todo lo que sabes, compartir tus conocimientos y hacer un gran bien por todo el Imperio. Podrías incluso entrar al servicio del emperador. Estoy seguro de que en cuanto sepa de ti, te hará llamar a su presencia.

—Yo no quiero que el emperador sepa de mi persona. Quiero quedarme en Hispania, señor.

Yilda miró hacia la puerta, desde donde Flavio presenciaba silencioso la escena. Sus miradas se encontraron fugazmente. Flavio salió y volvió a sentarse junto a la hoguera. Cogió una rama candente, sopló y observó las minúsculas chispas de luz roja que parecían danzar en el aire. Pensó que Yilda era como uno de esos destellos de fuego. Algo pequeño, aparentemente frágil, pero que podía desencadenar un incendio como el que empezaba a fraguarse en algún lugar recóndito de su interior. Invocó a la casta diosa Diana, que se había escondido entre las nubes, y le pidió que liberase su corazón de los sentimientos que le inspiraba la joven del pelo rojo.

La mañana fue lluviosa, tanto que el garaje de Marga se anegó. Todos ayudaron a achicar el agua, pero los coches quedaron hechos una pena. A Marga no le importaba demasiado. Su automóvil era viejo y solo lo usaba cuando no quedaba otro remedio. Al trabajo iba siempre andando, hiciera el tiempo que hiciera. Ese día, Federico y ella habían decidido coger el coche porque querían visitar el yacimiento donde habían aparecido las piezas. Una zona junto al río que estaba a las afueras de la ciudad.

—Lo dejaremos para otro día. Habrá que pedirle al mecánico que le eche un vistazo antes de ponerlo en marcha, no nos vayamos a quedar tirados —dijo Federico.

—Estas son las primeras palabras sensatas que te he oído desde que llegaste —le contestó Marga.

Dieron un paseo hasta el museo. Cruzaron el parque. Se podían oler las magnolias, que eran como manchas blancas sobre el verde brillante y oscuro de las hojas. Eran estrellas perfumadas que brillaban a la luz del día. Federico intentó coger la mano de Marga, pero ella la rechazó.

—Antes te gustaba pasear conmigo por el parque, así, cogidos de la mano.

—Ahora no me apetece que vayamos agarrados. Tú observa las flores y calla.

Llegaron juntos al museo. El guarda jurado los vio venir desde lejos. No se decían nada, pero de vez en cuando se miraban y Manolo pensaba que sus ojos echaban chispas. El hombre no entendía qué tipo de relación llevaban aquellos dos. Ella tan lista, y él, un arqueólogo reputado, eso sí, pero que aparecía y desaparecía como el Guadiana, y que la dejaba sola tanto tiempo. Él nunca había dejado sola a su mujer más de dos días, y la había echado tanto de menos que se había puesto malo y había tenido que ir a urgencias, donde le habían diagnosticado una crisis de ansiedad. En cambio, aquellos parecían siempre tan tranquilos. Demasiado tranquilos, en su opinión observadora de vigilante.

—Buenos días, Manuel —lo saludó Marga.
—Buenos días, profesora. ¿Ha dormido usted bien?
—Bastante bien, gracias.
—Que tenga buen día, profesora.

Cuando hubieron entrado en el museo, Federico le preguntó a Marga:

—¿Y a mí por qué no me saluda?
—¿Acaso lo has saludado tú? A veces te pasas hablando con él y otras no llegas. Eres un clasista. Siempre lo has sido. Vas de guay, y en el fondo eres un clasista.

Federico se quedó callado mientras se ponía la bata. ¿Él un clasista? No, no se sentía así. ¿Por qué le hacía ese reproche?

—Te parece que todo el mundo tiene que rendirte pleitesía porque eres un famoso arqueólogo. Y no eres más que los demás. Cada uno cumplimos un cometido en el mundo, y nadie es más que nadie. A veces tienes actitudes tan chulescas que no hay quien te aguante.

Federico seguía callado. ¿A qué venía ese discurso tan injusto? ¿Solo porque no había saludado al entrar a Manolo, el guardia?

—Si hubieras sido un romano de estos —dijo Marga señalando las vasijas y los objetos que esperaban junto a la mesa—, seguro que habrías tenido esclavos y los habrías maltratado.

—Pero ¿qué demonios te pasa conmigo hoy? ¿Qué te he hecho para que me digas esas barbaridades? Sabes de sobra que yo no soy así. Seguro que has soñado algo que te ha hecho despertarte de mal humor. No es culpa mía. ¿Acaso Hermione se metió en tu cama y arañó tu último sueño?

—¡Qué tontería! Se quedó en el baño. Si alguien araña mis sueños, eres tú con tu presencia en mi casa.

—¿Quieres que me vaya a un apartamento mientras estemos trabajando en este caso? —Federico se sentía vencido ante las palabras de Marga.

—No he dicho eso. —Marga entró en el cuartito y se puso la bata blanca. Se sacó el pelo, que se le había quedado dentro de la zona del cuello, y se miró en el espejo. Tenía ojeras. Se había levantado más cansada de lo que se acostó—. Será mejor que dejemos esta conversación y que nos pongamos a trabajar.

—Sí, será mejor —convino él sin entusiasmo—. ¿Has hablado con Carlos esta mañana?

—No tenía ganas de hablar. Se ha marchado enseguida. Tenía un examen de Sociales y quería llegar temprano al instituto. También tenía mala cara. Me parece que no ha dormido mucho.

—¿Ha estado estudiando? —preguntó Federico, mientras contemplaba una jarra de cerámica con relieves.

—Ha estado pensando en Elena. ¡Pero es que no te enteras de nada! Está enamorado. Y a su edad, cuando uno está enamorado, no duerme bien.

—Pues tú tampoco parece que hayas dormido muy bien. Así que a lo mejor sigues enamorada de mí, o te has vuelto a enamorar de mí, lo que vendría a ser más o menos lo mismo, y por eso tienes ojeras hoy.

—Eres tan vanidoso que no hay quién te aguante. También puede ser que me haya enamorado de otra persona, ¿no te parece? —sugirió Marga.

—No, no me parece.

Federico se acercó por detrás a Marga y la abrazó por la cintura. Besó su cuello como solo él sabía hacerlo. A Marga le dio un escalofrío y estuvo a punto de girarse para devolverle el abrazo y el beso. En ese momento, se abrió la puerta. Era la jefa, que se quedó callada ante la escena que acababa de presenciar.

—Aquí se viene a trabajar. Dejen los arrumacos para cuando estén solos en casa.

—No es lo que parece —se apresuró a aclarar Marga.

—Me da igual lo que sea y lo que parezca. Pónganse con el trabajo. Les traigo otra caja que he dejado en el coche. Federico, ¿puede ir a buscarla, por favor?

—Sí, por supuesto.

Y salió del despacho con una sonrisa de oreja a oreja. Marga enarcó las cejas y abrió la boca para decir algo, pero la directora Ramírez no la dejó pronunciar ni palabra.

—No me interesa lo que hagas con tu marido —Ramírez tuteaba siempre a Marga cuando estaban a solas—, con tu exmarido o lo que diablos sea Federico en tus ratos libres. Aquí lo único que se os pide y exige es que analicéis estos objetos y los cataloguéis. Sin más.

—Ha aparecido brezo en una vasija, Elvira —dijo Marga para cambiar de tema—. Y un espejo con signos druidas.

Elvira Ramírez la miró sorprendida. Eso no se lo esperaba. ¿Signos druidas en un espejo en Cesaraugusta? Aquello contradecía casi todo lo que había estudiado en la universidad acerca de la ciudad y del Imperio romano. Además, sabía que Federico era especialista en Paleografía, así que no lo podría contradecir en ese aspecto. Con lo que le gustaba a ella llevarle la contraria a casi todos los miembros del sexo masculino.

Yilda durmió poco aquella noche. Se acomodó en el carruaje y dejó que Pamina se acurrucara junto a ella. Le acarició el lomo una y otra vez y recordó las palabras que había intercambiado con el tribuno. Claudio Pompeyo había dado su palabra a Cayo de que la llevaría con él a Roma. Pero después de su conversación, había decidido que Yilda tendría la última palabra. Y ella la había tenido: se quedaría en Hispania, en la ciudad en la que vivía la familia del tribuno Claudio y el joven Flavio. En aquella ciudad que llevaba el nombre del anterior emperador. Yilda deseaba tener a Flavio cerca. En su corazón habían nacido sentimientos extraños, que hacían que su cuerpo se estremeciera con escalofríos cuando lo veía y cuando pensaba en él.

Sacó el espejo que guardaba en su bolsa de piel de ciervo. Aquella extraña piedra lunar en la que veía su reflejo. No era fea, su pelo tal vez demasiado enmarañado. Se lo recogió con la mano y vio su cuello largo y blanco. Decían que las romanas se hacían peinados muy elaborados en los que las esclavas trabajaban durante horas. Ella también quería parecer hermosa para Flavio. Solía untar su pelo con miel antes de lavarlo en el río. Así conseguía que estuviera más fino y más brillante. Metió los dedos en una de las vasijas de la miel y se la aplicó por los cabellos. Había una pequeña cascada que acababa en un arroyo cerca de donde habían acampado. Mejor lavarse el cabello ahora que no esperar a llegar a Hispania. El trayecto en barco duraría varios días y tal vez no encontraría un momento mejor. Salió del carro con Pamina, la noche estaba clara y enseguida llegó al arroyo. Un par de soldados la vieron pasar, la saludaron pero siguieron vigilando el puesto. Claudio salió de su tienda. Uno de los soldados le dijo que la joven había salido. Él pidió que la vigilaran para que no le pasara nada. La noche siempre traía peligros, pensaba el tribuno. Yilda se quitó parte de las ropas y las dejó en la orilla. Pamina se entretuvo jugueteando con ellas. El agua estaba helada y la chica sintió que el frío le recorría todo su cuerpo. Frotó su piel y su cabello con una crema que había hecho con arena, brezo y grasa de pato. Salió del agua y se secó con una arpillera que le dejó la piel suave. El pelo rojo brillaba por efecto del agua, de la miel y de la luna. Flavio había estado vigilando su baño desde lejos sin atreverse a mirarla, pero su pelo era tan magnético que no podía dejar de contemplarlo. Yilda se puso la túnica y volvió al campamento. Enseguida vio a Flavio y se ruborizó al pensar que tal vez la había visto con la poca ropa con la que se había bañado. No quería pasar a su lado. Dio un rodeo para llegar hasta su pequeño habitáculo. Cuando entró, Pamina ya estaba acurrucada entre los cojines.

—Te me has adelantado, pequeña —le dijo con una caricia en el hocico.

Yilda cogió el espejo y miró su pelo, suave y mojado. Se peinó con los dedos y lo recogió con un trozo delgado de tela en una coleta alta.

—No vuelvas a salir sola por la noche. Es peligroso. —Flavio le hablaba al otro lado de las telas que cerraban el carruaje.

—No habrá otra noche. Mañana zarpamos si no hay novedad. Así me lo ha asegurado el tribuno —le contestó Yilda, con el corazón palpitante.

—Habrá más noches hasta que lleguemos a casa —dijo el muchacho—. Claudio me ha dicho que te quieres quedar en Cesaraugusta. ¿Por qué? En Roma te esperaría un gran futuro.

—No quiero un gran futuro —mientras hablaba, Yilda seguía mirándose en la piedra que había venido de la luna. No se veía tan poco agraciada como se había sentido durante muchos años—. Solo quiero…

—¿Qué es lo que quieres?

Yilda iba a decirle que solo quería estar con él. Pero no se atrevió. Un rayo de luna entró por un resquicio del carruaje y se reflejó en el espejo. Yilda presintió que aquel era un aviso de la diosa para que no siguiera hablando, para que fuera prudente. Y lo fue.

—¿Qué es lo que quieres? —repitió Flavio.

—Solo quiero vivir en un lugar que no sea tan grande como Roma. Creo que me perdería en una ciudad así. Prefiero un sitio pequeño, donde me acoja en su familia alguien que me regale una sonrisa de vez en cuando. El tribuno me ha prometido que me dejará vivir con su esposa y con sus hijos.

—El tribuno tiene dos hijos pequeños y una hija más o menos de tu edad, ¿lo sabías?

—Sí. Me lo ha dicho. Seré amable y me aceptarán. Les ayudaré en la casa y les enseñaré todo lo que sé. Y podrás visitarme y enseñarme los lugares en los que jugaste cuando eras niño. Y podrás seguir contándome muchas cosas. Estará bien.

—Seguro que sí. Y ahora, será mejor que descanses, Yilda, y yo también. En el barco los días son muy largos. Buenas noches.

—Buenas noches, Flavio. Y gracias por vigilar mi baño.

Yilda recogió el espejo en la bolsa y se abrazó a Pamina, que ya se había dormido, arrullada por las palabras de los dos jóvenes. El espejo guardaba aún el rayo de la luna y a la chica le había parecido que le quemaba en los dedos. Era la primera vez que le ocurría, lo que la dejó preocupada. La presencia de la diosa en el preciso momento en que le iba a confesar a Flavio que deseaba quedarse en su ciudad para estar con él, no podía ser otra cosa que una señal. Pero ¿de qué? Ella siempre la había ayudado, incluso en los momentos más duros en la cueva con los druidas. Y ahora también. La diosa no quería que ella le dijera a Flavio lo que sentía. Pero ¿por qué? ¿Qué peligros entrañaba para ella el extraño sentimiento que albergaba hacia el joven romano? Quizás nunca debería dejar su isla. Quizás su destino estaba allí. Quizás debería regresar con los hombres del bosque. ¿Y si la luna hundía las naves para que nunca llegara a Hispania? Yilda sabía que la luna y el mar tenían una relación muy estrecha. Sabía que el mar subía y bajaba según estuviera o no la diosa en el firmamento. Si no quería que Yilda fuera a la tierra de los enemigos, la flota acabaría en el fondo del mar. Intentó desterrar esos pensamientos y abrazó tan fuerte a Pamina que la despertó. La gata le propinó un arañazo en el brazo que la hizo sangrar.

—No eres tan amable, gatita —le dijo, a la vez que la colocaba a sus pies, lejos de su regazo—. El joven Flavio es mejor que tú. Ha vigilado mi baño en el río, mientras que tú has venido aquí y me has dejado sola.

«Gracias por vigilar mi baño», le había dicho Yilda al muchacho. Pero Flavio ya no había escuchado esa última frase de Yilda. El sonido de sus sandalias en la arena y el ruido de sus turbulentos pensamientos no le dejaron oír nada más. El aire salado que venía del mar tampoco le dejó darse cuenta del sabor amargo que tenían las palabras que había dicho. Y las que no había dicho. Porque Flavio no se había atrevido a decirle a Yilda que la hija del tribuno Claudio Pompeyo también era su prometida.

La caja que había traído del yacimiento la doctora Ramírez deparó nuevas sorpresas. Restos de vasijas de barro pintadas en negro, que mostraban la tradicional influencia griega, dos fíbulas de oro con la forma de una serpiente enroscada en una media luna, un capitel de estilo corintio, y decenas de teselas que habían formado un mosaico que el tiempo y la tierra que había tenido encima durante dos mil años se habían encargado de destruir.

—Será divertido resolver el rompecabezas —exclamó Federico cuando entró de nuevo y vio todas las minúsculas piezas de colores sobre una de las mesas—. ¿No han podido tener más cuidado y sacar el mosaico entero?

—Ya estaba así. Tenía encima restos de columnas. Se rompió hace siglos. Pero parece que están todas las piezas, porque han aparecido en el radio de un metro cuadrado —explicó la directora—. Si son capaces de montarlas en su sitio, tal vez descubramos algo importante.

—¿Por qué lo cree así? —le inquirió Marga, curiosa.

—Por nada en especial. Siempre es interesante ver lo que va saliendo. Puede ser un animal mitológico, unas plantas, un rostro. ¿Quién sabe?

—Lo averiguaremos, seguro que sí. ¿Verdad, querida? —Federico utilizó el apelativo por primera vez. Marga le lanzó una mirada que más parecía una granada.

—Algo saldrá.

La directora Ramírez se fue a su despacho, que estaba en la planta noble del viejo edificio de 1908. Marga y Federico se quedaron contemplando todos los objetos que tenían delante y que les iban a contar historias que ni siquiera podían sospechar: un extraño espejo con unas rayas que parecían signos druidas, una cuenta de cristal, una vasija con restos de brezo en su interior. El capitel de una columna, otra vasija de diferente material y de cuello más estrecho que la otra, dos fíbulas para adornar los cabellos femeninos con una serpiente que parecía estrangular una luna. Y varios cientos de minúsculas teselas de colores que deberían recomponer para convertirlas en el mosaico que alguien pisaba como pavimento de su villa. Marga tenía en su mano el jarrón, y contemplaba la escena de caza que se representaba y que se había conservado a pesar de los siglos. En un lado, un cazador se encontraba con un grupo de mujeres que se estaban bañando. En el otro, un ciervo era devorado por los perros del cazador.

—Acteón —exclamó Marga—. Es el mito de Acteón. El joven cazador que ve desnuda a la diosa Diana, y como castigo es transformado en ciervo y devorado por sus propios perros.

—Buen ojo, Marga. Mira, sobre el pelo de Diana, la media luna, su símbolo como la diosa virgen.

—¡Qué curioso! En las horquillas también aparece la luna, esta vez con la serpiente.

—*Latet anguis in herba* —dijo en latín Federico—. «La serpiente acecha en la hierba». Siempre hay un peligro latente aunque no se vea. Como en el mito de Orfeo y Eurídice, que murió por la picadura venenosa de la bicha.

—Diana, la diosa cazadora. Artemisa para los griegos. Adorada en tantas culturas —reflexionó Marga, mientras dejaba el jarrón tumbado sobre la mesa y pensaba que Federico era más peligroso que las serpientes—. También por los celtas.

—¡Los druidas también adoraban a la luna! —exclamó Federico—. Quizás los signos del espejo tengan que ver con tanta presencia de la luna en esta villa misteriosa de Cesaraugusta.

En ese momento sonó el teléfono de Marga. Era Carlos que le mandaba un wasap: «El examen bien, he contestado a todo. Elena no estaba hoy en el instituto. No coge el teléfono».

—Vaya —musitó su madre—. Es tu hijo. Bien el examen, pero Elena no ha aparecido por clase.

—Se habrá puesto mala o algo.

—Sí, eso será. Le voy a contestar. «Con papá trabajando. Objetos muy chulos para investigar. Pásate por el museo, que vas a ver cosas muy interesantes» —escribió a la vez que leía en voz alta.

—¿De veras crees que a tu hijo le puede interesar todo esto? En su vida están pasando cosas. —Federico señaló la mesa repleta de objetos que tenían dos milenios de antigüedad.

—¿Qué está pasando en su vida que no haya pasado en la vida del resto de la humanidad varias veces al año? ¿Un desengaño amoroso? Vamos, Federico. De esos va a tener muchos. Forman parte de la vida cotidiana. La dueña de este espejo —y tomó en sus manos el que había estado enterrado tanto tiempo— seguro que pasó por más de un desatino en cuestión de amores. Y también quien pintó esta jarra.

Al coger la jarra de nuevo, vio que había caído un polvillo marrón de su interior.

—¿Qué es esto?

—Será tierra. No se te olvide que ha estado enterrada «bastante» tiempo. —Las palabras de Federico sonaron irónicas.

—No es tierra.

Marga se puso los guantes y tocó el polvo, que los tiñó inmediatamente. Se acordó de una vez que sus manos fueron verdes varios días después de tocar unos objetos que habían estado en el fondo del mar.

—Son restos de alguna hierba. Mira. Todavía huele.

Federico aspiró y enseguida estornudó. A punto estuvo de dispersar todo aquel polvo por la sala.

—Ten más cuidado. Casi te lo cargas —le increpó ella, mientras él seguía estornudando. Cuando lo hacía, venían siete estornudos seguidos.

—Espero que no sea ningún veneno que el dueño de esto tuviera guardado en este tarro. Si lo es, ya podemos ir corriendo a urgencias.

—Qué exagerado eres, Federico. Los venenos se guardaban en frasquitos de cristal y bien cerrados. Esto no es veneno, pero también tenía ciertas propiedades interesantes, si no me equivoco.

—¿Qué crees que es?

—Es verbena.

—¿Verbena?

—Verbena. ¿No te acuerdas de aquel poemita que aprendíamos en el colegio?

Federico no se acordaba de que en el colegio hubiera aprendido ningún poema. Solo los versos de la famosa escena del sofá del *Don Juan Tenorio*.

—«Ya no cogeré verbena / la mañana de San Juan, / pues mis amores se van. / Ya no cogeré verbena / que era la hierba amorosa, / ni con la encarnada rosa / pondré la blanca azucena. / Prados de tristeza y pena / sus espinos me darán, / pues mis amores se van. / Ya no cogeré verbena / la mañana de San Juan, / pues mis amores se van».

Marga acabó de recitar el poema, hizo una reverencia, y Federico aplaudió con sorna.

—Muy bien, muy bien. Buena memoria la tuya. Yo nunca me aprendí esos versos.

—Son de Lope de Vega, aunque el estribillo es una cancioncilla popular muy anterior —explicó ella—. Desde antiguo, se creía que si se cogía esta planta en la mañana de San Juan, o sea, el 24 de junio, es decir, en el solsticio de verano, tenía propiedades amorosas.

—¿Amorosas?

—Amorosas.

—¿Y si hacemos una infusión con lo que hay en la jarra? —preguntó Federico mientras se acercaba de nuevo a Marga.

—No creo que a la directora le pareciera buena idea —dijo Marga, apartando la mano de Federico que se había acercado ya a su cuello—. Y a mí tampoco. Será más interesante averiguar qué hacía la verbena ahí dentro. Me da la impresión de que por los alrededores de Cesaraugusta nunca se ha criado la verbena.

—A lo mejor sí.

—A lo mejor.

Yilda apenas pudo dormir aquella noche. Se despertó antes de la aurora. Contó con los dedos, miró el cielo, aún quedaban estrellas. Claro. Cómo había podido olvidarlo. Aquella noche era la del solsticio. La noche más corta del verano. La noche en la que ocurrían cosas mágicas. La misma en la que los druidas la iban a ofrecer en sacrificio. Si se hubiera quedado con ellos, a esas horas la estarían llevando al altar de las ofrendas. Yilda pensó que todo el tiempo que estuviera viva a partir de entonces era un tiempo que el destino le había regalado.

Acarició a Pamina, que siguió durmiendo, y salió al aire libre. Quedaban pocos minutos para que amaneciera y había algo que tenía que hacer antes del alba. La noche no le permitió ver las plantas que crecían junto al arroyo donde se había lavado los cabellos, pero estaba segura de que cerca de las orillas crecería la hierba con la que los hombres del bosque leían el futuro y con la que curaban las mordeduras de las serpientes. También había oído decir que con esa hierba se preparaban filtros amorosos. Eso lo contaba su abuela, y ella no la había creído, pero a lo mejor tenía razón.

Los soldados todavía dormían, salvo los que hacían guardia, que la miraron encaminarse de nuevo hacia el arroyo. Tenían órdenes de protegerla a distancia, para que no se sintiera vigilada. El cielo empezaba a teñirse de color naranja cuando Yilda llegó hasta el riachuelo. Efectivamente, como había previsto, allí crecía la verbena. Diminutas florecillas de color violáceo y hojas ásperas la hacían inconfundible. Cogió una de las hojas y se la llevó a la nariz. Le gustaba el perfume fresco que emanaba de ella. Se frotó los brazos y el rostro con la planta. Luego cogió agua y se mojó la piel. Recordaba que su abuela también decía que lavarse la cara con agua que fuera testigo de la salida del sol en el amanecer del solsticio, dejaba la más blanca y más suave de las pieles. Se quedó quieta mirando el sol, que ya se asomaba sobre el mar. Cogió todas las hojas de verbena que pudo antes de que la gran estrella se mostrara en todo su esplendor y las guardó entre sus ropas.

El soldado que vigilaba sus movimientos pensó que aquella chica hacía cosas tan raras que no podría traerles nada bueno. Siempre estaba mirando al sol y a la luna, y no bendecía a los demás dioses, como hacían ellos. Dominaba a las abejas con su pensamiento y parecía que había hechizado también a sus jefes, tanto a Claudio como a Cayo y a Flavio. El joven Marco pensaba que el pelo rojo de aquella muchacha no era un buen presagio. Temía la cólera de los dioses si la llevaban a las tierras de Roma, pero no se atrevía a compartir sus sentimientos. Él solo veía, oía y callaba. Así le habían enseñado que debía hacer, y así hacía.

Mientras, Yilda se había sentado un momento sobre una de las piedras cercanas a la orilla, había tomado entre los dedos de la mano derecha un puñado de hojas de verbena, y las había soltado sobre la arena. El dibujo que formaron al caer desordenadamente le hizo sonreír. Se levantó y se dirigió de vuelta al palanquín. El sol ya se apoyaba sobre la superficie del mar y los soldados andaban por el campamento, a punto de organizar la marcha a las naves, que seguían posadas en el agua, como gaviotas durmientes.

—No te preocupes por el viaje, soldado. El mar será propicio para las naves romanas y llegaremos a puerto antes incluso de lo que el tribuno piensa.

—¿Por qué sabes esas cosas? ¿Acaso lees en las estrellas?

—Las estrellas dicen muchas cosas. Y las plantas. Y las aguas. Y los ojos de quienes las miran, soldado.

—¿Qué planta es esa que has cogido? —preguntó el joven Marco.

—Es buena para muchas cosas. Si te muerde una serpiente te curará. Y si te muerde eso que llaman amor, también te puede ayudar.

—Vamos, Marco, deja de hablar con la chica. Hay que levantar el campamento. El tribuno quiere que salgamos antes de que el sol esté en su cénit —le espetó su compañero.

—Que tengas buen día, soldado.

Yilda se apresuró a llegar a su sitio. Introdujo las hojas de verbena en una de las pequeñas bolsas de cuero que tenía dentro del saco más grande. Metió todas sus cosas y dejó que Pamina le lamiera los dedos de los pies.

—¿Te gusta el olor de la verbena? No sabemos si en Hispania también crece. Así que la usaremos solo cuando haga falta.

Observó en el espejo su cabello rojo que brillaba más y más a la luz del sol y se lo desató. La melena cayó sobre sus hombros hasta la cintura.

—Cuando lleguemos a Hispania ya no hará falta que salga el sol. —La voz de Flavio hizo que el espejo cayera sobre la arena—. No te pongas nerviosa. Solo trataba de decirte algo bonito.

El corazón de Yilda había empezado a palpitar muy deprisa. Se agachó a recoger el espejo y Flavio hizo lo mismo. Sus dedos se tocaron levemente. Sus cabezas se quedaron tan juntas que Flavio aspiró el olor que salía de los cabellos de la chica.

—Hueles bien.

—Tú no tanto.

—He estado limpiando los caballos.

—¿Les gusta ir en barco a los caballos?

—No se lo he preguntado nunca. En cualquier caso, les tapamos los ojos, por si acaso. Así no saben dónde están.

—Yo quiero ver cada ola y sentir su vaivén, como cuando salía a pescar con mi padre. Yo era tan pequeña entonces, pero me acuerdo bien.

—Será mejor que cojas tus cosas. Vas a ser la invitada del tribuno en la nave maestra.

—¿Y tú?

—Yo voy con mis soldados. Nos veremos en tierra. No te marees.

—No.

El corazón de Yilda palpitaba cada vez más deprisa. Oyó que Marco la llamaba para llevarla hasta donde estaba Claudio. Se despidió de Flavio con una sonrisa. Se llevó la mano a la nariz. El olor del caballo se había mezclado en sus dedos con el de la verbena.

Elena había pasado la mañana con sus padres y con van der Leyden. Tenían que comprobar qué documentos necesitaba en Holanda para solicitar el traslado de su expediente y las convalidaciones de su certificado de ESO y de primero de Bachillerato. Van der Leyden conocía el instituto más apropiado para ella, donde le dejarían un horario flexible para que pudiera compaginar sus estudios generales con los de danza, así como su labor en el *ballet*, si pasaba las pruebas. De eso, el coreógrafo holandés no tenía ninguna duda. Por la tarde habían ido a la academia. En la sala de los espejos, con la barra, Leyden había trabajado con ella. Después le había pedido al pianista que interpretara el tercer movimiento del paso a dos de *El Corsario* para que Elena lo pudiera bailar.

Respiró profundamente antes de iniciar los pasos. Los giros. Uno, dos, tres, cuatro, cinco. Quince giros lentos, controlando la respiración y sujetando bien el abdomen. Otros quince en diagonal. Después, veintidós giros más en círculo, recorriendo toda la sala. Luego, casi sin dejarla descansar, fue el viejo bailarín quien se sentó al piano, y tocó una parte del *ballet Don Quijote,* que él había interpretado tantas veces en los más grandes teatros del mundo. Quería ver cómo se defendía Elena en los saltos, las zancadas, en las que la pierna delantera tenía que subir por encima de la horizontal, y caer sobre las puntas y quedarse en equilibrio con la pierna de atrás en ángulo más obtuso que recto. Aquella no era la coreografía preferida de la joven. Era demasiado técnica, demasiado clásica. Casi no le dejaba expresar nada a los bailarines.

—Tendrás que trabajar duro para hacerte un sitio en la compañía. Pero tienes cualidades físicas e interpretativas. Sé que piensas que esta pieza es muy técnica y que no tiene alma. Pero no es así. El alma no está en los pasos ni en los giros ni en las zancadas. El alma se la tienes que dar tú. —Van der Leyden se levantó y se acercó a Elena.

La tomó de la mano y levantó su brazo. Tarareó la melodía de *El Corsario.* Tenía la música dentro, y movió sus brazos como había hecho tantas veces cuando era bailarín. Acarició el aire de la sala solo con sus movimientos. El mentón en paralelo todo el tiempo con el brazo derecho.

—Debes interpretar cada nota con tu gesto. Y cuando digo gesto digo «dedos, piernas, ojos, barbilla». Hasta con el pelo. Solo con salir al escenario, el público debe notar que está ante un artista y no ante un artesano. No basta con la técnica para ser grande en el mundo del arte. Hay que tener algo dentro y transmitirlo a los demás. Y tú lo tienes. Pero tienes que sacarlo más. Desde ti misma. De dentro a fuera. Piensa que eres la joven que se va a casar con un chico del pueblo, pero de pronto viene un apuesto corsario y se enamora de él, de su belleza, de su exotismo, de su amor por la libertad, por lo no convencional. El corsario es el pirata y ella queda fascinada con su presencia, aunque también piensa en el chico al que ha querido toda su vida. Tus manos, tu rostro, tus piernas cuando giran, cuando saltan, tienen que transmitir todas esas dudas.

Elena pensó que lo único que tenía que hacer era mirar dentro de sí misma. También ella tenía dudas. No acerca de su decisión de irse, que ya estaba tomada, sino sobre su relación con Carlos, a quien iba a seguir queriendo a pesar de su marcha.

Volvió a interpretar *El corsario*. Elena buscó dentro de sus sentimientos y encontró las dudas, la atracción por lo desconocido, por un mundo en el que ella iba a poder ser quien era, a pesar de la soledad que sentiría en muchos momentos. A pesar del amor que seguiría vivo en su interior. Sus brazos ahora abrazaban el aire. Su mentón se movía paralelo a su brazo y a su pierna aunque ella no lo pretendiera. Cada giro terminaba con los talones juntos sin forzarlos, sin dolor, como si la fascinación por el corsario hiciera que cada uno de sus pasos fuera natural. Y que sus pies se colocaran en la quinta posición como si esa fuera la manera en la que los seres humanos han llegado al mundo durante cientos de generaciones.

Elena terminó de bailar y observó a sus padres, a van der Leyden, a su joven ayudante, al pianista. Todos se habían quedado inmovilizados por la dosis de belleza que acababan de contemplar. Concha fue la primera en sonreír y en hablar.

—¿Quieres un vaso de agua, Elena?

—No es esa la frase que se espera de una madre después de ver a su hija haciendo lo que ha hecho —comentó el holandés.

—Es que no sé qué otra cosa decir. Me ha dejado sin palabras.

—Como a todos. Ha sido maravilloso, Elena. Puedes llegar muy alto. —Van der Leyden se levantó, tomó la mano de la joven y se la llevó a los labios, como había hecho con todas las primeras bailarinas con las que había actuado—. Felicidades.

Elena fue al vestuario a ducharse y cambiarse. Necesitaba estar sola unos minutos. Aquella interpretación la había dejado exhausta, no por el esfuerzo físico, sino porque había sacado tanto de sí misma que sentía que el personaje la había vampirizado. Había crecido gracias a ella. La mujer enamorada del corsario se había hecho carne a través de ella y le había sorbido toda su energía. Se miró en el espejo antes de quitarse la ropa y de soltarse el pelo para entrar en la ducha. Sintió que aquella persona que la miraba desde el otro lado no era ella, sino su personaje. Guardaba su mirada, su barbilla alzada, sus brazos anhelantes. Su fascinación ante el pirata, ante la música, ante los movimientos que había sido capaz de expresar con su cuerpo. Y con ese algo misterioso que algunos llaman «alma».

Miró el teléfono y vio que tenía varios wasaps de Carlos. «¿Por qué no has venido al examen?». «Te he echado de menos». «Nadie sabía nada de ti. No me he atrevido a preguntarle al profesor». «¿Estás bien?». «¿Por qué no me contestas?». «No quiero ser pesado, es solo que estoy preocupado por ti».

Ese tipo de preguntas y de comentarios era lo que temía Elena más que nada en la vida. Le contestó con un escueto: «Tenía papeleos que organizar». Enseguida le entró otro wasap de Carlos: «¿Podemos vernos un rato esta tarde? Hay novedades en el museo que seguro que te gustaría ver».

Siempre le había gustado ver las piezas nuevas que traía el museo y que Marga investigaba y catalogaba. Si no fuera bailarina, le habría encantado ser arqueóloga. Le parecía glorioso que viejos objetos enterrados durante siglos pudieran estar en realidad tan cercanos a los vivos. Recordó con nostalgia cuando apareció un broche con la imagen de una mujer que era idéntica a ella. Estaba dentro de una caja de música que había pasado más de doscientos años bajo el mar. La mujer del retrato resultó ser una antepasada suya de nombre Marina. Pero también quería mantener una distancia con Carlos. Una distancia que le haría más fácil marcharse de la ciudad y probablemente dejar su relación. Pero a la vez no quería perderlo. Su historia con él era hermosa, sin sobresaltos y con mucho amor del de verdad. Elena pensaba que ojalá pudiera ser siempre así el amor. Un sentimiento que no se desgastara a sí mismo y que no desgastara a quienes lo sentían.

Como había predicho Yilda, el mar y los vientos fueron propicios durante el trayecto entre las islas y el continente. Durante el día, la joven pasaba las horas en el habitáculo que le habían asignado. Algunos ratos ayudaba al cocinero a preparar las comidas de los soldados, que habían empezado a tener un sabor distinto al de todos los días.

—No lo entiendo, no lo entiendo, no lo entiendo —decía el viejo Cástulo, que llevaba años cocinando para las legiones romanas—. Echo los mismos ingredientes de siempre, pero todo sabe mejor ahora.

—Son mis manos, Cástulo. No es lo mismo cortar la carne y echarla en el puchero sin más, pensando cosas malas, que colocar los pedazos con cuidado y pensando en la belleza que nos rodea. —Yilda le intentó convencer con sus palabras y una sonrisa.

—¡Qué cosas tan raras dices! Tus dioses te han enseñado frases extrañas.

—Todo hay que hacerlo con emociones amables. Si tú tratas bien a la carne, la carne te tratará bien y tendrá mejor sabor. Con las personas debería ocurrir lo mismo, ¿no? «Amor con amor se paga», ¿no lo decís así en Roma?

—Muchas cosas sabes tú de Roma para haberte criado con los salvajes —le espetó Cástulo, a quien el pelo rojo de Yilda siempre le había dado mala espina.

—Mi pueblo no es un pueblo de salvajes. Se han defendido de los romanos, que han sido quienes han ido a ocupar sus tierras. Vosotros haríais lo mismo si fuerais invadidos por gentes que vinieran del otro lado del mar.

Yilda dejó que Cástulo reflexionara sobre sus palabras y salió a la cubierta del barco. Había anochecido y el viento era más fuerte y más frío. Se tapó la boca con su chal, para que el aire salado no entrara a su boca. Ya habían empezado a salir las estrellas y el reflejo de la luna se asomaba entre las nubes. Yilda la miró y dijo algunas palabras en su lengua, mientras levantaba sus brazos y juntaba las manos sobre su cabeza. Había cerrado los ojos y estaba tan concentrada que no vio ni oyó que el tribuno se había acercado y estaba a su lado.

—¡Qué extraño es tu idioma! —le dijo él. Yilda se sobresaltó al oír la voz de Claudio junto a ella.

—Decía mis plegarias a la diosa. Hasta ahora siempre me ha sido propicia. Anoche también le pedí que el mar estuviera en calma, y ya ves, me ha otorgado sus favores y estamos teniendo una buena travesía.

—Espero que tu diosa te sea propicia también en cuanto lleguemos a Hispania. Sigo creyendo que te iría mejor en Roma. Es una ciudad más grande. Tus cabellos de fuego pasarían más desapercibidos que en Cesaraugusta, que al fin y al cabo es una ciudad de las provincias, menos cosmopolita.

Yilda sonrió a la luna, al mar que ocultaba los monstruos que seguro había bajo sus aguas y al tribuno.

—Has sido muy amable conmigo, señor. Ya te dije que quiero ayudarte a ti y a tu familia. Si no me quisieran en tu casa, seguro que encuentras otro lugar para mí. Flavio me ha dicho que... —Una sombra en los ojos de Claudio la hizo callar.

—Creo que hay algo que Flavio no te ha dicho. Quizás las palabras que vas a escuchar ahora no deberían ser dichas por mí, pero me ha parecido notar cierta complicidad entre él y tú. Me da la impresión de que estáis muy a gusto juntos —dijo Claudio Pompeyo.

La chica bajó los ojos y le pareció ver la silueta de un gran pez negro que nadaba silencioso junto al barco.

—Él también ha sido amable conmigo, señor. Hemos hablado de muchas cosas estos días. Me ha ayudado a estar entre vosotros.

—Sí, pero repito que creo que hay algo que no te ha dicho y no entiendo por qué.

—¿A qué te refieres, tribuno?

—Te dije que tengo tres hijos: dos varones y una muchacha de dieciséis años, más o menos de tu edad.

—Sí, lo recuerdo.

—¿Y Flavio te ha dicho que mi hija Julia es su prometida, y que en cuanto lleguemos se van a celebrar las fiestas de su himeneo?

Yilda se volvió y dejó de mirar el mar para contemplar el rostro de cuya boca habían salido aquellas palabras que acababan de cambiar su vida. Flavio estaba comprometido y se iba a casar con la hija de Claudio Pompeyo. Aquel extraño sentimiento que la había envuelto durante los días compartidos no era correspondido. Se había equivocado. El relámpago que había sentido cuando sus dedos se habían tocado, el escalofrío que la sacudía cada vez que él le hablaba o la miraba moría en sí mismo. No iba más allá de su propia persona. No le alcanzaba a él, como había creído. O sí, y por eso Flavio no le había hablado nunca de su prometida. Tal vez le daba vergüenza hablar de ella, porque quizás se habrían transparentado sus sentimientos hacia Yilda si lo hacía. La joven no sabía qué pensar sobre el comportamiento de Flavio. ¡Había estado tan segura de que él sentía lo mismo que ella! Yilda recordó unas frases que su abuela solía repetir: «Las cosas no son siempre como queremos que sean. Son como son. Igual que las personas, que tampoco son como los demás quieren que sean. Son como son. Somos como somos».

Tuvo que respirar profundamente y tragar saliva para no echarse a llorar delante del tribuno. El hombre notó su turbación y apoyó la mano en su hombro sin decir nada. Pocos segundos después, hizo ademán de dejarla sola.

—Iré a Roma. Tienes razón, tribuno. En Roma mis cabellos no llamarán tanto la atención y nadie me tratará como a la hija de un pueblo salvaje, enemigo de tu patria.

—Cuando lleguemos a tierra, le comunicaré tu decisión a Cayo Vinicio. Él te llevará hasta el emperador y allí encontrarás la felicidad.

—¿La felicidad? ¿Acaso tú me puedes definir qué es la felicidad?

Claudio Pompeyo, tribuno de Roma, sonrió y en su sonrisa Yilda pudo ver la sombra que a veces los rayos de luna extienden sobre los hombres. No, Claudio no podía definir la felicidad. Por eso se retiró en silencio a su cabina.

Yilda se quedó de nuevo sola en cubierta. Esta vez sí que lloró y sus lágrimas cayeron al mar y se fundieron con el último rayo que enviaba la diosa.

Carlos esperó a Elena sentado en las escaleras del museo. Al guarda de la puerta le dijo un escueto «Hola», que denotaba que algo le ocurría, porque Carlos era un chico bastante comunicativo. Se sentó en el tercer peldaño y se puso a mirar en el móvil por si había más mensajes de Elena o de alguno de sus amigos. Estaban preparando la exhibición de judo de fin de curso y tenía entrenamiento al día siguiente. En los últimos días no había conseguido concentrarse. Hasta el entrenador le había notado que había algo que le preocupaba, pero no le había preguntado; la experiencia le decía que la expresión de Carlos era la típica del mal de amores y que, en esos casos, mejor era no mencionar nada. A Manolo su experiencia le daba igual, así que él sí le preguntó a Carlos:

—¿Qué pasa, majo? Muy callado te veo hoy. ¿Esperas a alguien?

Carlos no sabía a cuál de las dos frases contestar. Así que se limitó a mirar las piernas del guardia y a decir:

—Lo normal.

—La definición de «lo normal» es diferente para cada uno. En realidad, no hay nada que sea lo que se llama «normal». Al menos eso es lo que dice mi psicólogo.

Carlos lo miró esta vez a la cara y pensó: «¿Este hombre va al psicólogo y lleva una pistola en la cintura?».

—Ya sé lo que estás pensando. Pero no me pasa nada. Es que, bueno, nada. Mira, por ahí viene tu novia.

Los dos se quedaron contentos con la aparición de Elena. Manolo porque no quería dar explicaciones acerca de sus visitas al psicólogo. Y Carlos por dos razones: para librarse de la conversación de Manolo y porque Elena había acudido a su cita.

—Hola.

—Hola.

Carlos le dio un beso fugaz en los labios, que Elena aceptó con una media sonrisa.

—Me alegro de que hayas venido. Por un momento he pensado que ya no querías volverme a ver.

—Siento haber llegado tarde. Me he entretenido en la academia. Hoy venía a verme ese coreógrafo holandés del que te he hablado.

—¿El que se te va a llevar a Ámsterdam?

—No se me va a llevar nadie. Hablas como si fueran a raptar o algo así.

—Ya me has entendido.

—Sí, te he entendido —reconoció Elena—. Sí, Joseph van der Leyden, una leyenda en el mundo del *ballet*. Me siento muy privilegiada de que le guste como bailo.

—Qué bien —replicó Carlos sin ninguna convicción.

—¿Y qué es eso que han encontrado tus padres y que es tan interesante? —preguntó ella señalando la puerta del museo.

—No he visto nada todavía. No he entrado aún. Me apetecía ver las piezas contigo. Aún podemos compartir ese tipo de cosas, ¿no te parece?

—Sí, claro. Que yo me vaya a otro lugar no quiere decir que no me sigan gustando las mismas cosas. Las mismas personas.

—Pero anteayer dijiste que ya no querías que fuéramos novios. —Carlos tragó saliva antes de pronunciar las temidas palabras.

—Ya sabes por qué. Te lo expliqué. No me hagas repetirlo, por favor. Dejemos que los días pasen y nos traigan nuevo aire en cada amanecer —dijo Elena, mirando la palmera, cuyas hojas se movían al viento.

—¡Qué poética frase! —exclamó él, con los ojos bajos. Cuando Carlos era consciente de que no encontraba las palabras adecuadas, siempre se miraba las puntas de las zapatillas. Se fijó que la derecha tenía una mancha de tomate, que le había caído mientras batía el salmorejo a mediodía.

—¡Muy gracioso! —respondió ella, irónica y molesta por el comentario de Carlos—. ¿Me voy a mi casa o entramos al museo y hacemos que todo sea normal?

—¿Normal? ¿Qué significa «normal»? Para cada uno es algo diferente. En realidad, no hay nada que sea normal.

Manolo escuchó sus palabras en la boca de Carlos cuando él y la chica pasaban a su lado. Movió la cabeza de un lado a otro y abrió el móvil en el que le acababa de entrar un wasap de su psicólogo en el que le cambiaba la hora de la próxima consulta.

Marga y Federico medían la jarra en la que había aparecido el brezo. Federico acariciaba los relieves con la veneración que, según él, una pieza como aquella merecía. La diferencia de temperatura del sótano con respecto al exterior provocó que Elena estornudara. Eso hizo que Marga se diera cuenta de que los chicos se acercaban. Enseguida se abrió la puerta.

—Os tengo dicho que no entréis sin una chaqueta. Vais a coger un resfriado aquí abajo. Y los catarros de primavera y de verano tardan mucho en curarse.

—Sí, Marga, tienes razón. La alergia a los gatos también tarda en desaparecer. Aún me quedan restos de las ronchas rojas que me salieron. En fin, me voy a poner la sudadera. —Elena abrió la mochila y la sacó.

Era azul celeste. Al ponérsela, una manga rozó una de las jarras que había en la estantería. Se tambaleó, pero Carlos la alcanzó antes de que se estrellara en el suelo. Fueron unas centésimas de segundo de pánico, pero ninguno de los cuatro corazones tuvo tiempo de empezar a latir más deprisa.

—Ay, lo siento. Dios mío, casi me la cargo. Yo. En fin No sé qué decir. Perdón.

—Ya está —dijo Federico—. No ha pasado nada. Tranquila. Bebe un poco de agua. Carlos, has estado perfecto al quite. Qué reflejos.

—Es por el judo, que educa mucho los reflejos —intervino su madre—. ¿Estás nerviosa, Elena?

—¿Yo? No, no, para nada —mintió la chica. Mintieron todos, porque todos sabían lo que ocurría, pero nadie quería hablar de ello. Y menos en un sótano lleno de historias y de tiempo.

—Bueno, mamá. Hemos venido a que nos enseñéis todas esas piezas nuevas. Elena tiene muchas ganas de verlas, ¿a que sí?

—Sí, claro —volvió a mentir Elena. De lo que en verdad tenía ganas era de meterse en su habitación y no salir en varios días.

—Tranquila, que esta vez no hay ningún retrato que se parezca a ti —comentó Federico—. Aunque sí que hay objetos de tocador femenino.

Federico sacó del cajón las piezas que ya tenían medidas y catalogadas: las horquillas, el espejo, las vasijas, los restos de cerámica…

—Lo más interesante es el espejo. Tiene una inscripción en signos ogam, de los druidas.

—¿Druidas? ¿Había druidas en Cesaraugusta?

—No, que se sepa. Por eso esta pieza es tan especial y tan rara. Además, hoy nos hemos dado cuenta de que el material también es raro. No hay ningún mineral parecido en esta parte del mundo. No es cristal. No es alabastro. No es mármol. No se sabe qué es.

—Los geólogos tendrán algo que decir, ¿no? —preguntó Carlos.

—Sí. Ya hemos hablado con el departamento en la facultad de Ciencias. Vendrán la semana que viene, cuando terminen los exámenes.

—¿No podéis llevar vosotros la pieza a la universidad?

—No la podemos sacar del museo.

Elena cogió el espejo y se miró en él. De nuevo, le pareció que su rostro no era el que la miraba. Las rayas y las manchas que el tiempo le había dado al espejo hacían que su cara quedara surcada de líneas como arrugas de una vieja. Algo rojizo en el fondo parecía que le tiñera el pelo del color del cobre. Notó que su mano se calentaba al contacto con el metal del mango. Lo dejó sobre la mesa.

—Es muy raro —dijo—. Y parece que está caliente.

—Ya sabes que el metal es conductor de calor. A veces se tiene esa sensación al tocar algo metálico. Pero eso no es lo importante de esta pieza —le explicó Federico.

—¿Y qué es lo importante?

—¿Habéis visto los signos? —le preguntó Federico—. Esas rayitas, ¿las veis?

—Sí, son rayas —afirmó Elena.

—Yo también veía solo rayas —corroboró Marga—. Pero ahí está el nombre de una mujer escrito en el alfabeto druídico.

Federico les enseñó a los chicos sus apuntes con los equivalentes de las rayas según tamaño y posición, y les escribió el nombre de «YILDA».

—Esto es lo que pone. Y es un nombre de mujer. Un nombre celta, no un nombre romano.

Elena no puso demasiada atención en las palabras de los arqueólogos. Se fijó, en cambio, en algo que había en la otra mesa: un montón de brillantes piezas minúsculas de colores.

—¿Y esto? —preguntó Elena.

—Esto era lo que nos faltaba —dijo Marga—. Un rompecabezas.

—¿Un rompecabezas? —preguntó Carlos, al que le encantaban los puzles desde que era muy pequeño.

—Son las teselas de un mosaico. Se supone que bien colocadas darán un dibujo, que a lo mejor nos da alguna pista sobre los demás objetos y sus dueños —explicó Marga—. Pero solo «a lo mejor». Va a ser muy complicado ver algo ahí. Nos pondremos con ello cuando acabemos de catalogar todo lo demás. Va a ser una tarea muy ardua.

—Seguro que al final todo encaja —dijo Elena.
—Podría haber miles de combinaciones, tal vez millones —dedujo Carlos—. Tiene que haber algo que nos diga por dónde empezar.
—Los objetos siempre hablan. Si se les pregunta —reconoció Federico—. Lo malo es que no sabemos qué preguntarles.
—O tal vez sí.
Elena tomó en sus manos una de las horquillas y la introdujo en el agujero que había en la parte derecha del mango del espejo. Cogió la otra y la metió en el agujero paralelo al otro lado. De repente, el espejo había adquirido una dimensión y una forma muy diferentes. Y muy inquietantes.

El viejo Cástulo preparó las viandas del desayuno cuando ya se avistaba tierra a lo lejos. Yilda lo ayudaba, pero enseguida supo Cástulo que había algo que no iba bien.

—Hoy no nos deleitas con tu expresión radiante, pequeña. Hasta se diría que tus cabellos han perdido ese brillo que ilumina la estancia donde estás.

Yilda esbozó una sonrisa ante la exageración del hombre, pero no dijo nada.

—Soy viejo pero no tonto. A ti te pasa algo. Vi como el tribuno hablaba contigo en la noche. Y vi como llorabas cuando te quedaste sola. Algo te dijo el jefe que no te esperabas. Dime si puedo ayudarte, pequeña. Yo tuve una nieta. Si viviera aún, tendría tu edad. Pero la atacó una enfermedad terrible y los dioses se la llevaron con ellos al Averno. Desde allí seguro que pide por su abuelo, que ya ves, a la edad que tiene, sigue vivo y fuerte como un buey. Puedes decirme lo que quieras, pequeña Yilda, confía en mí como si fuera tu abuelo.

—Nunca conocí a ninguno de mis abuelos. Solo a mi abuela. Pero murió cuando yo era pequeña. Me dio buenos consejos y me contaba historias. Ahora le pediría un consejo, pero ya no puedo hacerlo.

—Soy todo oídos, niña, si quieres confiarte a mí —dijo Cástulo, mientras ponía en una bandeja la comida de Claudio y de sus ayudantes.

El joven Marco salió de la cabina y se llevó la bandeja para el tribuno. No dijo nada, solo miró a Yilda y enseguida bajó los ojos. Había siempre algo inquietante en la chica que no le dejaba nunca sostener su mirada.

—Creo que voy a ir a Roma con Cayo Vinicio. Quieren presentarme al emperador. Por todo lo que sé de las plantas y todo eso. Y yo estoy muy contenta con ir a vivir allí. ¿Tú has estado en Roma?

—Dices que estás muy contenta pero tu rostro muestra lo contrario. Ya te he dicho que soy viejo. Puedo leer en las caras de los demás. No necesito ni hierbas ni hablar con la luna para saber lo que pasa por tu joven corazoncito. —Cástulo le dio un vaso de leche a Yilda. Había ordeñado la vaca que llevaban en el barco antes del amanecer y le había guardado un poco a la chica—. No estás en absoluto contenta con la idea. Y si no quieres ir no tienes por qué hacerlo. Me parece que no te llevan en calidad de esclava. ¿Me equivoco?

—No, no te equivocas. No voy como esclava.

—¿Entonces? Tú querías quedarte en Hispania. En la ciudad del tribuno. Y de Flavio. ¿A qué viene ese cambio de opinión que ocurrió anoche tras tu conversación con Claudio Pompeyo?

—Es por Flavio —musitó con un hilo de voz Yilda, cerca del oído de Cástulo.

—Flavio. Ya. Ya me parecía a mí que esto tenía que ver con cosas del amor.

—El tribuno me dijo ayer que su hija es la prometida de Flavio. Piensan casarse en cuanto lleguemos a Cesaraugusta. Por eso he decidido aceptar la propuesta de Cayo e irme con él a Roma.

—O sea, que una criatura como tú se rinde. Alguien que ha sobrevivido sola en el bosque varios días, que ha vivido con esos hombres que sacrifican personas en honor de sus dioses, que ha tenido el valor de huir de ellos y de convivir con toda esta panda de soldados romanos, de los que no puede decirse que sean un dechado de delicadeza. Una chica que sabe sacar miel de las colmenas sin que le pique una sola abeja y que parece que las domina solo con el pensamiento. Una jovencita como tú, que eres capaz de todo eso, te retiras antes de enfrentarte siquiera con el primer obstáculo que encuentras en tu camino del amor. No, hija, así no se hacen las cosas. Si amas a Flavio, debes luchar por él.

—¿Luchar? Si él está enamorado de otra mujer y ella lo está de él, yo no quiero interponerme en su destino. Esa es una de las cosas que me enseñó mi abuela —dijo Yilda y se bebió el contenido del vaso de leche de un trago.

—¿Y quién te ha dicho a ti que esos dos están enamorados? Llevo veinte años al servicio de Claudio Pompeyo. Conozco a Julia desde que nació. Es una niña caprichosa que siempre ha tenido lo que ha querido. Desde pequeña, su familia y la de Flavio decidieron que los dos jóvenes tenían que casarse, pero ni el uno ni la otra sienten nada más que un amor fraternal. Te lo digo yo. Flavio lleva fuera de la ciudad desde las penúltimas calendas de junio, más de dos años sin verla, y sin que ella lo vea a él. Julia es caprichosa, voluble.

—Flavio ni siquiera se ha fijado en mí como en una mujer. Nunca ha mencionado a Julia como su prometida. Supongo que porque nunca en estos días me ha visto como alguien de quien se pudiera enamorar. Para él soy la chica del bosque, la que coge la miel y mira a la luna. Alguien interesante para conversar porque es diferente, pero alguien de quien nadie se enamora.

—No estoy en la cabeza de Flavio —dijo Cástulo—, pero he visto cómo te miraba junto a la hoguera, o cuando pasaba al lado de tu carro con su caballo. Jamás lo he visto mirar así a Julia. Pero en fin, creo que estoy hablando más de la cuenta. Si has decidido irte a Roma con Cayo Vinicio, allá tú. Cayo es sin duda el mejor de los hombres que he conocido, no te faltará nada con él, ni comida ni afecto. Pero si quieres a Flavio, creo que deberías hablarle acerca de su situación y de tus sentimientos. Pero bueno, son cosas tuyas, y yo no me quiero meter.

—No te he pedido consejo, Cástulo. Y sí, son cosas mías, en las que te has entrometido.

Yilda nunca había hablado con nadie acerca de sus sentimientos. Con su abuela, hablaban de lo mucho que echaban ambas de menos a su madre muerta, pero la abuela se había ido al otro mundo antes de que Yilda tuviera edad para fijarse en ningún muchacho. Así que jamás habían conversado sobre ese tema. Y por supuesto, en la cueva de los druidas, nunca había tenido permiso para hablar, ni de amor ni de nada.

—Allá tú, muchacha testaruda —continuó Cástulo—. Si eres mayor para haber decidido hacer todo lo que has hecho hasta llegar aquí, creo que también serás capaz de seguir decidiendo por ti misma de ahora en adelante.

Las naves se acercaban ya a las costas de Hispania, a la zona donde los árboles son altos y los bosques casi tan frondosos como en las tierras donde había nacido Yilda. Los montes verdeaban ante la luz del sol. En la playa, las rocas formaban unos arcos caprichosos que parecían hechos por un dios arquitecto. Yilda se arrodilló en cubierta. Alzó los brazos y unió las palmas de sus manos en dirección al astro. Dijo unas palabras que nadie entendió y cerró los ojos para que los rayos no la cegaran. Miró dentro de sí misma y vio el nombre de Julia en la forma de la sombra negra de un pájaro que se cernía sobre ella. Tan negra como los cabellos que, a buen seguro, peinaba cada noche la hermosa hija de Claudio Pompeyo.

—O tal vez sí —repitió Elena con el extraño espejo en su mano.

—¿Qué quieres decir? —le preguntó Carlos—. ¿Cómo sabías que esas dos piezas podían encajar en el mango?

—No lo sabía. Pero cuando he visto que tenía dos agujeros he pensado que seguramente había dos piezas que se habrían perdido. Luego me he fijado en las horquillas y, efectivamente, entran perfectamente —explicó la joven—. Y ahora, decidme, ¿a qué se parece este espejo con sus dos añadidos laterales?

—¿Una vieja llave? —sugirió Marga.

—¿Un helado de menta y nata? —preguntó Federico, divertido ante la seriedad con que Elena mostraba el espejo y su descubrimiento.

—A mí me parece un sol apoyado en una media luna que está siendo estrangulada por serpientes —dijo Carlos.

Elena sonrió por primera vez en toda la tarde. Carlos y ella habían visto lo mismo en la forma que había adquirido el espejo.

—Podría ser —aceptó Federico, y Marga asintió con la cabeza—.

Un sol, una luna, las serpientes... Son símbolos ancestrales. Tanto los celtas como los romanos adoraban a los astros y los relacionaban con las deidades, con las fuerzas todopoderosas. Es increíble cómo te has dado cuenta de que las tres piezas estaban relacionadas. ¿Cómo se nos ha podido pasar a nosotros?

—Hemos dado por sentado que eran objetos independientes. Tarde o temprano lo habríamos descubierto —contestó Marga.

—O no. Elena, tienes un buen ojo para la arqueología. Podrías dedicarte a esto y dejar de bailar. Al fin y al cabo la carrera de una bailarina es muy corta —dijo Federico como si tal cosa.

Elena se quedó callada unos segundos y volvió a sonreír. Dejó las piezas sobre la mesa y se sentó.

—No quiero hablar de eso en estos momentos. El hecho es que las tres piezas encajan —estaba claro que Elena quería volver al tema del espejo— y no sabemos qué relación pueden tener con la inscripción druídica. Probablemente la tal Yilda sería su dueña. Pero ¿quién era Yilda? ¿Sería ella quien conocía esos signos misteriosos? ¿Y el mosaico?

—Antes me ha parecido que tenías alguna sugerencia al respecto —dijo Marga.

—He pensado que tal vez el mosaico dibujara lo mismo que el espejo. Pero supongo que es una tontería.

—Hay que analizar el resto de los objetos encontrados. Tal vez así podamos hacer un perfil del propietario, de sus gustos e intereses. Eso quizás nos ayude a saber qué le gustaría tener en su pavimento —dijo Federico.

—No hemos mirado en qué zona de la casa se han encontrado las teselas —dijo Marga.

Buscó entre la documentación que acompañaba los hallazgos desde el yacimiento. Los restos de mosaico habían aparecido en la que sin duda era la parte de la casa reservada a las mujeres.

—Eso limita bastante la temática. No habrá escenas de caza, ni de agricultura... Quizás algo mitológico, algo femenino —intentó concretar la arqueóloga—. Algo que tenga que ver con los celtas de fuera del Imperio. No olvidemos que «Yilda» es un nombre celta. Quizás ella vino de la Galia o de Britania. Y no olvidemos tampoco que hemos encontrado brezo en una vasija.

—Hay brezo en la península ibérica —replicó Federico.

—De ese tipo no hay mucho y desde luego nunca ha habido por esta zona. Es *Erica cinerea*, que se da en las islas británicas.

—A lo mejor nos encontramos con las chicas del biquini como en los mosaicos sicilianos de la postal —sugirió Carlos, que apenas había dicho nada.

Pensaba que la desconocida Yilda tal vez había hecho un gran viaje dejando atrás a personas a las que quería y a las que probablemente nunca habría vuelto a ver. Le dio un pinchazo en el estómago al relacionar su viaje con el de Elena, que también se iba y a lo mejor no regresaba jamás.

—Eso estaría muy bien. Haría de este museo un centro de atracción turística mundial. Pero no creo que tengamos nada parecido. No obstante, me parece que tu madre ha tenido una buena idea. Tal vez algo mitológico. Quizá algo relacionado con los mitos de los celtas.

—¿Puedo echar un vistazo a las teselas? —le preguntó su hijo.

—Sí, claro. Pero cuida no se vaya a perder alguna. Están sin estudiar todavía. Apenas las habíamos extendido sobre esa mesa cuando nos hemos puesto con otra cosa. Con la jarra que muestra el mito de Acteón.

Carlos se acercó a la mesa y observó los centenares de pequeñas piezas que descansaban sobre ella. Formaban una suerte de cuadro abstracto con manchas de colores puestos aleatoriamente, a los que se les podía dar un significado, como tanta gente hacía en los museos de arte contemporáneo. Llamó a Elena para que viera también aquel montón de fragmentos que un día tuvieron una forma y que ahora parecía que jamás volverían a ser algo más que una página garabateada por un niño.

—Lo primero que hay que hacer es ordenarlas por colores —dijo Marga—. Y luego ver si por sus formas van encajando alguna al lado de otra.

—Mira, mamá. Aquí hay dos que han quedado juntas.

Efectivamente, era poco, pero tal vez era algo por dónde empezar. Una pieza marrón y otra verde agua.

—Y aquí hay otras dos —exclamó Elena—. Una azul y una blanca.

—Quizás no sea tan complicado y encontremos pronto un sentido a todo esto —dijo Federico mientas miraba el reloj—. Por hoy hemos acabado la investigación, chicos. Están a punto de cerrar el museo y no queremos quedarnos a pasar la noche aquí, ¿verdad que no?

—No, claro que no. Además yo tengo un examen mañana —dijo Elena.

—¿Un examen? —le preguntó Carlos.

—Claro, el que no he podido hacer hoy. He hablado con el profesor y me lo hará mañana oral.

—Creo que no sería capaz de hacer un examen oral. —Carlos temía hablar en público más que a cualquier otra cosa.

—Somos capaces de muchas más cosas de las que creemos —le contestó Elena, que le dio un beso en la mejilla—. Y ahora me voy. No hace falta que me acompañes, Carlos, que voy a ir deprisa.

—Puedo seguir tu ritmo.

—No, mejor no. Ya nos vemos mañana en el instituto. Adiós a todos. Y gracias por dejarme ver y tocar estos objetos.

Elena se marchó y, al cerrar la puerta de la sala, tuvo la sensación de que quizás era la última vez que lo hacía. Intentó borrar ese pensamiento y avanzó por el pasillo hasta la escalera que la llevaba al vestíbulo. Allí estaba el vigilante, mirando el reloj.

—¿Sales sola? ¿Y los demás? ¿Se han quedado ahí abajo? Algún día me voy a despistar y los voy a dejar encerrados.
—No lo haga. Enseguida salen. Estaban ya recogiendo. Adiós.

Manolo no entendía nada. Entraban acompañados y salían solos. O entraban solos y salían acompañados. Aquella familia era un misterio para él. En realidad, era una sucesión de misterios que no tenía ningún interés en resolver.

Lo primero que hizo Yilda cuando pisó la tierra de Hispania fue arrodillarse y coger un puñado de la arena de aquella bella y misteriosa playa. La guardó en uno de sus pequeños saquitos. Luego se sentó en una roca para esperar a que los hombres bajaran todas las cosas. Cástulo le había dado un trozo de pan para que entretuviera la espera.

La nave en la que iban Flavio y Cayo fue la última en arribar. Cayo la observó desde la escalerilla mientras acariciaba el lomo de su caballo. El gesto de Yilda le parecía ausente. Miraba el mar del que había venido. El mar que la había alejado probablemente para siempre de su isla natal. Cayo Vinicio se preguntó cómo se adaptaría aquella criatura a la vida en una ciudad grande, siempre rodeada de gente. Pensó que tal vez enseguida echaría de menos sus colinas, su idioma, el color del mar, su olor. Cayo deseaba que Yilda estuviera bien y que los dioses le fueran siempre favorables, viviera donde viviera. Estuviera cerca o lejos de él. Flavio fue el último en descender del barco. También pensaba en Yilda, pero de una manera muy diferente a como lo hacía Cayo. Flavio sabía que en algún momento no muy lejano tenía que decirle que estaba prometido a otra mujer, y no sabía cómo hacerlo. Era diestro con la espada, pero no con las palabras. Y mucho menos, con ese tipo de palabras que pueden doler más que la herida de un hierro candente. Estaba seguro de que no le era indiferente a la muchacha. Igual que ella tampoco se lo era a él. Pero estaba prometido a Julia. La vida no era fácil. En el fondo, todo era tan complicado como un campo de batalla. O tan fácil.

Cuando el joven vio a Yilda, supo enseguida que algo había ocurrido. Sus ojos no lo miraban con el mismo brillo que antes de zarpar.

—Tenías razón. Los dioses nos han sido propicios y el mar ha estado en calma durante toda la travesía. Pero tú no tienes buena cara. Se diría que hay algo que te preocupa.

—Estos días he estado pensando mucho. Y he tomado una decisión. Me voy a Roma.

Flavio se quedó callado. Sabía que eso era lo mejor que podía ocurrir, pero se le heló la sangre al escuchar las palabras de la chica. Si Yilda se iba, él no tendría que tomar ninguna decisión y su vida sería más fácil. Sería tal y como la había imaginado desde siempre, pero también él había tenido tiempo en el barco para pensar. Quería pasar el resto de su vida con aquella muchacha de pelo rojo que había sido capaz de sobrevivir sola a tantos infortunios. Dos años lejos de Julia le habían enseñado que la vida era posible sin ella. Un momento, un encuentro, un viraje podía cambiar el rumbo de un barco y el rumbo de una vida. Flavio esperaba y deseaba que a Julia le hubiera pasado lo mismo que a él.

—Roma está muy lejos. Yo voy a quedarme en Cesaraugusta y deseo que te quedes a mi lado.

—Sabes perfectamente que eso no puede ser. —Yilda lo miró furibunda, con una mirada que Flavio no había pensado que pudiera salir de aquellos ojos.

—¿Qué te han dicho sobre mí?

—Estás prometido a la hija de Claudio Pompeyo. ¿Por qué no me lo dijiste?

—No esperaba que surgiera nada entre nosotros. Pero estos días en el barco no podía dejar de pensar en ti. Incluso has estado en mis sueños. Había decidido contarte antes de llegar a la ciudad que estoy comprometido con Julia. Pero estoy confundido. Nunca me había ocurrido algo así.

—No debí haber pensado por mi cuenta —casi susurró Yilda—. Me he equivocado. He creído que tus palabras escondían sentimientos amables hacia mí. Estaba en un error. Pero no tienes de qué preocuparme. Me iré a Roma y me presentarán ante el emperador. Me haré una persona respetable gracias a mis conocimientos.

—Yilda, yo…

—No necesitas decir nada. Está todo claro, Flavio. No me debes ninguna explicación. Yo sola me he ilusionado al interpretar equivocadamente tus miradas, tus gestos y tus palabras. Yo, que leo en las plantas y en las estrellas, no he sabido leer en tus ojos lo que de verdad estabas pensando.

—Tú no sabes lo que en realidad estaba pensando cada vez que te miraba. No te vayas a Roma, por favor. Quédate conmigo. Ha pasado mucho tiempo. Probablemente Julia ya no quiera casarse conmigo. Romperé mis lazos con ella.

—¿Y condenarte al oprobio de tu familia, de la de Claudio y de todos tus hombres? Eso es algo que yo nunca permitiría. No, Flavio. Cada uno de nosotros ha de seguir el camino que nos ha sido trazado.

—¿Y eres tú quien habla de caminos trazados? ¿Tú, que has abandonado aquello para lo que habías sido elegida por tu pueblo y por los druidas? Tú sabes mejor que nadie que no existen las líneas del destino, que los seres humanos las dibujamos cada día.

—Yo ya he dibujado la mía. Me voy a Roma.

En ese momento, pasó Cayo a su lado, ya montado en su caballo. La posición de su brazo denotaba que no quedaba ni rastro de los dolores de la herida.

—Vengo a felicitarte, Yilda. Gracias a ti, he pasado una travesía sin molestias. Eres una especie de milagro, niña. Te van a erigir estatuas en todo el Imperio.

Cayo observó que su comentario no hacía sonreír ni a Yilda ni a Flavio. Se dio cuenta de que había interrumpido una conversación en la que no cabían las bromas. Miró a su alrededor. El mar seguía enviando olas a la orilla, el sol seguía su camino de todos los días, pero algo había cambiado en el semblante de la joven britana.

En el puerto había un pequeño mercado con productos locales y con ropa. Todos los soldados pagaron con gusto camisas y jubones nuevos, así como quesos de las cabras de los montes y barriles de buen vino que no estaba mezclado con agua, como el que llevaban dos años bebiendo.

—Creo que encontraremos también ropa para ti, Yilda. Ya estamos en Hispania, y tus ropajes llamarían demasiado la atención en estos parajes. Sobre todo cuando pasemos por las ciudades: Lucus Augusti, Calagurris, Bilbilis... Antes de llegar a Cesaragusta —dijo Cayo, mientras se bajaba del caballo, cuyas riendas ponía en las manos de Flavio—. Tu belleza, tan diferente aquí, llamará la atención de todo el mundo, tanto o más que tu sabiduría.

—Iré a Roma contigo, Cayo Vinicio —le dijo ella.

El romano sonrió, inclinó su cabeza y buscó con la mirada un lugar donde amarrar a su caballo. Sí, algo había cambiado en los ojos de Yilda. Algo que la había hecho cambiar también de planes. Yilda intentó no pensar en las palabras que ella y Flavio habían intercambiado. Miró a su alrededor y vio por primera vez a las mujeres que vendían en el mercado. De cabellos negros y ojos oscuros, no se parecían en nada a ella, ni a las mujeres de su aldea en las islas. Algunas se habían atrevido a acercarse para contemplarla de cerca, y un grupo de niños la rodeaba y le tiraba del pelo para comprobar que era real. La joven se asustó ante el revuelo que su diferencia desataba. Por primera vez pensó que tal vez no había sido tan buena idea dejar sus islas y viajar hasta unas tierras cuyos habitantes podían serle hostiles.

—Eh, chicos, marchaos y dejad tranquila a esta joven —ordenó Cayo—. Flavio, quédate con el caballo y vigila que no se acerque nadie demasiado a nuestra pequeña diosa.

—No soy ninguna diosa, señor. Y tampoco soy un bicho raro —gritó a los niños que la rodeaban—. Solo soy una mujer.

En ese momento, Pamina llegó hasta donde estaban los niños y arañó las piernas de dos de ellos, que se alejaron llorando hasta donde sus madres vendían leche y quesos. Yilda la cogió en brazos y dejó que le lamiera la cara y el pelo.

—Me has defendido, pequeña —le susurró al oído—. Creo que deberíamos habernos quedado entre el brezo y la verbena.

Flavio ató el caballo blanco de Cayo en un árbol y los siguió a varios metros de distancia. Cuando llegaron al puesto de las ropas, Yilda se quedó extasiada al ver las ricas telas tan finas y coloreadas con las que se vestían las romanas. Algunas túnicas tenían ribetes bordados en plata. Le llamaron la atención especialmente los peplos, velos de diferentes colores, unas telas tan finas que transparentaban todo lo que había debajo. Yilda tomó uno y vio sus dedos a través de la tela. Eso la hizo volver a sonreír, cómo era posible tejer una tela tan fina, tan ligera, que dejara ver a su través.

—Estas ropas te harán parecer aún más hermosa de lo que ya eres —le dijo el mercader que las vendía.

Yilda se volvió hacia atrás, para ver donde estaba Flavio. El joven la observaba y soñaba con tenerla algún día entre sus brazos. Pero como los peces en el río, Yilda resbalaba de sus deseos y se alejaba más y más. La joven eligió dos vestidos, dos túnicas y dos peplos, así como dos pares de sandalias y adornos para recoger su pelo a la manera de las romanas, que nunca llevaban el cabello suelto como había hecho ella durante toda su vida.

Cayo también compró para Yilda dos pequeñas botellas de perfume y un peine.

—Aquí tienen espejos. Necesitarás también uno —le dijo el hombre.

—Tengo un espejo. No necesito otro.

—¿Había espejos en el bosque de los druidas? —Cayo se extrañó.

—Había muchas cosas en el bosque de los druidas y en las colinas de mi patria —contestó Yilda, sin dejar de mirar hacia el rincón donde estaba Flavio, quieto en una esquina y con el corazón roto.

Las prisas de Elena para marcharse del sótano del museo dejaron a Carlos con el corazón roto. Estaba claro que ya no quería su compañía, que había accedido a acompañarlo al museo por la curiosidad arqueológica que siempre había tenido. Y también porque no había perdido su cariño hacia él. Pero ahí se acababa todo. Y ahí se había acabado ya su relación. A partir de ese momento, tendría que seguir su vida sin la presencia cotidiana y deseada de Elena. Sabía que sería capaz porque hacía tiempo que se había dado cuenta de que los seres humanos aprenden a vivir a pesar de muchas ausencias.

«Afortunadamente —pensó Carlos mientras Marga y Federico recogían el material y se cambiaban de ropa—, no se les ha ocurrido mencionar nada. Probablemente ni se hayan fijado en la actitud de Elena. Estaban demasiado absortos en su trabajo, como siempre».

—Yo también me adelanto. Me voy a casa, tengo cosas que hacer. No os esperaré a cenar —gritó.

—No te olvides de ponerle leche a Hermione en su plato —dijo su madre desde el cuarto pequeño donde se cambiaban.

—Claro. Adiós.

Cuando Carlos llegó a casa, la primera tentación que tuvo fue la de ponerle un wasap a Elena, pero se contuvo. Sabía que eso era lo que ella más detestaba, porque se sentía controlada. Y él no quería controlarla. Solo quería quererla. Pero ¿cómo demostrarle que a pesar de la distancia, de las diferentes vidas que iban a tener, él quería seguir con Elena si es que ella lo seguía amando, como hasta entonces? Sí, por supuesto que sería capaz de vivir sin ella, pero prefería que Elena siguiera formando parte de su vida. Se metió en la cama y leyó un rato. Ni rastro de sus padres. Se quedó dormido con Hermione a sus pies. Se estaba acostumbrando a la presencia del felino, que de vez en cuando le lamía los dedos y le hacía cosquillas. Le entró un wasap que lo despertó. El corazón se le aceleró. Pensó que era Elena, pero no, era su abuelo. Estaba intentando hablar con su madre, pero no le cogía el teléfono. Le decía que estaban muy bien y que habían estado bailando hasta más allá de la medianoche. Carlos le contestó que aquellas no eran horas de llamar a nadie y que todos estaban bien. Que le diera recuerdos a Paquita y que Hermione también estaba estupendamente.

Se levantó y no vio a su padre en la habitación de invitados, cuya puerta estaba abierta. Se acercó a la puerta cerrada de su madre. Puso la oreja pero no escuchó nada. En ese momento, se abrió la puerta y Carlos tropezó con su padre, que salía vestido solo con el pantalón del pijama.

—Hola, Carlos. Iba al servicio. ¿Y tú, qué estabas haciendo aquí?
—No, nada. Venía de allí.
—Ya. ¿Por este lado del pasillo? —Federico le removió el pelo a su hijo.

Cada uno se fue por un lado y Carlos se sentó en la cama, confuso, como cada vez que ocurría lo que acababa de ocurrir. ¿Por qué demonios la suya no era una familia normal, como la de sus amigos? ¿Por qué sus padres ni estaban separarlos ni dejaban de estarlo? ¿Por qué su abuelo se había casado con ochenta años y estaba de luna de miel, bailando y mandando wasaps a horas intempestivas? ¿Por qué él se había buscado una novia a la que iban a contratar en una compañía de baile a cientos de kilómetros de distancia? Recorrió las familias de sus amigos más cercanos y se dio cuenta de que, en realidad, todas las familias que conocía tenían alguna tecla desafinada. Entonces pensó en qué significaba realmente la palabra «normal», y llegó a la conclusión de que, como le había dicho Manolo, el guardia, nada era normal. Las cosas eran como eran y lo normal tal vez consistía simplemente en aceptarlas tal y como eran. Sin más. Con «normalidad».

Marga había soñado una buena parte de la noche. La inscripción del espejo con el nombre de Yilda le había dado que pensar antes de cenar, y cuando entró en el sueño, las palabras fueron dando vueltas en su cabeza. Las palabras y la presencia de Federico a su lado.

Soñó que caminaba por un túnel oscuro de la mano de alguien a quien no veía. De su acompañante emanaba un olor fresco, a flores que no era capaz de identificar. Al tacto, la mano desconocida parecía de mujer. De mujer joven. Hablaba en una lengua que Marga no entendía y su cadencia era monótona, como si las palabras no tuvieran acentos ni hubiera pausas entre ellas. Eso la inquietaba, y en algún momento, Federico había oído que Marga se lamentaba mientras dormía. Había intentado despertarla pero no lo había conseguido. También ella había pronunciado extrañas palabras en medio del sueño. Palabras que Federico tampoco había logrado comprender.

Por fin llegaron al final del túnel y un paisaje de colinas rosadas se abrió ante Marga y la mujer que la acompañaba. Marga vio su rostro por primera vez. Era muy blanca de tez y tenía el cabello del color del cobre. Su pelo trenzado lo recogían dos horquillas como las que tenía en la mesa de trabajo del museo: la luna y la serpiente. Llevaba una túnica verde que dejaba sus hombros al descubierto a pesar de que hacía frío. La joven le sonrió y le señaló una colina hacia el este. El sol salía sobre ella e iluminaba el brezo que la cubría. El brezo y piedras que brillaban como si fueran estrellas caídas. La muchacha volvió a sonreírle y le dijo algo que Marga no entendió. Le hizo un gesto con la mano para que la siguiera. Y Marga lo hizo. La desconocida y ella se encaminaban hacia la colina cuando comenzó una tormenta. Las nubes habían bajado hasta la tierra y la niebla cubría todo lo que habían visto hasta que empezó la lluvia. El trueno hizo que Marga se despertara sobresaltada.

Federico dormía a su lado. Su respiración rítmica y pausada contrastaba con la suya, acelerada. No había ninguna colina, sino su cama ocupada por su exmarido. No había ninguna mujer de cabellos rojos, sino Federico. Ningún túnel, salvo las preocupaciones de Carlos. Ninguna horquilla de oro, sino su teléfono móvil silenciado en la mesilla. Todo había sido tan intenso y tan real que su despertar le parecía un sueño cubierto de más neblinas que las tierras por las que había caminado con aquella desconocida.

La luna desapareció y empezó a crecer antes de que llegaran a Cesaraugusta. El paisaje tan cambiante había llamado la atención de Yilda durante los días de la marcha. Un grupo de hombres y mujeres que se encaminaban hacia la ciudad se habían sumado al grupo porque temían a los ladrones de caballos que se escondían en las sierras. Por fin habían llegado al gran río que abre la tierra en forma de serpiente. La última noche acamparon en tierras llanas. El horizonte era una línea casi tan recta como el mar, y el suelo estaba cubierto por plantas de las que pendían racimos de frutas redondas. Yilda nunca había visto que la tierra regalara tanto a los hombres.

—Es uva. Todavía no está madura. Ahora estará muy ácida. Dentro de varias lunas, será casi tan dulce como la miel —le dijo Flavio a Yilda, que había caminado entre los viñedos y estaba a punto de meterse en la boca un grano de uva.

—Primero ácida y luego dulce —repitió la chica—. Yo pensaba que sería al revés, como muchas cosas de la vida: primero parecen muy dulces y, de repente, se convierten en ácidas.

—¿Por qué lo dices? ¿Acaso porque yo contaba con que vivirías en Cesaraugusta y luego resulta que te vas a ir a Roma? —le preguntó el joven mientras acariciaba el pelo trenzado de Yilda, que se recogía con las horquillas que le había comprado Cayo.

—Tal vez porque yo pensé que tus sentimientos hacia mí eran dulces y, en cambio, la realidad es amarga como la hiel de los animales del bosque.

—No amo a Julia.

—No niegues los sentimientos que os habéis regalado durante años. No sería justo.

—Te quiero a ti.

Flavio se acercó a Yilda, acarició su cuello, acercó sus labios a los suyos y la besó. Ella retiró rápidamente la cara, dio un paso atrás, estaba sorprendida y se sentía humillada por Flavio. Él la había besado sin su consentimiento. ¿Cómo se había atrevido?

—No vuelvas a hacerlo nunca —le espetó, antes de darse la vuelta y emprender el camino de regreso al campamento.

—Yilda, perdóname. Yo creía que tú también me amabas como yo a ti.

—No, Flavio. No te equivoques. Yo no te quiero como tú a mí. No nos queremos de la misma manera. Todos estos días desde que nos encontramos en la playa de mi aldea, he pensado que estaba enamorada de ti, he soñado contigo. He creído que estaríamos juntos en tu ciudad. Pero tú estás prometido y ni siquiera me lo dijiste. Yo te abrí mi corazón y tú lo cerraste. No. No me amas como yo. No quiero que me dirijas la palabra nunca más. Cuando lleguemos a Cesaraugusta, te casarás con Julia, y yo me iré a Roma. No quiero que hables más conmigo. Tus palabras solo podrían hacerme daño.

Yilda echó a correr y Flavio fue tras ella. Había sido torpe al besarla, al creer que eso era lo que ella deseaba, al no haberle confesado que estaba prometido con otra mujer a la que quería como a una hermana. Había sido un lerdo, sí, pero eso no era suficiente para ser condenado a vivir el resto de su vida sin la compañía de aquella criatura a la que había adorado desde el primer momento en que sus miradas y sus palabras se cruzaron.

—No huyas de mí, no podría soportarlo.

—Por supuesto que podrás. Yo soporté la esclavitud y las vejaciones a las que me sometieron los hombres del bosque durante siete largos años. Y era una niña indefensa. Tú eres un hombre, un soldado, preparado para matar y para morir. Por supuesto que podrás soportar vivir sin una personita a la que acabas de conocer en el confín del mundo y de cuya existencia no sospechabas hasta hace pocas semanas.

Sus caras habían vuelto a quedarse frente a frente. El vestido verde de Yilda había adquirido un tono diferente ante los rayos del sol, que se escondía en la línea interminable del horizonte. Las horquillas en forma de luna brillaban en su pelo. Flavio pensó que nunca había estado más hermosa. Nunca había estado más cerca de ella. Ni más lejos. Ella miró los labios carnosos de él. Le recorrió un escalofrío por la espalda. Se acercó y esta vez fue ella quien lo besó. Fue un beso largo, en el que no se abrazaron. Solo sus bocas unidas en un instante infinito en el que el sol desapareció, la luna se asomó creciente como un fulgor del cielo, y las serpientes doradas en el pelo de Yilda dejaron de brillar.

Yilda sabía que aquella era la primera y única vez que besaría a Flavio. Guardó su olor y el sabor de sus besos en lo más profundo de su memoria, para poderlos rescatar cuando se sintiera sola y desgraciada en Roma. Al menos, una vez en su vida habría sentido en sus labios el color del amor.

Cuando se separó de Flavio, la joven anduvo despacio hasta donde estaban los demás. El muchacho no la siguió. Se sentó junto a una vid y esperó a que su corazón se acostumbrara a la ausencia de Yilda.

Pamina la estaba esperando en el carruaje. Yilda abrió su bolsa y sacó el espejo. Miró el reflejo de su rostro mojado por las lágrimas que había derramado mientras abandonaba el beso de Flavio. El cristal venido de la diosa le recordaba su condición de mujer no destinada a amar. En ese momento, una abeja entró en el compartimento y revoloteó sobre su cabello. Yilda la cogió por las alas y la aplastó entre sus dedos. El chasquido le provocó otro escalofrío, muy diferente al que había sentido un rato antes en el viñedo. Acercó la abeja a la boca de Pamina, que sacó su lengua y se la comió ante la gélida mirada de Yilda. Pamina creyó ver en sus ojos la sombra de un rayo de la luna.

El día siguiente fue extraño en el museo. A Marga le dolía la cabeza y no tenía ganas de ver a nadie, especialmente a Federico. Tuvo suerte porque la jefa le pidió que la acompañara al yacimiento para recoger varias piezas nuevas y hacer unas fotografías. Él se mostró encantado de poder hacer trabajo de campo como había hecho tantas veces, y de abandonar los sótanos, al menos durante una mañana. Y así Marga pudo descansar de su presencia.

Se sentó a la mesa donde seguían desordenadas las teselas del mosaico. El color cobrizo de algunas de ellas la llevó al sueño que había tenido esa noche, en el que era acompañada por una mujer cuyos cabellos tenían ese color. Agrupó todas las piezas rojizas y vio que las había de varios matices. «Podrían representar el pelo de alguien», se dijo, y comenzó a estudiarlas. En ese momento le entró un wasap. Era su padre, desde algún lugar de Italia, a donde había ido con Paquita desde Mallorca en su luna de miel. «Se me ha perdido la maleta en un aeropuerto. Es un desastre. Estoy desolado». Marga pensó que no era para tanto, que ya la recibiría en alguno de los destinos a los que iban. «Compra ropa interior, dos camisas, un pantalón y cosas de aseo, y no te preocupes. Disfruta del viaje. No dejes que el extravío de la maleta te amargue el viaje de novios», le contestó su hija. Al momento, don Nicolás contestó con otro wasap: «Es que no es solo por la ropa». «¿Habías comprado regalos para nosotros? No pasa nada. Además, la maleta aparecerá. Antes o después, pero siempre aparecen. Tranquilo», le repitió Marga, que seguía colocando fragmentos minúsculos de cerámica vidriada, y que empezaba a ver las ondas de unos cabellos trenzados. «Es que tu madre iba dentro de la maleta». Marga echó la silla para atrás y volvió a leer el nuevo wasap que le acababa de entrar. No podía ser. O ella había leído mal o su padre le había dado a todas las letras equivocadamente. «Es que tu madre iba dentro de la maleta». Había leído bien. Marga se puso de pie y fue al lavabo a llenarse un vaso de agua, que se bebió de un trago. «¿Cómo que mi madre iba dentro de la maleta?», acertó a escribir con dedos temblorosos. «Siempre me la llevo de viaje», contestó don Nicolás. «¿Llevabas las fotos de mamá? Tendrás copia en casa… No pasa nada», Marga no entendía tanto desasosiego que se le estaba contagiando a ella. «No son fotos, hija mía. Es tu madre. La cajita que me quedé con parte de sus cenizas. La llevo siempre conmigo cuando me voy de viaje».

Marga se volvió a sentar para no caerse de la impresión y con ella todas las teselas romanas. Pasó la lengua por sus labios porque sintió que se le habían quedado secos de repente. «¿Que te llevas las cenizas de mamá a tus viajes dentro de la maleta? Por Dios, papá. Pero si ella nunca quiso ir en avión. A saber por dónde andará ahora, volando por media Europa. Pero ¡qué ocurrencia!». La arqueóloga volvió al baño y se llenó una botella de agua. No podía dar crédito a lo que leía. Los restos de su difunta madre de acá para allá en aviones. Tras su muerte, su padre se había vuelto muy viajero y había visitado varios países. Eso quería decir que había pasado varias fronteras con la caja de las cenizas. «¿Tú crees que tu madre estará enfadada porque me he vuelto a casar y por eso me está castigando y ha hecho que se pierda la maleta?». A Marga le empezaba a doler el estómago. Y el cuello. Y todo su cuerpo. «Por supuesto que no estará enfadada por eso. Ahora bien, por llevarla por ahí, a lo mejor. ¿Y si te llegan a parar en alguna frontera y te sacan la caja, te preguntan que qué es eso, y les dices que es parte de un cadáver y te meten en una de esas cárceles de película de terror?».

En ese momento llegó Carlos, que había salido antes de clase. Elena estaba haciendo el examen oral que no había podido hacer el día anterior. Se habían visto fugazmente, y ella le había dado un beso muy leve en los labios, que Carlos quiso entender como una buena señal.

—Mamá, estás pálida. ¿Te pasa algo?

—¿Que si me pasa? —Marga estaba seria—. Estoy wasapeando con tu abuelo, que ha perdido a mi madre.

—¿Cómo dices? —Carlos pensó por un momento que su madre había perdido la cabeza.

—Resulta que tu abuelo guarda en casa una cajita con cenizas de tu abuela y se la lleva siempre de viaje. Y esta vez le han perdido la maleta en un aeropuerto. Con tu abuela, o sea, con mi madre dentro.

Carlos no pudo reprimir una carcajada. Empezó a reír como hacía mucho tiempo que no se reía. Marga se contagió, y se mezcló su risa con unas lágrimas que tampoco podía evitar. Entró otro wasap. «¿Estás enfadada, hija mía?». Marga la leyó en voz alta, sin dejar de reír. Carlos cogió el teléfono y le contestó: «Seguro que mamá está muy contenta de que la hayas llevado a conocer mundo contigo. ¿Se lo has contado a Paquita?». «Sabe que se ha perdido la maleta, claro, pero no tiene ni idea de que tu madre está dentro. Si lo supiera se pensaría que la traiciono con el pensamiento, cosa que es cierta. En fin, que soy un traidor, con la memoria de tu madre y con la presencia de Paquita». «Papá, no te preocupes más, que si no, sospechará. Y borra inmediatamente todos estos mensajes, no sea que te coja el móvil y se entere de todo». «Así lo haré. Adiós, hija. Un beso para Carlos. Y otro para ti. Y para el botarate de tu marido, lo que quieras».

Marga le sirvió un vaso de agua a su hijo, y siguieron sin parar de reír todavía un buen rato en el que no pudieron articular ni palabra.

—Ay, mamá. Vaya con el abuelo. Es alucinante. Se ha casado, pero es como si siguiera enamorado de la abuela. Un amor eterno de verdad.

—Aún no me lo puedo creer. En fin. Vamos a dejarlo. Por cierto —dijo Marga, sentándose de nuevo a la mesa de trabajo—, creo que ya sé a qué corresponden las teselas de color cobrizo. Es el cabello de alguien, probablemente de una mujer.

—¿Una diosa romana?

—He tenido un sueño esta noche, ¿sabes? He soñado con una mujer que tenía el pelo de este mismo color —Marga cogió una de las piezas vidriadas—, y que se lo sujetaba con dos horquillas como esas. Llevaba un vestido verde y era muy blanca de piel. Hablaba una lengua extraña. Me llevó hasta el pie de una colina llena de brezo, pero hubo una tormenta y me desperté.

—No ha habido ninguna tormenta esta noche —dijo Carlos.

—La tormenta fue en el sueño. El trueno me despertó y me devolvió a la cama.

—A la cama —repitió Carlos—. ¿Has dormido bien, quiero decir, aparte del sueño?

Marga entendió inmediatamente que su hijo se refería a la presencia de su padre en su habitación. Le dijo que cada pareja era un mundo, o muchos mundos, y que nada en general era en la vida ni blanco ni negro.

—Ya —musitó el chico—. No hay nada en este mundo que sea lo que se dice «normal», ¿no?

—Algo así. Seguro que toda va bien con Elena, ya verás. Tu padre y yo hablamos anoche de la posibilidad de que tú también te fueras un año a estudiar fuera. Y, ¿por qué no?, Ámsterdam podría ser un buen destino, ¿no te parece?

Carlos abrazó a su madre. No sabía qué pasaría con Elena, ni si se iría o no a Holanda con ella. Pero una cosa le quedó clara de su visita al museo esa mañana: que el amor tiene muchas facetas, y que a veces todo puede ser mucho más fácil de lo que parece.

Se acordó del asunto de la maleta de su abuelo, y aquel amor más allá de la muerte le enterneció. «Serán ceniza, mas tendrá sentido; / polvo serán, mas polvo enamorado», decía el poema de Quevedo, que siempre provocaba una carcajada en clase. Al escuchar la historia que le había contado su madre, se había echado a reír porque el episodio tenía una chispa de humor negro. Pero también de una ternura infinita, que traspasaba las fronteras del más allá. Sí, el amor tenía muchas caras.

Y muy diferentes.

La llegada de Yilda a Cesaraugusta llamó menos la atención de lo que Claudio Pompeyo había previsto. La presencia de grupos de campesinos que se les habían unido hacía tres días, hizo que la joven pareciera una más de entre quienes llegaban a la ciudad con la intención de labrarse un porvenir fructífero. Los soldados fueron recibidos con vítores y con jarras de vino y de hidromiel que les ofrecían aquellos que habían salido de sus casas para darles la bienvenida. Mujeres jóvenes con el peplo cubriendo sus cabellos habían abandonado los gineceos y las termas para recibir a sus padres, a sus hermanos, a sus maridos y a sus prometidos. Yilda vio a una joven de cabello negro, adornado por un velo de color violeta, que se acercaba a abrazar a Claudio. Era Julia. Su belleza y su sonrisa golpearon el corazón de Yilda. Cayo se acercó a la joven celta y la ayudó a bajar del carruaje.

—Te alojarás en la casa del tribuno hasta que partamos hacia Roma con mis hombres.

—Preferiría vivir en otro lugar —musitó la chica, que no quería convivir con su rival.

—Claudio Pompeyo así lo ha dispuesto. Eres su invitada y quiere hacerte los honores.

—Todos se burlarán del color de mi pelo. Aquí nadie tiene el cabello rojizo como yo.

—Eres hermosa, pequeña Yilda, por dentro y por fuera, y mucha gente va a quererte. —Sus palabras estaban acompañadas de una mirada teñida de melancolía. Cayo Vinicio pensaba que era imposible no amar a Yilda.

La muchacha evitó que sus ojos se encontraran en ese instante con los de Cayo, y tomó a Pamina entre sus brazos. Pero la gata se zafó enseguida de ella y echó a correr hacia Julia. Yilda había olvidado que Pamina había sido un regalo que su hija le había hecho a Claudio Pompeyo para que lo acompañara en su misión a las islas.

—Oh, la pequeña Pamina ya no es tan pequeña —exclamó Julia en cuanto la vio junto a sus pies. Un esclavo la recogió y la puso entre sus brazos. Espero que hayas sido buena descubriendo nuevas tierras y que hayas vigilado y cuidado a mis dos hombres más queridos.

Claudio abrazó a su hija y le preguntó por su madre. El rostro de la bella Julia se ensombreció.

—Lleva muchos días postrada en la cama. Tiene mucha fiebre, pero nadie sabe qué le pasa. Han pasado tres médicos por la casa, pero ninguno ha sido capaz de curarla. Tu compañía le hará bien.

—Hija mía, te presento a la joven Yilda. Viene de las islas.
—Julia la observó extrañada por su presencia, por el color de sus cabellos y por el trato que le daba su padre—. Me curó de la picadura de una abeja. A Cayo le curó una herida terrible, y gracias a ella han sobrevivido varios de mis hombres. Acompáñala a casa, seguro que tiene un remedio para tu madre.

Yilda inclinó levemente su cabeza ante la joven romana, que dejó a la gata en el suelo para abrazarla.

—Sé bienvenida a esta ciudad y a nuestra casa. Si has salvado la vida de mi padre, has salvado también la mía.

Flavio contemplaba la escena con el corazón a punto de salírsele del pecho. Yilda no sabía cómo contestar al abrazo de Julia, y había dejado los brazos caídos, como había hecho cuando ella y Flavio se besaron en el viñedo. Cuando Julia lo vio, se soltó de Yilda y se acercó a él. Bajó sus ojos y su cabeza y le acercó la mano. El chico la tomó y se la llevó a los labios.

—Te he echado tanto de menos, Flavio. Cada día que ha pasado desde que te fuiste, he escrito un poema. Ya no deben de quedar tablillas en toda la ciudad.

Pero había algo sombrío en los ojos de Julia. También en los de Flavio, pero la joven no se atrevió a preguntarle.

—Mi madre está enferma. Nadie sabe qué le ocurre.
—Seguro que Yilda la curará. Sabe cosas que nuestros médicos desconocen.

—¿Habla nuestra lengua? —preguntó curiosa Julia.
—Sí.
—¡Qué extraño color de pelo tiene! —musitó Julia sin dejar de mirar los ojos de su prometido.
—Sí, es una criatura muy especial.
—¿Y ha dejado a su familia y a su patria por venir aquí?

—No tiene familia y en su patria estaba en peligro de muerte —contestó lacónico Flavio, que sentía que su corazón se partía en mil pedazos al hablar con Julia sobre Yilda.

—Será mejor que vayáis a casa a que Yilda vea a tu madre —intervino el tribuno—. Yo tengo que ir al templo de Marte con mis hombres a darle las gracias al dios por nuestra misión y por nuestro regreso. Espero que hayas preparado una buena cena, Julia. Tenemos hambre. Vendrán también Flavio y Cayo.

Yilda sacó su bolsa con todas sus cosas y acompañó a Julia. El esclavo cogió enseguida el equipaje de la joven y Julia la tomó de la mano.

—Me ha dicho Flavio que hablas nuestra lengua.

—Muy poco, señora.

—No me llames señora. Vamos a ser amigas. Cuando hice mis plegarias esta mañana, me pareció que los dioses me hablaban. Y esta noche soñé que una paloma blanca se acercaba hasta mi mano y bebía el agua que yo había recogido en el pozo. Seguro que es un buen presagio.

Yilda sonrió levemente, pero no dijo nada. A ella nunca le habían gustado las palomas. Mucho menos que bebieran agua de un pozo. A veces la luna se asomaba a los pozos; eso siempre era una mala señal. Y esa noche, la luna había estado muy alta y muy redonda. Seguro que se había asomado al pozo de la casa del tribuno y al sueño de su bella hija. No, a Yilda aquello no le parecía ningún buen presagio. Pero no dijo nada.

Cuando llegó Federico al museo con la directora Ramírez, Marga aún no se había recuperado del impacto por el asunto de la maleta de su padre con las cenizas de su madre. A pesar de todo, había conseguido concentrarse en el trabajo, y había reconstruido una pequeña parte del mosaico. No dijo nada sobre la maleta extraviada y se mostró interesada por las nuevas piezas que habían aparecido.

—Más fragmentos de cerámica y un aderezo de oro con la forma de dos abejas que están libando una flor. Además, la estatuilla de una diosa, yo diría que Ceres. Y nada más. Eso sí, ha salido un nuevo mosaico, esta vez entero. Hemos hecho fotografías —dijo Ramírez.

Las fotografías mostraban una escena dionisiaca: dos bacantes danzaban al son de unas panderetas con el cuerpo cubierto por velos de colores.

—Casi, casi como las chicas en biquini de la villa romana de Sicilia —bromeó Federico.

—Me recuerda más bien los frescos de la Villa de los Misterios de Pompeya —repuso Marga—. Parece que esta villa cesaraugustana guarda también extraños arcanos. He hecho un pequeño descubrimiento durante vuestra ausencia.

—¿De qué se trata? —preguntó su jefa.

—Hay una figura femenina en el mosaico. Mirad.

Y les mostró el cabello ondulado y trenzado de color rojizo que formaban varios cientos de teselas. En la parte derecha, se adivinaba una horquilla de asombroso parecido con las que habían aparecido enterradas.

—Una mujer de pelo rojo con la luna en las horquillas —dijo Federico.

—La luna y las serpientes —añadió Marga.

—Y un espejo con una inscripción escrita en el alfabeto druida, y que dice «Yilda», que es el nombre de una mujer.

—Y las abejas en un collar. Mirad atentamente esto —Ramírez le entregó con sumo cuidado a Marga el collar que habían encontrado. Una pieza de oro, magnífica, con las dos abejas frente a frente.

—Muy especial. ¿Quién se pondría un collar que representara a unos insectos? —preguntó Marga.

—Los había parecidos en Creta, en la civilización minoica. No son tan raros. Además, a principios del siglo XX hicieron furor entre las mujeres los collares y los broches con escarabajos, grillos, murciélagos y demás bichos horripilantes —explicó Elvira Ramírez.

—Me pregunto si la mujer del mosaico será esa «Yilda», y si en realidad había venido de algún lugar de Britania o de la Galia, qué hacía en una villa de Cesaraugusta, o sea, de Zaragoza, hace dos mil años.

—Habrá que seguir con el rompecabezas, querida Marga —le dijo su jefa. Tal vez ahí tengamos la solución al enigma.

—Creo que hemos pasado por alto una cosa —intervino Federico.

—¿El qué? —preguntaron al unísono Ramírez y Marga.

—El colgante de las abejas. Mirad, tiene un saliente en la parte inferior central. Como si se pudiera encajar en algún sitio.

Marga se levantó, abrió el cajón y sacó el espejo. En el centro de la parte superior había un agujero que no habían visto porque estaba lleno de tierra. Lo limpió con cuidado. Cogió el colgante y lo introdujo. Encajaba perfectamente. En ese momento sonó el teléfono fijo. Lo cogió la doctora Ramírez.

—Sí, perfecto. Ahora estamos los tres miembros del equipo. Los esperamos antes de las dos. Adiós, buenos días. Era el jefe del departamento de Geología. Va a venir con su ayudante hacia las 13:30. Quieren ver el cristal, o piedra, o lo que sea de lo que está hecho este espejo. Mientras, podemos salir a tomar un café, si les apetece.

Les apeteció. Marga les contó el asunto de la maleta. Federico se echó a reír con Marga, pero a Elvira Rodríguez no le hizo ninguna gracia. A ella le había ocurrido algo parecido con las cenizas de su difunto marido y lo había pasado fatal en una aduana. El policía había abierto el tarro y le había preguntado que qué era aquello. Ella le había contestado que eran especias para cocinar. El hombre había olfateado las cenizas y había empezado a estornudar, con lo que parte de los restos del muerto se habían quedado en el despacho de un aduanero desconocido. Marga y Federico se quedaron callados cuando vieron que los ojos de Elvira se humedecían al contar lo que en otro momento habría parecido un chiste de humor muy oscuro. Se tomaron el café. Marga pidió un té negro con frutos rojos como siempre y un pincho de tortilla de patata. Le costó tragárselo al imaginar la escena que les había contado Elvira y lo que podía pasar con las cenizas de su propia madre. Su garganta se había quedado seca.

Cuando llegaron al museo, los geólogos los estaban esperando.

—Unos señores preguntaban por ustedes —les dijo Manolo, apenas subieron el primer peldaño—. Están ahí dentro. Ya han pasado el arco de seguridad.

—Estupendo, Manolo, estupendo.

Después de las presentaciones, Ramírez los hizo bajar al sótano, donde estaban las piezas. El doctor Ernesto Ayala y su becario, Alberto Reyes, los siguieron. El joven llevaba una mochila a la espalda, que abrió en cuanto llegaron a la zona de trabajo. Ayala hacía movimientos compulsivos con la cabeza y con las manos, que le llevaban alternativamente a rascarse la nariz y a quitarse un mechón de pelo que le caía sobre la frente. Cada treinta segundos aproximadamente, repetía los mismos tics. Y su ayudante hacía lo mismo, si daba la casualidad de que lo estuviera mirando en el instante preciso.

—Hemos traído el microscopio y unas tiras para hacer reacciones. Lo mejor habría sido que nos hubieran traído el objeto a la facultad. Allí tenemos más medios —dijo el profesor Ayala.

—Está terminantemente prohibido sacar piezas del museo. Sobre todo en plena investigación. Se pueden contaminar. Creo que es fácilmente comprensible —comentó Ramírez sin dejar de mirar los ojos oscuros del geólogo.

—Por supuesto, lo entiendo. Solo digo que habría sido mucho mejor. Y ahora, si les parece, me gustaría ver la piedra.

—En realidad no sabemos si es una piedra o un cristal. Por eso hemos llamado —dijo Federico.

Marga le entregó con cuidado el espejo a Ayala, que lo miró con cara de extrañeza. Se lo pasó a su ayudante, que tampoco dijo nada. Le habían quitado todos los aderezos y se mostraba tal y como lo habían encontrado: la piedra montada sobre oro labrado.

—Dependiendo de los rayos de luz, refleja las imágenes o no. Parece que en sí misma contenga sílice, pero hay que analizarla. ¿Podemos desmontarla? —Ayala se llevó el dedo índice a la nariz y se la rascó violentamente.

—Nos cargaríamos el objeto —repuso Ramírez, que observaba temerosa los movimientos del geólogo. Temía que le diera un manotazo incontrolado a alguno de aquellos objetos que habían sobrevivido bajo tierra durante siglos.

—De alguna manera tengo que raspar para poder ver qué diablos contiene esto. Así, a simple vista, no me parece ninguna roca conocida.

—Por detrás hay una parte en que el metal está más desgastado. A lo mejor puede sacar algo de ahí —sugirió Marga, que conocía el objeto como si hubiera estado en su casa toda la vida.

Efectivamente, Ayala introdujo una lima por un agujero que el tiempo había hecho en el metal que recubría la parte de atrás. Colocó el polvillo que pudo sacar en un cristal y lo puso debajo del objetivo del microscopio.

—Hay sílice, cuarzo, feldespato y algo que no reconozco, profesor —dijo Reyes—. Si se supone que es una roca normal y corriente, debería haber potasio y sodio. Pero no hay.

—¿Estás seguro?

—Mire usted mismo, profesor.

Ayala acercó su ojo a la lente. No había ni rastro de los dibujos que formaban el potasio y el sodio. Y apenas había hierro. Componentes habituales en las rocas terrestres.

—Esto se pone interesante. Parece que al menos una parte de la roca de la que está hecho este espejo no es terrestre.

Todos se quedaron asombrados ante las palabras de Ernesto Ayala. Eso sí que no se lo esperaba nadie.

—¿Qué quiere decir eso? ¿Está hecho con restos de algún meteorito, tal vez? —sugirió Federico.

—No exactamente. Eso es lo más habitual. Pero yo diría que al menos una parte de lo que forma este espejo es una roca lunar.

—¿Lunar? ¿Quiere usted decir que esto viene de la luna? —preguntó Elvira.

—Sí, señora. Lunar, que es o viene de la luna. —Ernesto Ayala cambió el orden de sus movimientos: primero se llevó la mano al pelo y retiró el que le tapaba casi los ojos, y luego se rascó la nariz.

Julia acompañó a Yilda hasta su casa. A cinco pasos, las seguía el esclavo que protegía a su señora cuando salía de su hogar. Las ayudó a subir al palanquín que esperaba a las afueras del foro. Julia no paraba de observar a la extraña joven, cuyos pensamientos parecían estar muy lejos.

—¿Vienes de Britania? ¿Cómo has aprendido nuestra lengua? Dicen que allí hablan lenguas de bárbaros —le preguntó la romana, mientras le ofrecía frutas que Yilda no había visto jamás.

—Lo mismo dice mi gente de la lengua latina, señora. Todas las lenguas parecen bárbaras a los oídos de quienes no las comprenden. Aprendí con los hombres sabios.

—¿Con aquellos que llaman «druidas»? ¿Los que hacen sacrificios humanos, leen las estrellas y adoran a los robles porque creen que en ellos viven los espíritus de los antepasados?

Yilda notó animadversión en los comentarios de Julia sobre los druidas. No podía decirse que su experiencia con ellos hubiera sido grata. Al fin y al cabo, había huido para evitar que la ofrecieran a la diosa. Pero no le gustaba que Julia la juzgara como si perteneciera a una estirpe salvaje, sin civilizar. Probablemente ella sabía muchas más cosas de la vida y de la muerte de lo que conocía aquella muchacha que siempre había estado protegida por su familia, por su casta y por todos sus dioses.

—Ellos conocen las lenguas. Aprendí mucho durante los siete años que pasé con ellos en el bosque.

—Eso quiere decir que eres una de esas mujeres de las que se dice que tienen poderes y que se relacionan con los espíritus de los antepasados. Dice mi padre que le has salvado la vida. Espero que puedas hacer lo mismo con mi madre. Enfermó en los idus de mayo, y no ha vuelto a levantarse. No tiene fuerzas para nada.

—Veré lo que puedo hacer.

Yilda miró a su alrededor. Habían dejado el centro de la ciudad, donde estaban los edificios públicos, el mercado, el teatro. Nunca había visto un teatro, pero lo reconoció enseguida, porque había un escenario y gradas donde, era claro, la gente se sentaba para ver y escuchar a quienes recitaban versos. Ella sabía centenares de versos de memoria. Le vinieron algunos a la mente, pero intentó rechazarlos, porque hablaban de amor y de su tierra. Y en ese momento, Yilda sentía que no tenía ni una cosa ni la otra. Al cabo de un rato, llegaron a una parte de la ciudad en la que apenas ya había gente.

Grandes casas con los portones cerrados y pequeñas ventanas. Nunca había pensado que hubiera gente que tuviera casas tan grandes.

—Hemos llegado.

Yilda se bajó del palanquín con ayuda del esclavo, que abrió la puerta. Salieron a recibirlos dos mujeres que les ofrecieron agua para las manos y dos niños que dejaron de jugar en la fuente del patio en cuanto vieron a su hermana y a su acompañante.

—¿Quién eres? ¿Y por qué tienes el pelo de ese color? —le preguntó el menor, de nombre Cesáreo.

—¿Y por qué llevas ese saco enorme a tu espalda? ¿Acaso papá nos ha traído una esclava nueva de esa tierra lejana en la que ha estado? —inquirió el mayor, Aurelio, un jovencito delgado que empezaba a trabajar su cuerpo en el gimnasio, y al que le habría gustado ser gladiador, si ese no fuera oficio de esclavos y prisioneros.

—Me llamo Yilda, en mi país hay muchas personas con este color de pelo. Aquí dentro llevo medicinas que pueden aliviar a vuestra madre. No soy ninguna esclava, pero sí una invitada de vuestro padre.

—Salvó la vida de papá —les dijo Julia.

Los dos niños se abrazaron a las piernas de Yilda. Ella se quedó callada y miró a Julia. Aquella era su manera de darle las gracias por haberles devuelto a su padre.

—Papá vendrá enseguida. Ha ido con Flavio y con los demás a dar las gracias al templo.

—¿Sabes una cosa, Yilda? Mi hermana se va a casar con Flavio —le informó Cesáreo.

Al oír el nombre de Flavio, a Yilda le dio un escalofrío. En ese momento vio un enjambre de abejas que se acercaban a un rosal repleto de rosas de color rojo y que exhalaban un perfume muy intenso. Uno de los insectos se acercó a la oreja derecha de Aurelio, que al oír su zumbido levantó la mano para apartarla. Yilda le agarró de la muñeca y evitó el manotazo.

—¿Por qué has hecho eso? ¿Cómo te atreves? —le preguntó el chico. Todos se quedaron pálidos ante la reacción de Yilda, y aún más con las palabras que siguieron.

—Las abejas son nuestras amigas. Hacen miel y la miel cura. Aquí dentro he traído miel de brezo de mi tierra. Pero necesitaré más para intentar curar a vuestra madre. Cesáreo, tráeme una vasija llena de miel.

—Pero... —empezó a decir el niño.

—Obedece a Yilda. No te pasará nada —le dijo su hermana.

Yilda abrió su bolsa y la apoyó en una mesa que había a la sombra, en un rincón del patio. Sacó varios de los botecitos que había traído desde la cueva del bosque. También una ramita de brezo del que le había cogido Cayo Vinicio. La acercó a su nariz y comprobó que aún guardaba parte de su perfume. Cerró por un instante los ojos y se vio en las colinas, junto al mar. No se dejó llevar por la nostalgia porque sabía que no debía hacerlo. Era lo mejor.

Abrió dos de los tarros y juntó una pequeña parte de su contenido con algunas flores secas del brezo. Cesáreo apareció con la miel, y Yilda la mezcló con lo que tenía ya preparado.

—¿Y esto para qué sirve?

—Tenga lo que tenga vuestra madre, lo haremos salir de su cuerpo con esto. Dependiendo del color que adquiera esta miel al contacto con su piel, sabremos qué es lo que le pasa

—explicó con una sonrisa—. ¿Y vuestros galenos, qué han hecho estos días?

—Solo le han puesto vendas humedecidas con agua y han rezado a los dioses. Dicen que no hay nada más que hacer.

—Siempre hay algo más que hacer. Aunque no dejéis de orar por vuestra madre. A los dioses les agradan las plegarias y así nos serán más propicios. Yo también rezaré a mi diosa esta noche, cuando salga.

Yilda entró en el aposento de Drusa, la esposa de Claudio. Estaba postrada de costado en el diván. Su rostro pálido y sudoroso mostraba que sufría aunque no se quejaba.

—Madre, esta muchacha ha traído algo que te va a ayudar.

—Nada me puede ayudar ya, hija mía. ¿Quién eres? —preguntó cuando abrió los ojos y vio a una desconocida en su aposento—. ¿Te manda alguno de esos matasanos, para que digan que ha sido una mujer la que ha matado a la esposa del tribuno y no un reputado galeno? ¿Y por qué tienes ese color de pelo? Proserpina debía de tener el pelo como tú y por eso se quedó en el Hades, porque nadie la quería en la Tierra.

—Madre, sé amable con ella. Viene de Britania. Ha salvado la vida de tu esposo. Sí. Claudio Pompeyo, mi padre querido, ha llegado a Cesaraugusta, y está a punto de llegar también a esta casa.

—Mis oraciones han sido escuchadas. Mi marido ha vuelto al hogar y podré verlo antes de morir.

—Señora, no vas a morir. Permíteme que te ponga un poco de este ungüento sobre tu vientre y así sabremos qué te pasa.

—¿Hechicerías de bárbaros en mi casa? ¿Acaso vas a sacrificar a alguno de mis hijos para contentar a tus dioses? —Drusa hablaba con fatiga.

—Madre. No digas esas cosas. Yilda es buena y te va a curar, ya lo verás.

Drusa abrió los brazos y dejó que la joven britana embadurnara su vientre con la mezcla de la miel. Enseguida se tiñó de color verdusco. Yilda sonrió a Julia.

—Se curará. Solo necesita comer durante unos días lo que yo diga, beber mucha agua con polvo de lavanda y aplicarle las cataplasmas que yo misma prepararé. Dentro de una semana estará bien.

—¿Polvo de lavanda? No sé qué es eso.

—Es una planta. Yo tengo algo en mi bolsa. No te preocupes.

—¿Estás segura de que sanará?

—Por supuesto —aseguró Yilda, mientras una de las abejas se posaba sobre el pelo sudado de Drusa.

La muchacha la cogió por las alas, abrió la ventana y la dejó marchar. En ese momento, Yilda pensó que tal vez no fuera tan mala idea quedarse en Cesaraugusta. Al menos por el momento.

—Sí, una piedra de la luna —repitió Ernesto Ayala.

—Pero toda esta cristalización es extraña en las rocas lunares —apostilló Federico.

—No cuando entran en contacto violento con la superficie terrestre. El calor del choque provoca una alteración tanto en la roca que cae como en la que recibe el impacto, de ahí esta amalgama geológica. Deberíamos llevar esta piedra a la facultad, insisto.

El joven becario asintió con la cabeza sin atreverse a decir nada. Tenía un enorme respeto por su profesor y director de tesis, así que si él lo decía, tenía que ser verdad.

—Ya le he dicho que esto no sale de aquí. —Ramírez fue tajante.
—Una duda, ¿dónde dicen que han encontrado esta roca?
—En una villa junto al río. Una villa romana, claro.
—Estas tierras no contienen ninguno de los componentes que hay aquí. Y no tengo noticia de que cayeran meteoritos lunares en la región hace dos mil años.
—¿Y eso cómo lo sabe usted? —preguntó Marga.
—Hice mi tesis doctoral al respecto, profesora. Soy un entendido en la materia. No hay meteorito en Europa que se me haya escapado en los últimos milenios —la seguridad de Ayala rayaba la vanidad. Marga tuvo que contener una sonrisa—, déjeme mirar una cosa.

Sacó una tableta y consultó algo.

—¿Me dijo por teléfono que en el espejo había signos escritos en alfabetos druidas?

—Sí —respondió Federico, adelantándose a Ramírez. Le mostró a Ayala el reverso del espejo—. Son estas líneas.

—Y los druidas eran los sabios sacerdotes en la Galia y en Britania, ¿no?

—Y en algún otro lugar céltico, sí —contestó él.

—Hace dos mil años, aproximadamente, hubo en las islas británicas varias lluvias de una especie de meteoritos selenitas. —Ante la cara de estupefacción de sus escuchantes, Ayala se sintió obligado a extender su explicación—. Fragmentos de luna desgajados hace millones de años que llegaron a la atmósfera aproximadamente en ese periodo. Más o menos cuando la estrella de Oriente, la de los Reyes Magos.

Sus interlocutores lo escucharon atentamente. Marga seguía preguntándose cómo era posible saber aquellas cosas. Sobre todo se preguntaba cómo podíamos ver estrellas que no existían ya, pero se quedó callada. Se lo habían explicado ya varias veces, pero todavía no podía creerse que algo que veía ya no existiera.

—Se ve, profesora, que se está preguntando muchas cosas, entre ellas, como he sido capaz de llegar a estas conclusiones. No hay nada de magia ni de videncia en lo que estoy diciendo. Está todo completamente probado y comprobado. Si usted hubiera investigado piedras en lugar de trozos de cerámica rota, sabría tanto como yo.

—Estoy impresionada, profesor Ayala —dijo Marga, que no sabía qué pensar de aquel hombre ni de sus tics, que había contagiado a su acólito, que movía la nariz de la misma manera que él, y que se retiraba el pelo de la frente con la misma mano, y solo dos décimas de segundo después que su superior.

—Es muy posible que esta roca provenga de las islas británicas. De hecho, déjenme ver —Ayala se volvió a asomar a la lente del microscopio y asintió—, efectivamente, tiene varios componentes de los meteoritos caídos e investigados por mí en el noroeste de Gales, cerca de la costa. No hay duda. Viene de allí. Y está claro que los signos druídicos lo atestiguan. Voy a hacer unas fotos. Nos llevamos al menos esta muestra que hemos sacado, ¿es posible, doctora Ramírez?

—Sí, claro. Por supuesto. Sus conocimientos nos han servido de mucha ayuda.

—Lo que ahora les toca a ustedes es averiguar cómo llegó hasta una villa romana de Cesaraugusta una roca caída de la luna en el País de Gales y reconvertida en un espejo yo diría que bastante sofisticado. Reyes, recoja el microscopio y la muestra, que nos vamos.

—¿No les apetece tomar un café? —les invitó la jefa.

—No, señora. Ni nos apetece, porque nunca tomamos café, ni tenemos tiempo, porque hay sobre la mesa de mi despacho cincuenta exámenes de diez folios cada uno para corregir. Ha sido un placer. Adiós. Volveremos a vernos cuando acaben su investigación y tengan a bien prestarme esta roca para un análisis más minucioso —se despidió mientras llevaba la cabeza tan atrás para retirarse el pelo de la frente, que Marga pensó que, en uno de esos movimientos, el tronco iba a perder su extremidad más redonda y superior.

Los dos hombres dejaron el sótano y salieron por donde habían entrado, sin esperar a que nadie los acompañara. Federico, Elvira y Marga estaban perplejos. Nunca habrían sospechado que lo que tenían en sus manos era una piedra de la luna. Era emocionante, aunque tal y como lo había contado Ayala, todo parecía tan prosaico y científico que perdía cualquier atisbo de hechizo.

Mientras los tres arqueólogos comentaban sus impresiones acerca de los dos geólogos y del origen de la piedra, sonó el teléfono de Marga. Era Elena que anunciaba a todos sus contactos que había conseguido una beca para un importante *ballet* holandés, y que se iba a vivir a Ámsterdam durante una buena temporada. «No obstante —decía el wasap—, seguiremos en contacto. Es lo bueno de estos chismes tecnológicos, que podemos compartir las cosas. Abstenerse de hacer comentarios no interesantes, groseros o estúpidos. Quien lo haga, será inmediatamente borrado de mi agenda y de mi vida».

«Qué drástica», pensó Marga, que no sabía el porqué de las palabras y de los miedos de Elena. Marga estaba convencida de que era mejor así. Desde el primer momento había considerado que Carlos y ella no iban a durar mucho. Eran demasiado parecidos en muchas cosas y demasiado diferentes en otras. Y la palabra «demasiado» puede llegar a ser un problema en casi todos los ámbitos de la vida. No podía explayarse en su respuesta a Elena, así que escribió un breve «Te deseo lo mejor. Ya hablaremos otro rato si te apetece, ahora estoy trabajando. Un beso», y volvió a la mesa de trabajo.

Sobre la mesa seguía el espejo, que se había convertido en un objeto aún más extraño desde que conocían el origen de la piedra. O tal vez no. Al fin y al cabo, los adornos que lo acompañaban y que también servían como horquillas tenían la forma de dos medias lunas. Parecía que todo giraba en torno al mismo astro. O a la misma diosa.

Cuando Claudio Pompeyo llegó a su casa, su esposa dormía tranquila. La fiebre había bajado y Julia y sus hermanos atribuían a Yilda la notable mejoría de su madre. Cesáreo y Aurelio habían preparado una bandeja llena de frutas frescas para su padre, así como un plato de carne de ave en conserva. El tribuno se había bañado en las termas públicas, donde había recibido el homenaje de ilustres hombres de la ciudad, a la vez que se despojaba del polvo del camino y untaba su piel con aceites aromáticos.

—Salve, Aurelio. Has crecido mucho en mi ausencia. Roma estará pronto satisfecha de ti. Pequeño Cesáreo, a ti aún te queda bastante para ser un soldado.

—Yo no quiero ser soldado, padre. Quiero ser filósofo.

—¡Qué sabrás tú lo que es eso! —le reprochó su hermana, porque el niño se pasaba el día leyendo y estudiando en los pliegos que traía de la escuela, y que contenían textos de Ovidio, de Virgilio, de Cicerón, incluso del propio Julio César.

—Padre, ¿cómo es el mar? —le preguntó su hijo mayor, que estaba deseoso de ver mundo.

—Grande. A veces azul, a veces verde, casi siempre gris. Pero grande —contestó Claudio, con un suspiro—. Y ahora, llevadme a ver a vuestra madre.

Lo condujeron hasta la estancia interior donde Yilda velaba el sueño de la enferma y le aplicaba ungüentos acompañados de palabras sagradas. Estaba ya a punto de anochecer y los esclavos habían encendido los candiles de aceite que colgaban de las paredes.

—Los dioses sean contigo, pequeña Yilda. Me dicen que mi esposa ha mejorado desde que has entrado en esta casa.

—Los dioses son propicios con este hogar y con sus moradores, señor. Yo soy solo su sierva —contesto Yilda, a la vez que se retiraba de la sala para dejar solos a Claudio Pompeyo y a su esposa, adormecida.

En la sala de comer estaban Aurelio y Julia. Yilda se quedó junto al umbral cuando oyó que hablaban de Flavio, al que echaban de menos. Ambos pensaban que iría a visitarlos.

—No entiendo por qué no ha venido con nuestro padre —dijo Julia.

—Se habrá quedado con sus compañeros para celebrar que ya están en casa —le contestó su hermano, que también tenía ganas de hablar con Flavio para preguntarle cosas de la guerra, del mar y de las islas y sus gentes—. Vendrá mañana, hermanita. Seguro que desea verte y abrazarte más que nada en este mundo.

—Si lo deseara así como dices, habría venido ya. Y no lo ha hecho. Está cambiado, hermano. Solo lo he visto un momento esta mañana, pero ha sido suficiente para darme cuenta de que algo es diferente.

—Han sido dos años. Las personas cambiamos.

—No hay más que verte a ti, Aurelio. Hace dos años eras un niño, y ahora eres todo un hombre, dispuesto a marcharte como todos los demás. Te irás y cuando vuelvas, serás diferente.

—Cuando uno se queda, es difícil acostumbrarse al hecho de que las ausencias transforman a los demás —repuso el muchacho—. A los demás y a nosotros mismos.

—Pareces un filósofo, como esos que le gustan tanto al pequeño Cesáreo —le contestó Julia, mientras apartaba un mechón de pelo del rostro de su hermano.

—Él todavía es un niño. Yo no.

—También él cambiará y el niño que es ahora se quedará escondido en algún lugar dentro de él; un lugar al que ya nadie, ni siquiera él, podrá acceder. —La voz de Julia se tiñó de melancolía. Fue entonces cuando vio la sombra de Yilda apoyada en una pared—. Yilda, ven con nosotros. ¿Por qué no nos cuentas cosas de tus tierras? ¿Son hermosas? ¿Todas las mujeres tienen el pelo como tú?

Yilda se acercó y se sentó sobre unos cojines que Julia le mostraba. Cogió uvas secas de una bandeja.

—Mi tierra es muy diferente a la vuestra. Hay muchas colinas, los ríos son más pequeños que el vuestro, pero hay muchos. Y lagos. Y el mar está en todas partes. Hace frío, llueve mucho y no siempre se puede ver la luna porque a veces se esconde tras las nubes.

—¿Y cómo es que sabes sanar enfermedades? ¿Quién te ha enseñado? —le preguntó Aurelio.

—Ha pasado un tiempo con hombres sabios que viven en los bosques —le contestó Julia.

—¿Con los druidas? Se dicen cosas terribles de ellos. ¿Es verdad que hacen sacrificios humanos a los dioses?

—Sí, es verdad —contestó Yilda, y sus palabras ensombrecieron la sala. Una de las lámparas de aceite se apagó con un golpe de viento que entró en ese momento—. Yo estuve a punto de morir sacrificada. Me salvé porque los escuché hablar de ello. Me escapé. Pasé tres días y tres noches en el bosque. Tuve mucho miedo. Llegué hasta las colinas. Allí fue donde encontré a Pamina. —Al oír su nombre, la gatita se acercó a ella y le lamió los dedos, como solía hacer. La chica acarició su cuello mientras seguía hablando—. Luego bajé a mi aldea, pero no quedaba nadie. Había sido destruida. Enseguida, por la playa, vi a los soldados, que se apiadaron de mí y me recogieron. Y ahora estoy aquí, pero no voy a quedarme mucho tiempo. El tribuno Cayo Vinicio quiere llevarme a Roma, a presentarme al emperador. Dice que mis habilidades para curar enfermedades deben ser conocidas en todo el Imperio.

—Pero no puedes irte sin terminar de curar a nuestra madre. Ahora su salud está en tus manos —le pidió Aurelio, mientras tomaba una de las manos de Yilda entre las suyas—. Jura por los dioses que no te marcharás antes. Por favor.

Yilda se estremeció al sentir los dedos de Aurelio en los suyos. Había algo extraño en aquel muchacho. Algo inquietante que la hizo temblar. Por un momento, sintió que el miedo que había vivido en el bosque volvía otra vez a su cuerpo. Soltó su mano y se la llevó a la frente. Se notaba sudada. Tenía necesidad de mojar su piel. Desde que llegó, había pasado todo el tiempo en la habitación de la enferma y quería despojarse de la suciedad del camino.

—¿Podría lavarme, por favor?

Julia ordenó a uno de los esclavos que le llevara una vasija de agua con pétalos de rosa a la habitación que habían dispuesto para la joven.

—Será mejor que vayas a descansar. Mamá duerme y no te necesitará hasta mañana —le dijo Julia.

—Jura por los dioses que no te irás hasta que cures a nuestra madre —insistió Aurelio.

—Me quedaré hasta que ella esté bien. Lo juro.

Yilda se levantó y se retiró al que iba a ser su aposento. Se sentó en el diván. Alguien había dejado allí su bolsa con todas sus cosas. Sacó el espejo y miró su rostro. No le gustó lo que vio. Sus ojos tenían un brillo que hacía tiempo que no veía, pero que reconocía. Se sentía incómoda en aquella casa, con Julia, con Aurelio. Con el juramento que acababa de hacer.

Un esclavo pidió permiso para entrar y le dejó la vasija llena de agua de rosas, y otro le trajo un balde para que se aseara. Esclavos que hacían lo que otros les ordenaban. Como había hecho ella tanto tiempo en la cueva del bosque. Como había vuelto a hacer esa noche al quedarse en aquella casa en la que se le pedía que jurara por los dioses que no se marcharía hasta hacer lo que se le solicitaba. Hacer lo que los demás decidían que tenía que hacer.

Era como volver a ser esclava. Volvió a mirarse en el espejo. La luz del candil provocaba un reflejo dorado en su rostro. Le pareció que sus ojos eran más verdes que nunca, y su pelo más rojo. La luz del candil refulgía sobre la superficie de la roca lunar. Yilda veía llamas sobre la imagen de su rostro. Sí. Ahora lo reconocía. Aquel era el rostro del miedo. El miedo a no disponer de su persona, que había regresado desde la cueva del bosque hasta la villa de un tribuno imperial.

Esa noche, Marga y Carlos cenaron solos en casa. Federico tenía una cita con viejos compañeros de la universidad y dormiría en el apartamento de uno de ellos. Madre e hijo conversaron sobre la investigación de los geólogos, sobre el viaje de Elena y sobre cómo a veces los humanos esperamos de los demás cosas que no pueden darnos.

—Pero cuesta acostumbrarse a eso, mamá.

—No creo que en esta familia eso sea un problema. Esta conversación la hemos tenido muchas veces y por muchas razones. Incluida la boda de tu abuelo, que por cierto, lleva ya varias horas sin decir ni «mu». No te creas que me ha hecho muy feliz que se haya casado con Paquita, pero me tengo que aguantar, porque es su vida.

—Pero si quiere a Paquita, ¿por qué se ha llevado las cenizas de la abuela? Es como si siguiera enamorado de ella.

—Y probablemente sigue enamorado de su recuerdo. Pero ha elegido tener una compañía amable durante sus últimos años. No hay nada que reprocharle. Pero a mí no me hace feliz. Nadie da lo que los demás esperan. Y no somos el deseo de los otros. Somos como y lo que somos. Sin más y sin menos.

En ese momento, entró un wasap en el teléfono de Marga: «Hija mía, ha aparecido tu madre». Marga dio un salto en el sofá cuando leyó las palabras de su padre.

—¿Qué te pasa, mamá?

—Supongo —titubeó— que ha aparecido la maleta con las cenizas dentro.

Marga suspiró, soltó una lágrima y se echó a reír. Todo a la vez. Carlos se preguntó cómo era posible tener tres sentimientos a la vez, pero no preguntó, porque su madre solía decir que las mujeres eran capaces de hacer varias cosas al mismo tiempo, mientras que los hombres no. No quería que repitiera lo de siempre. A Carlos le parecía un tópico absurdo. Una leyenda urbana sin trazos de realidad.

—Me voy a dormir.

Carlos le dio un beso a su madre y se metió en su habitación con un vaso de leche fría. Le escribió a Elena: «¿Sabes una cosa? Nunca lo adivinarías. El espejo del museo en realidad no es un espejo. Es una piedra de la luna. No la piedra que se llama así, sino una roca caída de la luna, una especie de meteorito». «Pero qué barbaridades dices», le contestó ella rápidamente. «De verdad, me lo acaba de contar mi madre. La han analizado unos geólogos de la universidad. Es alucinante». «Pues sí —contestó Elena—. Nos vemos mañana en el instituto». «Vale —respondió el chico—. Que duermas bien». «Y tú también. Un beso». «Otro. Cien. Mil. Varios miles». «Pareces un poema de Catulo», escribió ella. «¿Quién es Catulo? Tiene nombre de grupo de rock». «Qué bruto eres. Era un poeta romano. Tiene un poema muy chulo sobre los besos. Te lo busco y te lo llevo mañana, que seguro que ya no tienes el ordenador encendido». «Vale. Un millón de millones». «Que sí, pesado. Hala, a dormir». Elena no sabía qué pensar acerca de sus propios sentimientos y de sus deseos. Estaba hecha un lío.

Carlos abrió el ordenador y buscó el poema. Lo imprimió y lo leyó varias veces, hasta que se lo aprendió de memoria. Estaba seguro de que no todo estaba perdido con Elena.

Marga se puso un DVD de una de sus óperas favoritas. Una que no termina en tragedia como casi todas, pero en la que la protagonista manda a la porra al botarate que la rechazó cuando era una jovencita, y que cuando es rica, poderosa y casada, la pretende. Cada vez que la veía, arrebujada en el sofá, con o sin mantita, se sentía bien y satisfecha consigo misma, como si la Tatiana de la ópera en realidad se llamara Marga, Eugene Onegin fuera Federico, y ella lo enviara a tomar viento fresco. Cuando acabó el cuarto acto, apagó el televisor y se acostó. Oyó a Carlos que repetía unas palabras como si fuera una letanía y sonrió. Pensó en el inmenso amor de su padre por su madre y no quiso analizar qué diferentes pueden llegar a ser las historias de amor de cada uno. Cerró los ojos y enseguida se durmió.

Regresó al túnel y volvió a estar acompañada por la joven del vestido verde y el pelo rojo recogido por las extrañas horquillas que descansaban en un cajón del museo. Las colinas cubiertas de brezo estaban cada vez más cerca. Corrieron hacia ellas, Marga detrás de la desconocida. La muchacha seguía señalando la más alta, y hacia ella se encaminaron. Cuando estaban a mitad de la ladera, encontraron una gran sima. La joven se agachó y recogió varias piedras que puso en la mano derecha de Marga. Una de ellas era muy plana y una parte había cristalizado. La chica la volvió a coger y la colocó delante de la cara de la arqueóloga. Su rostro se reflejaba con un peinado diferente al que recordaba cuando se echó a la cama. Su cabello rizado estaba atado con una cinta de color escarlata, y en su cuello había un extraño colgante: dos abejas libaban una flor, idéntico al que había sido encontrado en el yacimiento. Marga lo reconoció y le preguntó a su compañera por qué colgaba sobre su pecho. La chica le contestó pero Marga no entendió sus palabras. Con gestos le indicó que se lo quitara. Ella hizo lo mismo con las horquillas, y su cabello quedó suelto, ondeando al viento. Puso los tres objetos sobre la piedra y luego los apoyó unos segundos a la altura de su corazón. En ese momento, Marga escuchó el rumor de un enjambre de abejas que se acercaba desde el bosque. Tuvo miedo, pero la chica la tranquilizó con una sonrisa. Las abejas giraron alrededor del cuerpo de Marga, pero no se acercaron a su piel. Entonces la desconocida tomó el colgante que antes llevaba Marga y se lo puso al cuello. Se miró en la piedra y vio desde ella cómo las abejas se alejaban. Marga observó a la mujer que se miraba al espejo y se preguntó qué estaría viendo en realidad. La chica cogió de nuevo las horquillas y se las colocó en el pelo tal y como las llevaba antes. Se volvió a contemplar en el espejo. Sonrió satisfecha ante la imagen que le devolvía.

Marga solo vio las abejas que se alejaban y que se convertían en un punto negro que entraba en el bosque. Tan oscuro como la boca del túnel por el que había pasado un rato antes con la mujer de los cabellos rojos. De pronto, notó algo viscoso en los dedos de sus pies. Allí estaba Hermione, la gata de Paquita, como si hubiera traspasado el umbral del sueño con ella y la estuviera acompañando en el extraño lugar en el que se encontraba.

—Quieta, Pamina, no molestes a Marga —le dijo la desconocida a la gata, a la vez que se agachaba para tomarla en sus brazos. Aquella era la primera vez que Marga entendía sus palabras.

—No se llama Pamina. Es Hermione, la gata de mi madrastra. Está en mi casa. Bueno —titubeó—, estaba en mi casa. Como yo. Ahora estamos las dos aquí.

—Te equivocas. Es la gata de Julia, la hija del tribuno Claudio Pompeyo. Yo viví en su casa, muy cerca de donde tú habitas —explicó la chica, a la vez que entregaba a Marga su singular espejo—. ¿Lo aceptarías como un regalo? —le preguntó la muchacha del cabello rojo.

—No me hace falta. Ya lo tengo, en la mesa del museo. Pero no está como ahora. No es solo una piedra lisa y brillante. Está montado sobre oro y tiene tres agujeros para acoplar tus horquillas y ese colgante. Y en el mango hay unos signos escritos en el alfabeto de los druidas. Hay un nombre de mujer.

La joven la miró extrañada, porque en los sueños se mezclan los tiempos y los espacios. Su espejo siempre había sido así, un sencillo cristal recién llegado de la luna. Y sus horquillas no habían sido más que horquillas. Y el colgante solo un colgante que le había regalado el hombre que la amaba, como recuerdo del día en el que salvó la vida de decenas de soldados romanos no muy lejos del lugar donde estaban en ese momento.

Pamina se soltó de los brazos de la joven y volvió a entretenerse con los pies de Marga.

—¡Qué raro eso que cuentas sobre mi espejo! —exclamó la desconocida—. Aunque quizás empiece a recordar algo Sí, él, en la villa, mucho después

—¿Cómo te llamas? —le preguntó la arqueóloga.

—Me llamo Yilda y un día escapé de los hombres sabios del bosque y llegué a tu ciudad. Tú me ayudaste.

Marga sintió la lengua de la gata en el empeine del pie derecho. Y enseguida su arañazo en la pierna. El dolor la devolvió a su cama. Se incorporó con la respiración entrecortada.

—¿Por qué me has arañado, pequeña Pamina? ¿No te valió con cargarte la colcha de mi difunta madre?

En ese momento, Carlos pasaba junto a la puerta del dormitorio de su madre en su camino hacia el servicio. Había sonado su despertador a las siete de la mañana, cinco minutos antes que el de su madre. Lo hacía siempre así, para ducharse él antes. La oyó hablar con la gata.

—¿Por qué la llamas Pamina, si se llama Hermione?

Yilda se levantó con la sensación de haber tenido un extraño sueño, pero no recordaba nada. Se despertó inquieta y lo primero que hizo fue mirarse en el espejo. Esta vez la roca no le devolvía llamas sobre su rostro, sino una cara joven y hermosa, aunque melancólica. Oyó voces en el patio. Se lavó con el agua de rosas que seguía en la vasija que le habían traído los esclavos, se vistió con la túnica verde que le había comprado Cayo junto a la extraña playa en el norte de Hispania, se recogió el cabello y salió. Había varios hombres en la casa a los que no conocía. Dos de ellos vestían togas, el resto eran soldados que no habían estado en Britania con el tribuno. Ni rastro de Flavio. Escuchó las palabras de uno de los soldados a Claudio Pompeyo.

—Son órdenes directas del emperador. Se emplaza a su excelencia para que mande dos centurias a Roma, sin dilación. Hay disturbios en la capital del Imperio, y se necesitan refuerzos.

—Dos centurias son muchos hombres, joven. Acabamos de llegar de Britania. La centuria al mando de Cayo Vinicio puede ir con vosotros, pero deberéis esperar al menos dos días. Los caballos están agotados. Y los soldados necesitan descansar.

—Descansarán unos y otros en el camino. Tengo órdenes estrictas, mi señor. Tenemos que partir al amanecer.

—Está bien. Pero no respondo de que los hombres ni las bestias lleguen a Roma en buen estado.

Los soldados se fueron y Claudio escribió algo en una tablilla que le dio a uno de sus esclavos con la misión de entregársela urgentemente a Cayo Vinicio. El tribuno se quedó solo unos instantes. Yilda seguía observándolo sin ser vista. Las órdenes eran partir esa misma noche. Pero ella... ¿Qué iba a hacer ella? Había dado su palabra de quedarse allí hasta que la esposa de Claudio se curase.

Los dos hombres togados salieron de la habitación de Drusa. Eran sus médicos, según las palabras que escuchó Yilda.

—Está un poco mejor —dijo uno de ellos—. Las medicinas empiezan a surtir efecto.

—No han sido vuestros cuidados, sino los de la joven que he traído de Britania. Una mujer que ha aprendido de los druidas cosas que no podríais ni siquiera imaginar. Me curó de una picadura de abeja que a punto estuvo de matarme. Hizo que la herida de Cayo Vinicio sanara en pocos días, y os puedo asegurar que era una herida que se lo habría llevado al Hades de no haber sido por lo que ella le hizo.

—Es muy extraño esto que cuentas, tribuno. Nadie que haya estado en contacto con los saberes de los druidas sale de sus bosques con vida. Y mucho menos aún, viene a Hispania acompañando por su propia voluntad a los romanos.

—La querían sacrificar. Ella escuchó sus planes y consiguió escapar. Eso es todo.

En ese momento, un vientecillo que llegó desde una ventana provocó un estornudo en Yilda. Claudio se dio cuenta de su presencia.

—Al parecer, a nuestra joven amiga le gusta escuchar a escondidas. Eso le salvó una vez la vida, ¿verdad, Yilda? Puedes salir de ahí.

La joven salió temerosa y contrariada. Por un lado, estar ante aquellos galenos que seguro la iban a juzgar como a una intrusa, la incomodaba. Y por otra parte, la certeza de que los soldados romanos, con Cayo a la cabeza, iban a marcharse a Roma sin ella, le había hecho perder sus esperanzas de alejarse de Flavio y de todo lo que él amaba.

—Esta es la muchacha de la que os estaba hablando. Es capaz de grandes proezas curativas.

Yilda saludó a los dos desconocidos con una inclinación de cabeza. Ellos hicieron lo mismo y se despidieron hasta el día siguiente.

—No les gusta mi presencia —dijo Yilda al tribuno cuando se hubieron ido los dos hombres.

—Tienen más pacientes a los que visitar. Llevaban prisa. Todo el mundo lleva prisa hoy en día, pequeña. Cayo tiene que ir a Roma inmediatamente con las legiones. Me temo, querida niña, que no podrás ir con ellos.

—Les di a tus hijos la palabra de que no me iría hasta que tu esposa se curara. No, no puedo irme, aunque ese era mi mayor deseo.

—Aquí estarás bien. Además, quiero hacerte una propuesta. Escucha, tengo varias propiedades en la ciudad y a las afueras. Hay una villa junto al río, pequeña, que sería perfecta para ti, si la aceptas, claro. Mi familia te está muy agradecida por todo lo que has hecho y haces por nosotros, pero no queremos imponerte siempre nuestra presencia. Tendrás dos sirvientes que te ayudarán en todo y vivirás en esa villa, si te parece bien. —Yilda no sabía qué contestar.

Con eso tampoco había contado—. Mañana estableceré los documentos y podrás trasladarte cuando desees. Solo hay que retocar algunos detalles. La pintura, los mosaicos y los muebles. Lo demás está todo en orden. Era la casa de mi hermano pequeño, que murió en la Galia y no dejó mujer ni hijos.

—Pero ¿y tus hijos? Ellos querrán la casa cuando quieran formar un hogar.

—Ya te he dicho que tengo varias propiedades. Sé que nadie quiere esa villa, por eso me he atrevido a ofrecértela antes de hablar con ellos.

—¿Y por qué no la quieren? —le preguntó Yilda, curiosa.

—Por dos motivos. Primero, los tres estaban muy unidos a su tío y les trae recuerdos tristes. Y segundo, está demasiado cerca de las colmenas. De hecho, están dentro de la finca. Mi hija siempre ha pensado que en esa villa debería vivir alguien a quien le apasionara la apicultura, y ella teme a las abejas más que a nada en este mundo. Creo, querida amiga, que eres la persona adecuada.

Yilda sonrió al escuchar las palabras de Claudio Pompeyo. Seguro que en el fondo Julia estaría encantada de alejarla de su casa y de Flavio.

—Me quedaré en la villa hasta que un día pueda irme a Roma. Y ahora, voy a ver a Drusa. Ya salió el sol y tengo que someterla de nuevo al tratamiento.

En ese momento, Flavio y Cayo entraron en el patio precedidos por uno de los esclavos. Cayo Vinicio traía en la mano las órdenes que acababa de recibir.

—Ave, Claudio. Me ha despertado uno de tus esclavos para entregarme esto y para decirme que me presentara inmediatamente en tu casa. ¿Tan grave es la situación?

—Eso parece. El emperador ha solicitado ayuda de todas las provincias donde hay suficientes legiones. Debes partir en cuanto vuelva a salir el sol.

Cayo se quedó mirando a Yilda, que no se había movido de su sitio.

—Me temo que no podrás venir con nosotros. Se trata de una misión probablemente de guerra y no podemos llevarte.

—La voz de Cayo Vinicio se tiñó del color de la melancolía al hablarle a Yilda.

—Buenos días, Yilda —le dijo Flavio—. Mi legión no ha recibido las órdenes. ¿Debo entender, tribuno, que mis hombres y yo nos quedaremos en Cesaraugusta?

—Sí —respondió Claudio.

—Debo ir a la habitación de Drusa —se disculpó la chica.

Flavio la siguió. Nunca la había visto tan hermosa y tan lejana.

—Yilda, ¿por qué no quieres hablar conmigo?

—No es verdad que no quiera hablar contigo. Es solo que no voy a interponerme entre Julia y tú. Ella te ama y tú también a ella. No puedo irme a Roma como tenía previsto, pero no me lo pongas más difícil. Abandonaré esta casa dentro de unos días. Claudio me deja una villa que tiene junto al río. Una villa que nadie quiere, especialmente Julia. Le tiene miedo.

—La villa de las abejas… —musitó Flavio, mirando al suelo—. No, nadie quiere ir a vivir allí. Pasaron cosas terribles hace unos años. Julia y yo éramos pequeños, pero lo recuerdo bien.

Flavio le contó a Yilda la historia de Livio, el hermano pequeño de Claudio Pompeyo.

—Estaba casado y tenía dos niños pequeños, mellizos, que habían nacido poco antes de que él se fuera a la Galia, a hacer la guerra para Roma. Su familia vivía en la villa junto al río. Un lugar tranquilo, delicioso, con un pequeño barco en el que nos gustaba remar a todos los niños mayores. Los mellizos de Livio eran niño y niña. Una tarde, estaban con su madre en el jardín, y nosotros, Julia y yo, conversábamos en la barca y reíamos. De pronto, vimos que salían las abejas de las colmenas que había al otro lado del río. Eran miles, cruzaron el río y oscurecieron el horizonte. Pasaron por encima de nuestras cabezas y llegaron hasta donde Popea y los dos pequeños estaban. Nadie pudo hacer nada por salvar la vida de los dos bebés. Su madre estuvo días debatiéndose entre la vida y la muerte, hasta que la tristeza pudo más que el instinto de supervivencia y murió. Livio se enteró cuando estaba a punto de regresar con su legión. Claudio le mandó un emisario con la noticia. Una flecha enemiga le atravesó la garganta el mismo día en que supo que su mujer y sus hijos habían muerto. Nadie ha vuelto a vivir en esa casa. El recuerdo de lo que pasó sigue siendo punzante.

—Un lugar maldito donde nadie vendrá a visitarme. Ahora lo comprendo perfectamente. Mandarme a esa villa es una manera de alejarme de ti. Claudio Pompeyo sabe bien lo que hace. No me quiere cerca de su familia.

—Te equivocas. Claudio Pompeyo te respeta y te venera. Por eso desea que te quedes en la ciudad. Esa es la única casa que te puede ceder. Las demás les corresponden a sus hijos y no renunciarían a ellas a favor de una extraña. Sabe que eres amiga de las abejas y que nunca te harán daño.

—Prométeme una cosa, Flavio. No vengas nunca a visitarme. Aunque la vida y las batallas en las que participes te hagan perder todos los miedos, no traspases nunca el umbral de la que sea mi casa. Me quedará el recuerdo amable de tus besos junto al río, de nuestras conversaciones al amor de las hogueras en el viaje, del primer momento en que nos vimos en la playa en mi tierra y en mi mar. Me quedaré en esta ciudad, haré el bien a todo el que me lo solicite. Si un día alguien de la familia que vas a formar con Julia me requiere, haré todo lo que me permitan los saberes que los dioses me han dispensado.

—No dejaré de amarte, Yilda —le dijo Flavio, muy bajo, para que solo lo escuchara la chica. Ni siquiera él mismo quería oírse pronunciar aquellas palabras.

—No te equivoques, Flavio. Nunca me has amado. Confundiste tus sentimientos porque yo era la única mujer que tenías cerca. Te parecí hermosa por lo diferente, y fuerte a pesar de mi fragilidad. Te sentiste atraído por mí porque echabas de menos a Julia, y proyectaste en mí tus sentimientos hacia ella. Pero no importa. Sobreviví sin amor muchos años, seguiré haciéndolo muchos más. Y ahora, debo dejarte, he de atender a Drusa.

Julia salió en ese momento de la cámara de su madre. Se cruzó con Yilda pero no intercambiaron ni una palabra, ni una mirada. La joven de los cabellos rojos caminó con los ojos clavados en el suelo. En aquel momento no habría soportado ni hablar ni contemplar la sonrisa de Julia cuando vio a Flavio. Corrió hacia él y lo abrazó. Después de dos años sufriendo su ausencia, por fin podía estrechar al hombre al que había querido desde niña. El hombre con el que había soñado cada noche desde que se fue a Britania. El hombre con el que se iba a casar. Flavio la abrazó sin dejar de mirar la parte del atrio por donde había desaparecido Yilda. Yilda, a quien había besado unos días antes, a quien había abrazado sin que ella rodeara su cuerpo con sus brazos, como estaba

haciendo ahora Julia. Yilda, a quien amaba de una manera tan diferente a como quería a Julia.
Yilda, Yilda, Yilda.

Cuando Marga llegó al museo, Federico ya estaba trabajando en las piezas. Ella se encaminó directamente a la mesa donde estaban las piezas del mosaico.
—¿A dónde vas tan decidida y sin darme siquiera los «buenos días»? —le preguntó Federico.
—He tenido una idea —le mintió Marga—. ¿Y si el mosaico contuviera el rostro de una mujer de pelo rojo, cosa que ya parece obvia, que se mira al espejo y que lleva el colgante de las abejas en el cuello, y al fondo hubiera un enjambre de abejas alejándose hacia un bosque?
—¡Vaya con las abejas! ¿Y de dónde te ha salido esa idea, así de pronto?
—He soñado con Yilda. Es ya la segunda vez. Es muy extraño. Lleva un vestido verde, las horquillas, el colgante; me conduce por un túnel que desemboca en unas colinas llenas de brezo. Vamos hasta las colinas y recogemos unas piedras extrañas, como esa. —Señaló el espejo que estaba sobre la mesa—. Me hace mirarme en ella, y es un espejo. Me dice que ha huido de los druidas y que ha llegado a la ciudad con un grupo de soldados romanos. Cuando me lo estaba contando, se acercaron centenares de abejas, pero no nos atacaron, era como si ella las pudiera controlar. Le hablé del espejo, de cómo era ahora. Y me dijo extrañada que nunca había tenido más espejo que la piedra de la luna. Que el colgante siempre había sido colgante, y las horquillas nunca habían formado parte de la montura de ningún espejo. Quizás alguien hizo el espejo después y mandó diseñar el mosaico para preservar su memoria y relacionarla con las cosas que

ella dominaba: las abejas y la medicina. No se te olvide que las serpientes son símbolos de los médicos. Y que los druidas conocían las plantas y las utilizaban también para curar.

—A ver, a ver, Marga. Te dejo una noche sola y sueñas cosas raras que confundes con la realidad. Lo has soñado. No has tenido una aparición. Es normal que hayas soñado con ella. Llevamos días obsesionados con estas piezas, es lógico que las hayas llevado a tus sueños. Pero Yilda no ha venido desde el más allá para contarte nada —afirmó Federico tajante—. Esto me recuerda todo lo que te pasó con la figurilla africana y la vasija del galeón hundido, que también pensabas que teníamos en el museo algún que otro espíritu perdido.

—No bromees con esas cosas, Federico.

Marga se sentó a la mesa y empezó a componer las teselas según la imagen que tenía en la cabeza de Yilda y de los objetos que la acompañaban en el sueño. Estaban todos los colores, solo tenía que ordenarlos según le iban dictando sus recuerdos de lo que le había pasado durante la noche. Por un momento, le pareció que alguien guiaba sus dedos y acariciaba las piezas diminutas.

Mientras, Elena y Carlos disfrutaban del último día de clase en el instituto. Los compañeros y los profesores ya sabían que Elena se iría al curso siguiente. Sus papeleos y sus conversaciones con el director habían puesto sobre aviso a dos conserjes, que lo habían comentado con la delegada del curso, que se lo había contado a los demás. Una mezcla de envidia y de tranquilidad flotaba entre las tres barbies, que no soportaban que Elena fuera diferente. La habían rechazado desde el primer día que llegó al instituto. Los demás se acercaron a ella a la hora de recoger y se despidieron deseándole suerte en su nueva etapa. Elena no se extrañó de que no le hubieran organizado ninguna fiesta de despedida. Al fin y al cabo, ella no le había contado a nadie que se marchaba. Y Carlos pensaba que cuando alguien a quien quieres se va, no hay ningún motivo para organizar ninguna fiesta. Nunca había entendido que se pudieran hacer fiestas de despedida. Él, que tan acostumbrado estaba a despedirse de su padre. Cada vez que Federico se iba cuando era pequeño, lloraba. Y estaba seguro de que cuando fuera a la estación para despedirse de Elena también iba a llorar. Quizás no delante de ella, pero sabía que pasaría varios días llorando en su habitación, o en el cuarto de baño, abriendo el grifo para que su madre no se diera cuenta. Como había hecho tantas veces.

La tutora llamó a Elena después de entregar las notas. Le dio un pequeño paquete con envoltorio de papel de regalo.

—Es un detalle para que no te olvides de tu paso por este instituto. Te deseo lo mejor en la nueva vida que vas a empezar. Estoy segura de que todo te irá muy bien. Tienes talento y disciplina. Con ambas cosas llegarás muy alto.

—Pero, yo, no sabía que usted —balbuceó Elena.

—¿No sabías que te había visto bailar? Oh, sí, por supuesto. Varias veces. Hice *ballet* de niña, pero no estaba dotada físicamente. Tú sí lo estás. Y tienes esa sensibilidad especial que hay que tener. Y mucha capacidad de trabajo. Eres buena, Elena. No dejes de bailar. No dejes de vivir.

Elena abrió el paquete después de abrazar a su tutora y de pensar que nunca conocemos a nadie. Nunca habría sospechado de su tutora que le importara, que pensara en ella, que admirara su arte. El regalo era un libro. Se titulaba *Hiperión,* y lo había escrito un poeta alemán de finales del siglo XVIII, que se llamaba Hölderlin.

—Habla de la esencia de la belleza. Del arte, de la palabra, de la mirada. Creo que te hará bien para seguir creando belleza, como tú haces.

—No sé qué decir, profesora. Me ha dejado sin palabras.

—No digas nada. Léelo.

Elena volvió a abrazarla y se marchó con Carlos. Caminaron hasta el parque y se sentaron en un banco. Era su banco favorito, el que había sido testigo de sus primeros besos, de sus primeras palabras de amor. Elena sacó el libro. Lo hojearon. Había algunos párrafos marcados, y una frase estaba doblemente subrayada con el lápiz de colores que la profesora utilizaba para corregir y que a sus alumnos les gustaba mucho.

—*El hombre es un dios cuando sueña y un mendigo cuando reflexiona* —leyó Elena—. ¿Por qué habrá señalado especialmente esta frase?

—Está bien claro. Quiere que sigas soñando para llegar a lo más alto —interpretó Carlos.

—He estado pensando mucho sobre mi marcha. Y sobre lo que te conté el otro día. Sobre mis miedos. Tú no eres como aquel chico del que te hablé. La historia no siempre se repite. Quiero que sigamos juntos. Que me escribas, sin agobios. Yo tampoco te agobiaré. Nos contaremos lo que hacemos. Nos mandaremos besos. Y yo vendré cuando pueda y tú vendrás cuando puedas. Ámsterdam no está tan lejos.

Carlos y Elena se echaron a reír, y luego se besaron una vez. Y otra, y otra más. Y perdieron la cuenta de total de sus besos, como en el poema de Catulo que Carlos había memorizado y repetía mentalmente mientras besaba a Elena. Carlos pensó en las cenizas de su abuela que habían estado dando vueltas por los cielos europeos hasta llegar de nuevo a las manos de su abuelo. Pensó que hay cosas que perduran a pesar del tiempo y del espacio. Como el amor, como los mosaicos romanos, como los rayos efímeros de la luna.

En el museo, Marga y Federico no se besaban. Él observaba una y otra vez el espejo, con las piezas que encajaban en él. Ella seguía recomponiendo el rompecabezas. Había logrado terminar con los cabellos.

—Creía que estas piezas formaban una de las horquillas en el pelo, pero no, es un rizo.

—Prueba a colocarlas en el espejo, como están ahora.

—Pero ella no reconocía que hubieran formado nunca parte del espejo.

—Es un sueño —dijo con tono machacón Federico—. No una aparición. No se te da bien dormir sola.

Marga le lanzó una mirada furibunda y siguió con su trabajo. Colocó las piezas junto a las teselas doradas que habían formado el espejo. Allí sí que encajaban. El colgante pendía del cuello sin problemas. Solo le faltaba el rostro de Yilda para completar el mosaico. Aquel era el momento que Marga más estaba temiendo, que los ojos que la miraran desde las diminutas piezas de cerámica vidriada se parecieran demasiado a los de la chica del sueño. Lo temía y lo deseaba por partes iguales.

Yilda se quedó en la casa del río durante el resto de su vida. Como había prometido, Flavio nunca la visitó. Ni Julia, ni Aurelio, ni Cesáreo, ni el tribuno, ni su esposa. Nadie de aquella familia puso jamás los pies en la villa que tan trágicos recuerdos les traía. La joven britana los visitaba de vez en cuando y les llevaba miel, jarabe de rosas y pócimas con las que curaba sus males. Drusa se restableció pocos días después de que Cayo dejara la ciudad, lo que le dio a Yilda buena fama de sanadora entre los miembros de la alta sociedad primero y después incluso entre los esclavos, a quienes no cobraba nada por curarlos. La fama de Yilda llegó hasta Roma. El emperador pidió verla y ella viajó dos veces hasta la capital del Imperio, pero siempre volvió a la que consideraba su casa. En el segundo de los viajes de regreso, Cayo Vinicio la acompañó y le declaró el amor que le había profesado desde que la conoció en su lejana isla. Aunque ella siempre lo había sospechado, escuchar de su boca aquellas palabras de amor la sorprendió. Desde el día en que se despidió de Flavio, nunca más había oído hablar de amor. Rehuía a los hombres que la pretendían. Veía a Flavio cuando visitaba la casa del tribuno, y a veces en el foro, pero apenas uno y otro se atrevían a cruzar las miradas. Fue una noche, junto al mar de Ampurias, cuando Cayo le confesó sus sentimientos tanto tiempo callados. Que no había dejado de pensar en ella ningún día desde que la conoció. Que cuando luchaba en las batallas pensaba en ella, en sus cabellos, en su piel blanca, y eso le daba fuerza para soportar el rostro de la muerte. Que cada noche miraba al cielo, y cuando había luna estaba seguro de que en esos instantes, ella contemplaba lo mismo que él. Y eso le hacía sentirse a su lado, aunque la tuviera lejos y supiera que ella no pensaba en él cuando miraba la luz de la diosa.

Yilda tomó las manos de Cayo entre las suyas y se las llevó a la cara. Por primera vez, los dedos de Cayo acariciaban el rostro y el pelo de la joven a la que había amado en secreto y a distancia. Yilda siempre había apreciado a aquel hombre que desde el primer momento había sido amable con ella. Las palabras de Flavio en aquellos primeros días en Britania la habían fascinado más que la timidez de Cayo Vinicio. Pero guardaba en una de sus jarras los restos de aquel brezo que él había cogido para ella, para que recordara el perfume de su tierra. Yilda nunca había olvidado aquel hermoso detalle que él y no Flavio había tenido con su entonces frágil personita, durante su viaje en Britania de camino hacia las naves. Sentir sus dedos entre los suyos y en su rostro la hizo sonreír de una manera nueva.

—Tengo algo para ti —le dijo él, con la voz entrecortada. Él, acostumbrado a dar órdenes terribles a hombres uniformados, no era hábil con las palabras que expresaban sentimientos que habían permanecido escondidos durante años.

Sacó de entre sus ropas un colgante de oro que representaba a dos abejas que se miraban mientras libaban una flor. Se levantó y se lo puso a Yilda en el cuello. Ella lo acarició y se encontró de nuevo con los dedos de Cayo Vinicio. Tembló cada poro de su piel por primera vez desde aquella tarde con Flavio junto al río. Su piel ya no era tan lisa como antes, ni sus cabellos tan brillantes como entonces. El tiempo había pasado.

—Dos abejas —comentó ella—. Se miran mientras beben de la flor. Es muy hermoso.

—Lo he mandado hacer en Roma para ti. Gracias a las abejas nos salvaste la vida en Britania cuando nos atacaron los pictos. También salvaste mi hombro cuando caí herido. Por entonces yo ya estaba enamorado de ti. Aunque tú solo tenías ojos para Flavio.

Yilda bajó sus ojos al escuchar el nombre de aquel a quien había amado y a quien había renunciado. Volvió a tocar la joya mientras observaba cómo la luna acababa de asomar al otro lado del río, más allá de los árboles y de las nubes. La luna crecía esos días y Yilda pensó que le sonreía, contenta de que su pupila hubiera escuchado por fin palabras de amor.

—No volveré a Roma. —Las palabras de Cayo sonaron en los oídos de la joven como una promesa extraña.

—Te quedarás en Cesaraugusta —afirmó ella.

—Sí, me quedaré contigo si aceptas el amor que te profeso.

Los brazos de Yilda rodearon el cuello de Cayo Vinicio y su cuerpo se acercó al suyo. Nunca la piel de Yilda había tenido tan cerca la piel de ningún hombre. Él posó sus labios sobre los de ella y esperó a que ella respondiera al beso. Apenas tuvo que esperar un segundo antes de que la boca de ella se convirtiera en lo que él tantas veces había deseado y casi nunca se había atrevido siquiera a imaginar. Fue un beso largo, en el que sus bocas se exploraron y sus manos se enlazaron. Sus ojos permanecieron abiertos, como los de las abejas del collar. Yilda y Cayo se miraban mientras se besaban. Mientras bebían el néctar de la flor en que el amor había convertido sus bocas unidas. Los ojos del romano dejaron caer dos lágrimas. Aquella era la primera vez que Cayo Vinicio lloraba de amor. Él, el soldado que había mirado cara a cara a la muerte tantas veces, jamás había sospechado que se pudiera llorar de amor y de ternura.

—¿Lloras? —le preguntó ella—. Nunca creí que te vería llorar, Cayo Vinicio.

Yilda besó sus mejillas y bebió las lágrimas de él. Recordó las suyas en la cubierta del barco y cómo se fundieron con el mar infinito. Estas lágrimas no se perderían en el piélago oscuro. Las lágrimas que Cayo había derramado al sentirse amado se quedarían para siempre con ella.

—Te quiero —le contestó él—. ¿Serás capaz de amarme?
—Ya lo hago.

Siete días después llegaron a la ciudad y tras celebrar el himeneo, se instalaron en la villa junto al río. Casi todos se alegraron mucho, sobre todo Julia, a quien la intuición le había dicho el día que la conoció que Yilda podía convertirse en una rival. Solo Flavio sintió una punzada en el estómago cuando Cayo Vinicio le dio la noticia. Aunque solo veía a la britana en el foro y de lejos, no había olvidado lo que había sentido por ella, y lo que sentía todavía en ese rincón del corazón en el que habitan todos los secretos.

Esa noche, aunque Federico estaba a su lado, Marga volvió a soñar con Yilda. Habían pasado varios años a juzgar por las pequeñas arrugas que la mujer del pelo rojo tenía en las comisuras de los labios y junto a los ojos. Estaba sentada en el patio de una casa desde la que se veía el río, probablemente en el mismo lugar en el que había aparecido el yacimiento arqueológico. Contemplaba el agua mientras un hombre le acariciaba el cabello suelto y el cuello desnudo. Sobre la mesa, el espejo tenía el aspecto que Marga conocía bien. La piedra que había llegado desde la luna estaba rodeada de metal y en el mango había una inscripción. Las que habían sido horquillas se habían transformado en adornos laterales que formaban una media luna rodeada de una serpiente. En la parte superior, las dos abejas de oro se miraban mientras bebían del cáliz de una flor. Esta vez, Yilda no le habló y Marga solo fue espectadora de la escena. Un esclavo trajo una bandeja. La fue a dejar sobre la mesa pero el hombre tropezó y la bandeja se cayó al suelo. Fue entonces cuando los ojos de Marga vieron el mosaico del suelo del patio. Junto a una fuente, la mujer de cabello rojo rizado y recogido por una cinta azul se miraba en el mismo espejo, al que sonreía como si en él viera aquello que se había ocultado a sí misma durante tantos años. Como fondo del mosaico, un cielo estrellado en el que brillaban Venus, Júpiter y la luna, que parecía velar los sueños de las estrellas, de Yilda, y de todos aquellos que sentían el resplandor de sus rayos en la piel. Marga se movió en la cama sin despertarse y sus manos se enlazaron con las de Federico, que contemplaba su respiración pausada y rítmica y sus ojos cerrados. A Federico le habría gustado mirar dentro de los sueños de Marga, pero sabía que hay cosas que son imposibles, y que así deben seguir.

A la mañana siguiente, entraron juntos en el museo con una gran sonrisa, lo que provocó que Manolo se limitara a un «Buenos días» lo más neutral que pudo. Definitivamente, pensó, a esos dos no había quién los entendiera. La directora Ramírez los esperaba en su despacho. El asunto de la piedra lunar la había dejado sin dormir durante toda la noche.

—Ese espejo que ha resultado ser el resto de un asteroide o algo así, con esa inscripción en alfabeto druida me ha quitado el sueño.

—Las ojeras de Ramírez se podían ver detrás de las lentes progresivas de sus gafas—. En cambio, ustedes tienen muy buena cara.

—No nos ha quitado el sueño el asunto del espejo, la verdad —dijo Federico con una gran sonrisa.

—He vuelto a soñar con ella —confesó Marga—. Y no es la primera vez. Llevo tres días, mejor dicho, tres noches, en las que se me aparece en sueños esa mujer.

—¿Qué mujer?

—La dueña del espejo.

—¿Y qué le hace pensar que sea la dueña del espejo? No le hemos visto la cara. ¿En su sueño le ha visto el rostro?

—Sí. Y tiene las horquillas. Y el espejo con la inscripción. Y el colgante. Y vive en una villa junto al río. Con un hombre. Hoy había un hombre por primera vez en el sueño. Un romano. Ahora recuerdo, ayer mencionó un nombre. Me dijo que vivió cerca de donde yo vivo. En la casa de… Ah, no me acuerdo qué nombre me dijo, pero era el nombre de un romano. Pero ella tiene el pelo rojo, como en el mosaico. No parece hija del Imperio. Ella viene de una tierra de colinas llenas de brezo. ¿Recordáis que en una de las vasijas había un tipo de brezo que nunca se ha dado por aquí? Ella me lo ha enseñado. Un lugar junto al mar, en el oeste de Britania. De la zona en que dijo el profesor Ayala que había caído el asteroide. Ella vino de allí, con los romanos. Huyó de su tierra. Huyó de los druidas, estoy segura de que me lo dijo.

—Sabemos que los druidas llevaban mujeres para que les sirvieran. Mujeres que entraban en contacto con los conocimientos sagrados y que no podían salir del bosque en toda su vida. Solo muertas —explicó la doctora.

—Me recuerda al cuento de *Blancanieves* —dijo Federico.

—Es que *Blancanieves* refleja ese hecho. Ella sale del bosque de los enanitos cuando está muerta. Solo el beso de amor del príncipe la devuelve a la vida.

—Y los enanitos —recordó Marga— eran mineros. Y las minas siempre han simbolizado la sabiduría secreta. Los conductos interiores que llevan a los saberes que se ocultan al común de los mortales.

—Efectivamente. *Blancanieves*, como muchos cuentos de hadas, refleja aspectos míticos y universales. En este caso, un hecho concreto referente a lo que hacían los sacerdotes celtas —explicó Ramírez.

—Quizá la chica del espejo huyó de los druidas, la encontraron los romanos y por eso llegó hasta aquí. —Marga recorría con su pensamiento los episodios que había soñado.

—Aquellas viejas religiones adoraban a los astros, especialmente al sol y a la luna, que les parecían luces inexplicables, y por eso las divinizaban. De ahí que aparezca la luna en el espejo —explicó Federico.

—Y en el mosaico. Al menos en mi sueño. El fondo del mosaico sería un firmamento en el que brilla la luna y dos estrellas —recordó Marga.

—¿Y qué me decís de las piezas del espejo, que sirven como decoración del objeto y a su vez son horquillas y un colgante? ¿No os parece que eso puede significar algo?

Elvira Ramírez cogió las piezas y las volvió a engarzar en el espejo. Las sacó de nuevo y observó cada milímetro. Los engarces eran diferentes, pero tal vez era solo el tiempo el que los había desgastado de distinto modo. En ese momento entró Carlos, al que le gustaba pasar algunas mañanas de sus vacaciones en el sótano del museo, porque aparte de la piscina, era el lugar más fresco de Zaragoza.

—Hola a todos.

—Aquí estamos analizando las piezas a la luz de un sueño que ha tenido tu madre —le explicó Federico mientras le revolvía el pelo.

—Si no supiéramos que son horquillas y un medallón —dijo el chico cuando se acercó a los demás—, podríamos pensar que forman una llave.

—¿Una llave? —le preguntó su madre, extrañada por la intervención de su hijo.

—Bueno, en realidad tres llaves para abrir una misma puerta. He visto cosas así en un videojuego de romanos. Vale, vale, mamá, ya sé que no te gusta que juegue con eso, pero es el videojuego que me compraste hace tres navidades. El de la mitología. En uno de los pasos hay que conseguir abrir una puerta colocando a la vez tres llaves en tres cerraduras. Y de verdad que lo que se introduce se parece más a esto que a las llaves de verdad.

Federico tomó en sus manos los tres objetos. Bien mirados, se podía observar que las piezas que se introducía en el marco del espejo eran diferentes. Si solo hubieran sido adornos, el orfebre las habría hecho iguales. No se habría molestado en crear una forma distinta para cada una. La de la horquilla que se colocaba a la derecha era estrecha y tenía un saliente hacia abajo. La de la horquilla contraria era más ancha, más plana y regular. La flor que libaban las abejas en la zona superior tenía dos elementos rectangulares y asimétricos para encajar.

—Quizás Carlos tenga razón y estos tres objetos sean llaves —dijo Federico mientras revolvía el pelo de su hijo—. Creo que tendremos un arqueólogo estupendo en el futuro.

—¿Hay muchos yacimientos en Holanda? —preguntó el chico mirando de reojo a su madre.

—¿Qué tiene que ver Holanda con nuestra investigación? —inquirió sorprendida Ramírez—. Solo nos faltaba otra complicación más.

Marga se acercó a Federico y acarició el espejo. Como si a través de sus manos le estuviera pidiendo que le contara su secreto. Se miró en él, como había hecho Yilda en su sueño. Paseó sus dedos por la inscripción con el nombre de la misteriosa dueña. Se preguntó qué puerta abrirían aquellas llaves que alguien se había molestado tanto en camuflar dentro de un espejo. Apenas veía su rostro reflejado. El tiempo y el imperfecto cristal le devolvían una imagen envuelta en niebla y con el cabello de un color diferente al suyo. Dio un respingo y lo dejó sobre la mesa. Por un momento le pareció ver a Yilda al otro lado del espejo.

Hacía un calor tórrido aquella tarde en la villa junto al río. Yilda no se encontraba bien. Hasta el agua de la fuente salía caliente y no había rincón de la casa donde corriera un poco de brisa. Por primera vez, echó de menos sus colinas pintadas de brezo, el mar y el cielo casi siempre grises de su lejana tierra. Hacía varios días que no encontraba ni las horquillas que le comprara Cayo Vinicio el día que pisó Hispania, ni el collar que le había regalado cuando le declaró su amor. No quería sospechar de ninguna de sus esclavas, pero nunca había perdido nada y aquella desaparición la desasosegaba. Recibió en la casa a dos mujeres embarazadas a las que dio sendos tarros de miel mezclada con sus pomadas para que se frotaran el vientre en cuanto empezaran los dolores del parto y se retiró a su aposento. Pidió una jarra de agua fresca, y su esclava Adriana le sirvió la última que quedaba. Tendrían que ir al nevero que había al otro lado del río para recoger hielo y refrescar la comida y la bebida. Yilda mezcló el agua con el jarabe de rosas que hacía con los pétalos de las flores de su jardín y bebió. En ese momento llegó Cayo.

—Me gusta cuando bebes ese elixir del color de las rosas. Estás aún más hermosa.

—¿Quieres beber conmigo, esposo? Te refrescará.

—Vengo de las termas, así que todo me parece fresco después de los vapores.

—Sigo sin encontrar tus regalos. Creo que esta noche interrogaré a los sirvientes. Quizás ellos hayan visto algún movimiento extraño entre las gentes que entran en esta casa. No soy capaz de sospechar de ninguno de ellos.

—Quizás debieras sospechar de quien es tu esclavo más fiel —le dijo él, mientras besaba su frente.

—¿Y quién es mi esclavo más fiel? —le preguntó ella.

—Tu esposo. O sea, yo.

Cayo levantó el brazo que había estado cubierto por la toga hasta ese momento.

—Todavía no puedes verlo —le pidió él, cuando ella se dio cuenta de que ocultaba algo bajo la tela—. ¿Puedo acercarme a tu cómoda?

—Sí, claro.

El hombre cogió la piedra que le había servido como espejo a Yilda desde que la encontrara en la ladera de una colina tiempo atrás. Tenía una forma ovalada que se había ido perfeccionando y puliendo durante años. La encajó en la estructura de oro que había escondido entre sus ropas. Sacó de una pequeña caja que también llevaba consigo, los tres objetos perdidos y los acopló en el mango y en la parte superior del espejo.

—Cierra los ojos un momento, Yilda, por favor.

Ella lo hizo y esperó a que Cayo se acercara. Enseguida notó su respiración cerca de la suya, y el olor que emanaban de sus ropas, siempre perfumadas con aceites que ella le preparaba con las flores de limones sicilianos que le traían desde la tierra natal de los abuelos de su esposo.

—Ya puedes abrirlos —le dijo él después de colocar el espejo a la altura del rostro de ella.

Fue entonces cuando Yilda vio por primera vez aquello en lo que se había convertido la vieja piedra que llegó desde la luna. Un marco labrado en oro la rodeaba. Sus horquillas desaparecidas se habían convertido en una media luna que semirrodeaba a la piedra, que había quedado coronada por las dos abejas. Por un momento, le vino un extraño recuerdo, como si lo hubiera visto en algún lugar o alguien le hubiera hablado de él, pero desechó la idea porque estaba claro que ni lo había visto jamás ni lo había imaginado. Tenía en sus manos un objeto tan hermoso que apenas se sentía digna de él.

—Fuiste tú quien las robó —acertó a decir Yilda cuando vio aquello que se había convertido en el más hermoso espejo que había visto jamás.

—Sí, y te pido disculpas por ello. Pero hacía tiempo que quería hacer algo especial para ti con estos objetos, que de alguna manera resumen momentos de nuestra historia. Hoy se cumplen siete años desde que vinimos juntos desde Roma y tú aceptaste mi amor. Desde aquel día, no he dejado de dar las gracias a los dioses que te pusieron en mi camino en Britania. Desde Diana a Hera pasando por Venus. Incluso a Marte, pues te conocí gracias a la guerra. Eso es algo que me ha hecho pensar muchas veces, amada mía, cómo de un momento terrible pueden nacer instantes hermosos, y caminos hermosos también en medio de la destrucción. No me gusta la guerra, a pesar de que haya sido soldado. Lo fui porque era lo que se esperaba de mí, y no conocí otra cosa en mi juventud. Pensé que mi vida después de las batallas transcurriría tranquila en Roma, cerca del emperador. De los emperadores que me tocase ver. Creí que pasaría la última parte de mi vida cerca de mi villa en Agrigento, en el lugar donde crecen los limones —sonrió al recordarlos—. En cambio, aquí estoy, en este lugar que solo se parece a mi tierra en el calor estival, junto a una mujer a la que conocí casi como una niña que había salido de un bosque misterioso en lejanas y desconocidas tierras. Una niña que tenía grabado el miedo en el rostro. Un miedo que fue desapareciendo día a día en aquel viaje hasta que llegamos a las naves. Y que apenas regresó un par de veces a tus ojos. Cuando mandé hacer este colgante con las abejas en Roma, yo no sabía si me ibas a aceptar o no. Siempre pensé que no dejarías de amar a Flavio, pero tenía que arriesgarme. La vida no es eterna, y si no nos arriesgamos a decir lo que sentimos, podemos perder toda la belleza que somos capaces de crear para los demás. Y que los demás pueden crear para nosotros. Tal vez fue eso lo que le pasó a Flavio, que no se arriesgó lo suficiente contigo. —Al oír el nombre de Flavio, Yilda sintió una punzada muy leve, levísima en su estómago—. Pero no vamos a hablar de él ahora. El colgante con las abejas era para mí un símbolo de tu sabiduría, de cómo salvaste mi vida con tus pócimas y tus ungüentos con miel cuando caí herido. Y de cómo salvaste a mis hombres en la emboscada de los hombres pintados. También era un símbolo de esta casa, que aunque suponga un recuerdo atroz para otros, era el lugar en el que tú morabas, y ya para mí lo convertía en un espacio sagrado.

Yilda se levantó del diván donde estaba recostaba y besó los labios de su marido. Él aspiro el olor y el sabor al jarabe de rosas que ella acababa de beber, y la abrazó con toda la ternura con la que siempre lo hacía.

—¿Recuerdas cuándo te compré estas horquillas? —continuó Cayo—. Fue cerca de las murallas de Lucus Augusti, en aquel mercado en que adquirimos viandas para la tropa, después de llegar a la costa desde tu tierra. Las elegiste tú, no sé si por las serpientes o porque te recordaban la línea de la luna cuando empieza a llenarse. Cuando las vi, pensé que ninguna otra mujer podría lucirlas tan bien como tú. El color de fuego de tus cabellos parece aún más encendido con ellas.

La mujer sonrió al recordar aquel día. Se había alegrado tanto al ver que Cayo se había recuperado de sus heridas en el otro barco, que el dolor de saber que Flavio estaba prometido con la hija de Claudio había sido menor. Al menos así lo había querido recordar su memoria, que no es tan caprichosa como parece.

—Fue en el momento en el que te las vi puestas en el pelo cuando supe que no podría amar a ninguna otra mujer. Conocía tu preferencia por Flavio, que era más joven y más apuesto que yo, pero algo dentro de mí me decía que tal vez algún día… Si el destino nos había puesto en el mismo camino, tan lejos de mi patria, sería porque aquella era la voluntad de los dioses. Y antes o después se cumpliría. Y se cumplió.

—¿Y el espejo? ¿Por qué unir las horquillas y el colgante precisamente con mi viejo espejo? —le preguntó Yilda mientras acariciaba los cabellos de Cayo Vinicio.

—Tu viejo espejo —repitió él, como un anciano eco que viniera de colinas lejanas—. Uno de los misterios de tu vida que aún no he conseguido averiguar. ¿Sabes que he intentado mirarme en él muchas veces pero nunca lo consigo? Jamás me devuelve mi imagen.

—Es que solo es mío. Está acostumbrado a mí y solo ve mi humilde persona —respondió ella, con rubor en sus mejillas. Jamás había hablado a nadie de su espejo.

—Los espejos no tienen voluntad. Son cristales. Piedras. Una piedra extraña no es un ser que pueda pensar. Ni un dios que pueda tomar decisiones —afirmó Cayo.

—En eso te equivocas, querido esposo.

Yilda se levantó con el espejo en la mano. Se le hacía extraño verlo rodeado de aquellas joyas, convertido él mismo en una joya. Se miró en él y vio el cabello ondulado que enmarcaba su rostro y el collar de cristal que acariciaba su cuello, y que había comprado durante una de sus visitas a Roma.

—Esta piedra no es una piedra cualquiera, Cayo Vinicio. Llegó una noche desde muy lejos. Aquella tarde había espiado a los hombres sabios y habían hablado de que se esperaba una lluvia de estrellas, como suele acaecer en el mes del viejo emperador. Vimos las luces de las estrellas que bailaban en la bóveda celeste. Pero una de ellas llegó hasta nuestras colinas. Hubo un gran resplandor y los hombres salieron del bosque para encontrarse con ella. Recogieron cientos de pedazos pequeños, grandes, de todos los tamaños. Un día, me mandaron a recoger hierbas, y yo me acerqué en secreto hasta el lugar donde había caído la estrella. Quedaban todavía restos. Cogí este trozo que se convirtió en mi espejo, porque desde el primer momento vi mi rostro en él. ¿Sabes, Cayo? No fue ninguna estrella la que cayó. Fue un rayo de la luna, que me mandaba así una señal, un regalo. Desde que era muy pequeña, mi abuela me había enseñado a amarla y a pedirle por los enfermos y a decirle plegarias cuando tenía un problema.

Los años en que estuve cautiva de los druidas, hablaba con ella cada noche. La convertí en la madre a la que nunca conocí. La luna estaba tan lejos y tan cerca en mi pensamiento como mi madre. Este espejo fue su regalo, para que por fin pudiera ver mi cara tal y como la veían los demás. Tal y como la veían ellas, la luna y mi madre, desde el lugar en el que se mecen en el cielo. La noche anterior a escaparme de la cueva, oí hablar de mí a los hombres sabios. Iban a sacrificarme a la diosa. A ella, a la luna. Lloré en silencio en el rincón que tenía asignado para dormir. Entonces mis lágrimas cayeron sobre la piedra, y vi por primera vez un rostro que no era el mío. Ni el de nadie que conociera. Era ella. Tenía que ser ella, vestida de azul como el cielo, que me llamaba y que me pedía que escapara. Que me marchara lejos, que atravesara el bosque y que me fuera lejos de aquellos lugares donde solo me aguardaba la muerte. Me fui y os encontré junto al mar. Te encontré y sí, de mi rostro se fue borrando el miedo.

—¿Ella? ¿Quién era ella? —le preguntó Cayo Vinicio.

—Ella. La luna. Mi madre —respondió Yilda.

Cayo se acercó a Yilda. Le acarició el cabello y acercó su cara a la suya. Sus labios a los suyos. Su beso fue largo, lento, y sabía a rosas más que nunca.

La explicación que Ramírez había dado al cuento de *Blancanieves* había dejado a Marga muy pensativa. Estaban cenando los tres cuando sonó el teléfono fijo. Era don Nicolás, que llamaba ya desde su casa, de vuelta del viaje de novios con Paquita.

—Mañana pasaremos a recoger a Hermione. Paquita la ha echado mucho de menos —le dijo a su hija.

—¿Y tú?

—No, yo no la he echado en absoluto de menos. Ya sabes, Marga, que a mí los gatos ni me van ni me vienen.

—No me refería a la gata. Me refería a nosotros. Si nos has echado de menos.

Don Nicolás se quedó callado unos segundos.

—No, mucho, hija. La verdad. En los viajes de novios no se echa de menos ni a las hijas, ni a los nietos, y mucho menos a los yernos. Ya perdonarás.

—¿Y mamá? —le preguntó Marga, ante la mirada extrañada de Federico, que no sabía nada de la pérdida de la maleta.

—Aquí la tengo. Sana y salva. Hasta mañana, hija, que duermas bien.

—Igualmente, papá. Igualmente.

Marga respiró hondo y se sentó en el sofá, donde padre e hijo jugaban al videojuego de los romanos. Nunca se había planteado lo de tener una madrastra. La palabra ya de por sí era fea, pensó. Mucho más bonita en francés o en noruego o en inglés. Pero en castellano, un horror, «madrastra». Ese pensamiento la volvió a llevar a *Blancanieves*, a los druidas, a la chica del espejo, a una nueva versión cinematográfica que había visto del cuento en el que la protagonista no se despertaba con el beso del príncipe, que era un chico culto y refinado, sino cuando la besaba el leñador que era bruto y musculoso. Eso la había dejado muy preocupada, por el mensaje machista que subyacía en la película, y así se lo había comentado un día a Carlos y a Elena, que no lo habían visto de esa manera. «Claro —había pensado y dicho Marga—, eso es lo que pretenden los que hacen ese tipo de películas. Que creáis que la chica no necesita de un príncipe para ser feliz, pero lo que de verdad está diciendo es que no necesita a un chico educado y refinado sino a un bruto que la brutaliza».

—Creo que voy a irme a la cama —anunció Marga, y ninguno de sus dos hombres le hizo ningún caso. Ni Federico ni su hijo, que siguieron jugando con el videojuego.

—Sois como niños —les reprochó desde el cuarto de baño, después de lavarse los dientes.

—Sí —afirmaron al unísono Carlos y su padre.

Marga se puso el camisón de raso azul que tanto le gustaba y se metió entre las sábanas. Se quedó leyendo un buen rato y antes de que llegara Federico se quedó dormida.

Volvió a soñar con el paisaje de brezo y colinas. Pero esta vez estaba sola y llegaba hasta un bosque cerrado, lleno de robles y de avellanos. El suelo estaba plagado de esos frutos que tanto le gustaban a Carlos. Se agachó, les quitó la cobertura exterior y se metió unas cuantas avellanas en el bolsillo del camisón. Le pareció que había caminado mucho rato cuando llegó a un claro en el que había una piedra plana dispuesta a modo de altar y un roquedal. Entre las rocas, se abría una caverna de la que salía luz. Oyó voces de hombres, pero no entendió nada. Le pareció que hablaban la misma lengua que la muchacha del pelo rojo con la que había soñado los días anteriores. Su respiración se agitó. A pesar de no comprender sus palabras, su cerebro captó que decían cosas terribles. Era como si los sonidos que emitían fueran las campanas que doblaban a muerto en su pueblo cuando era niña. Marga entendió que había alguien en peligro. Salió de la entrada de la cueva y se sentó en la piedra. Sobre ella había un cristal ovalado en el que se reflejaba la luna. Marga lo puso delante de su cara. Le había parecido un espejo, pero no le devolvió su imagen, sino la de la chica de sus sueños. Estaba llorando. Entonces Marga entendió que era la joven quien estaba en peligro. Le habló, le dijo que debía huir de los hombres del bosque, que planeaban sacrificarla a la diosa lunar. Le habló con su silencio, pero en los ojos de la muchacha supo que ella la había entendido. Oyó ruidos cerca y se escondió en el bosque. Encontró el hueco de un roble y allí permaneció hasta que salió el sol, pasó el día y volvió la luna. La oscuridad le permitió salir de su escondite, y entonces la vio. La chica del pelo rojo surgió de la cueva con un saco a sus espaldas. Pasó a su lado, pero no la vio. En cuanto entró en el bosque, la muchacha echó a correr. Se giraba de vez en cuando para comprobar que nadie la seguía. Marga iba detrás de ella, pero la chica no la veía. Marga le daba ánimos e intentaba transmitirle su fuerza, pero ella no la escuchaba. Solo tenía miedo. Marga nunca había visto tanto miedo en un rostro. La muchacha corría entre los árboles. Sabía que no podía parar si quería salvar la vida. Su pecho subía y bajaba al ritmo de su respiración, que se iba haciendo cada vez más rápida y sonora.

La respiración de Marga se agitó aún más y se despertó en medio de sollozos. Federico estaba a su lado y le acariciaba las mejillas.

—Vamos, tranquila, querida. Solo ha sido una pesadilla. Yo estoy aquí contigo. Todo está bien.

Marga se incorporó y vio a Federico en su cama. Se abrazó a él y siguió llorando aferrada a su hombro.

—La he vuelto a ver. Era ella.

—Era un sueño, sin más.

—Era ella. La chica del mosaico. Y del espejo. Estoy segura. Vivía con los druidas en una cueva del bosque. La iban a sacrificar. Como a Blancanieves, no podía salir del lugar sagrado. Había entrado en contacto con saberes ocultos y ellos no iban a permitir que se fuera. La iban a matar. Lloraba y yo le he dicho que tenía que escapar y marcharse lejos de allí. Y ella ha huido. Temblaba de miedo. Nunca he visto a nadie con tanto miedo. Ni a mi madre cuando supo que iba a morir. Ni a Carlos, cuando sufría los terrores nocturnos cuando era pequeño. Huyó de los hombres sabios del bosque y la encontraron los romanos. Por eso vino a Hispania. Por eso hay brezo en una de las cráteras. Por eso se llama Yilda, que es un nombre celta. Por eso la inscripción está en caracteres del alfabeto de los druidas. Ella no era romana. Era de Britania. Tengo que recuperar su cara en el mosaico. Estoy segura de que ella quiere que lo haga. Por eso me mira en los sueños y me muestra su rostro. Mañana voy a dedicar todo el día a restaurarlo.

—Será mejor que intentes dormir, Marga. Voy a prepararte una tila.

Federico se levantó y entró en la cocina. Allí estaba Carlos, que se había despertado al oír a su madre y se estaba bebiendo un vaso de leche fresca.

—Mamá ha tenido una pesadilla. Ya está bien. Pero voy a prepararle una tisana.

—Se obsesiona demasiado con algunas investigaciones —reconoció Carlos—. Se mete tanto dentro que es como si al tocar los objetos viejos se introdujera en la mente de quienes los tocaron o los poseyeron hace miles de años.

—Eso es fundamental para ser un buen arqueólogo, Carlos. Lo que pasa es que en este caso tu madre lo está llevando inconscientemente al extremo. Sueña con alguien que se llama Yilda y que es la dueña del espejo. Hasta esta noche, no había nada desagradable en los sueños, pero hoy lo ha mezclado con lo que ha contado esta mañana Ramírez en el museo, lo de Blancanieves y los druidas. Y ha soñado que a la tal Yilda la iban a sacrificar a la diosa de la luna. Pero bueno, al final se ha salvado, claro, por eso llegó hasta aquí, a la Zaragoza romana —le explicó su padre, mientras se calentaba el agua para la tila—. Y ahora, mejor te vas a la cama y te duermes tú también. Y no sueñes con Yilda.

—Bastante tengo con soñar con Elena. Bueno, quiero decir, que me gustaría soñar con ella. Pero no lo consigo. Desde que me dijo que se iba a Holanda, no me ha vuelto a visitar en mis sueños.

—A eso se le llama «mecanismo de defensa». Y ahora, a dormir.

Cuando Federico llegó a la habitación, Marga ya se había quedado dormida de nuevo. Esta vez no soñó con brezos, robles ni druidas. Estaba en una tumbona en una playa. Los avellanos y los árboles del bosque celta habían sido sustituidos por limoneros y ella llevaba un modesto biquini amarillo.

A la mañana siguiente de su confesión sobre el espejo, Yilda se volvió a mirar en él. Le pareció que algunas de sus incipientes arrugas habían desaparecido. Fue al tocar una de las viejas horquillas cuando se dio cuenta de que eran desmontables.

—No te preocupes, no se ha roto —la tranquilizó su marido—. He querido que puedas usar estos tres objetos por separado cuando desees, y que estén unidos también cuando tú quieras. Ayer ya no me dio tiempo de explicártelo. —Yilda se ruborizó cuando recordó lo que había ocurrido la noche anterior.

Cayo desmontó las piezas, que quedaron sobre la mesa. Yilda se dio cuenta de que los engarces eran diferentes.

—Tal vez estés pensando que el orfebre ha tenido poco cuidado. Pero no ha sido así. Hay un porqué para que las piezas encajen de manera diferente. Ayer te conté que todo tiene que ver con nuestra historia. Y esto también.

Cayo Vinicio cogió el colgante con las abejas. La parte que encajaba en el marco tenía la forma de una «Y».

—¿Te parece familiar? —le preguntó.

—Parece la «Y». La letra por la que empieza mi nombre.

Su esposo le mostró las dos horquillas. La de la izquierda parecía una media luna, y la de la derecha formaba un ángulo de cuarenta y cinco grados.

—La luna, el ángulo —musitó Yilda.

—No. La «C» de Cayo. Y la «V» de Vinicio. Es el comienzo de nuestros nombres. Como el comienzo de nuestra historia, de nuestro amor. Muchas personas podrán ver este espejo. Pero nadie sabrá nunca lo que significa todo lo que hay en él.

—Entonces —dijo Yilda con una sonrisa—. Deja que yo también escriba algo que nadie más podrá descubrir.

Yilda cogió el punzón con el que escribía sobre las tablillas de cera, e hizo unas marcas horizontales y oblicuas en el mango del espejo. Luego trazó otras rayas alrededor del marco. Muy pequeñas, apenas perceptibles para sus agudos ojos, y que seguro que nadie más podría distinguir.

—Aquí pone Yilda. Y ahí está escrito tu nombre, Cayo Vinicio.

—¿Esas líneas? —preguntó su esposo.

—Es el alfabeto secreto de los druidas. Ahora nuestros nombres están unidos en este espejo. En tu idioma y en el mío. Para siempre.

Apenas había amanecido y la luna todavía estaba en el cielo claro. Estaba menguante y parecía que les dedicara una sonrisa infinita a los dos amantes. Salieron al atrio que daba al río. La brisa mecía las cañas y su sonido era una música monótona y amable a los oídos de Yilda y de Cayo. Cuando llegó a Hispania, la joven britana no pensaba que pasaría sus días en una villa en la que habían ocurrido cosas terribles, pero en la que ella había conseguido amar y ser amada. No pensaba que conocería el amor a través de aquel hombre que había sido el primero en reconocer a la gatita que ella se había encontrado en las colinas de su isla. El primero que le había hablado en la lengua de Roma, que ella había aprendido en secreto durante sus años en la cueva de los druidas.

Cuando huía en el bosque, y miraba hacia atrás, y le parecía oír ruidos amenazantes, no pensó que, un día, su nombre y el de un patricio romano estarían unidos alrededor de la piedra que había venido de la luna.

Yilda se inclinó ante la diosa, que estaba a punto de desvanecerse en el infinito azul, y lloró de amor. De amor al hombre que tenía a su lado, pero sobre todo de amor a todo lo que la vida le había regalado hasta entonces. Y de amor a todo lo que ella había sido capaz de regalarle a los demás, a pesar de todo.

Cuando Marga llegó al museo, se encontró con Elena que la esperaba en la puerta. La chica le había puesto un wasap y ella le había dicho que se podían encontrar en el museo. Las dos habían madrugado más de la cuenta. Federico se había quedado desayunando con Carlos, pero Marga no podía esperar más. Elena había pensado despedirse de Marga a solas, sin Carlos.

—Buenos días, Elena, ¿qué tal van los preparativos de tu viaje?

—Bien. Ya tengo todo preparado. Los papeleos han ido bastante rápidos. Quería despedirme de ti, así, a solas.

—Pues yo me alegro mucho de que lo hayas hecho, Elena. Pero hoy tengo una prisa atroz. Estoy a punto de averiguar algo muy importante, así que me he levantado tempranísimo para trabajar. Y ya ves, ni Manolo está por aquí. Ven conmigo y nos despedimos mientras me cambio de ropa.

Entraron en el museo y se encontraron con Manolo que iba hacia la puerta, ya con el uniforme, terminando de abrocharse el cinturón. Lo saludaron con un «Buenos días» apenas audible, y él pensó que por qué alguna gente tenía la fea costumbre de llegar a trabajar antes de la hora. Hacían que los demás quedaran fatal. Sobre todo si iban a trabajar en un día de fiesta. Era sábado y Marga no tenía por qué estar allí. Movió la cabeza de un lado a otro, pero no dijo nada. Se colocó en la puerta con la postura más digna que encontró.

—Solo quería despedirme —repitió Elena cuando estuvieron en el almacén.

—Bien. Espero que te vaya muy bien en el *ballet*.

—¿Crees que he hecho bien? —Apenas se atrevía a hacerle esta pregunta a la madre de Carlos.

—¿Y por qué te parece importante lo que yo pueda pensar? No lo es. Lo que tú crees al respecto es importante. A mí no me gusta que mi hijo lo pase mal porque su novia se vaya a Ámsterdam, pero se le pasará, y aprenderá de las dos cosas: de tu ausencia y del hecho de que el dolor por tu ausencia se le acabará. Yo soy experta en ausencias, ya sabes, así que no tengo mucho que decir. Es tu vida, Elena. Se te ha presentado una oportunidad que a lo mejor no vuelve a llamar a tu puerta nunca más. Hay que agarrarla. De lo contrario te arrepentirías. Y si abandonaras tu proyecto por no dejar a Carlos, se lo reprocharías siempre. Y tú te lo reprocharías cada día. Yo creo que has hecho lo que tenías que hacer.

Elena abrazó a Marga, y esta le acarició el pelo detrás del cuello. A Marga le habría encantado tener una hija como ella. Sonrió con los labios muy apretados. Casi tanto como su abrazo.

—Y ahora me voy. Tienes mucho trabajo y yo he de ultimar detalles del viaje.

—Bien. Seguimos en contacto. El wasap es gratis, también en Holanda.

—Sí.

La chica se marchó de nuevo con la sensación de que tal vez aquella era la última vez que ponía los pies en aquel sótano, en el que tantas cosas había aprendido, incluso de su propia familia, como con aquel asunto del broche que apareció en una caja de música.

En cuanto salió por la puerta, Marga intentó no pensar en la marcha de Elena y en la decepción amorosa que le suponía a su hijo. Enseguida se puso manos a la obra. Volvió a unir por colores todas las piezas que tenía, salvo el pelo ondulado de la mujer. Buscó las teselas blancas ligeramente plateadas, y efectivamente, se podía crear con ellas la forma de dos planetas y de parte de la luna. Marga no consiguió completar la redondez del astro nocturno. Siguió con el fondo, azul oscuro con pequeños puntos plateados, estrellas que parecían ojos que miraran el rostro de la desconocida que poco a poco iba surgiendo de los dedos de Marga, que iba resolviendo el rompecabezas con los recuerdos de su sueño. El espejo apareció casi completo, con las dos horquillas, pero sin el colgante, que pendía del cuello de la mujer. El vestido blanco y dorado, y los cabellos sujetos por una cinta también blanca y dorada.

Por fin, apareció la cara de Yilda, sus ojos verdes no se miraban en el espejo, sino que contemplaban a quien la observaba. A Marga le dio un escalofrío. Sí. Aquella mujer que se le aparecía ahora con el rostro dividido en cientos de minúsculos fragmentos era la misma con la que había soñado las noches anteriores. La misma que había llorado ante la piedra que llegó del cielo, y a la que había advertido que debía huir de los druidas. Ahora ambas se miraban, inmóviles y silenciosas. Yilda miraba a Marga desde el pasado, dos mil años atrás, en la villa del río. Marga la contemplaba desde el presente, en el museo, a escasos kilómetros de la casa en la que había vivido la joven que llegó de Britania.

Una melodía en el teléfono de Marga rompió el silencio. Era su padre, que estaba en su casa. Había ido con Paquita para recoger a Hermione.

—Estoy trabajando.

—Pero hoy es sábado —le recordó don Nicolás.

—No podía dejar lo que estaba haciendo. ¿Habéis encontrado bien a la gata?

—Paquita dice que ha engordado. Hay que tener más cuidado y no dejar que coman demasiado. No es bueno que los gatos engorden.

—No me eches la bronca. Bastante he hecho con aguantarla. Sabes que nunca me ha gustado tener animales en casa. Cuando Carlos era pequeño, quería un perro, y me costó muchas lágrimas suyas y disgustos hasta que lo convencí de que no podíamos tener un perro. Y ahora he tenido que hospedar a esa arañadora y destructora de colchas familiares.

—¿Ha roto algo? —preguntó don Nicolás,

—Se ha cargado la cubierta de ganchillo que hizo mi madre y la lámpara preferida de Federico, que valía un dineral, el primer día que vino. A punto estuve de estamparla contra una pared, pero me contuve. En algunas civilizaciones los gatos eran animales sagrados, y no quise indisponerme con los dioses. Nunca se sabe.

—Seguro que Paquita te hace un buen regalo para compensarte. De hecho, te hemos traído algo que seguro que te hace ilusión.

—Papá, quiero que os quede una cosa muy clara, tanto a Paquita como a ti.

—¿De qué se trata, hija?

—No estoy en venta. Mis sentimientos tampoco lo están. Paquita es mi madrastra. Y por mucho que intente ser amable conmigo, no será nunca mi madre. Cuanto antes lo entienda ella y lo entiendas tú, mejor para todos. Y ahora, papá, tengo que dejarte. Estoy terminando un trabajo que necesita toda mi atención. Y deja a mi madre tranquila. Júrame que no te la volverás a llevar dentro de ninguna maleta. Sabes que no le gustaban los aviones.

Marga sonrió al recordar la ocurrencia de su padre de viajar con las cenizas de su madre. Tal vez había sido un poco brusca en sus comentarios, pero pensó que era mejor así. Cuanto antes supieran su padre y su mujer lo que pensaba, mejor para todos.

Volvió a su mesa de trabajo, donde la esperaba la mirada amable de Yilda. Fue entonces cuando se dio cuenta de que la luna estaba incompleta. Como si en algún momento algo se hubiera caído y hubiera roto esa parte del mosaico. De repente, recordó uno de los sueños, en los que a un esclavo se le caía una bandeja que golpeaba el suelo y destrozaba una pequeña parte. Le dio un escalofrío y juntó las palmas de sus manos. Sí. Sus sueños no eran solo sueños. Algunos de aquellos episodios habían sido como revelaciones de lo que había ocurrido dos mil años atrás. Y la sonrisa de Yilda no hacía sino corroborar sus sensaciones. Era como si le afirmara sus pensamientos. Se levantó y fue al baño a llenar su vaso de agua. Lo bebió de un trago y se lavó la cara. El calor le hacía perder el sentido común. Pero no era la primera vez que le ocurría, pensó. Vivía demasiado intensamente las historias de los objetos y de los personajes que habían existido detrás de ellos. Para ella, tocarlos era como introducirse dentro de un libro y vivir las vidas de los personajes. En el libro, a través de las palabras, en la arqueología, a través del tacto. Marga le sonrió a Yilda y elevó el vaso con el agua como si brindara por ella. Respiró profundamente y llamó a Ramírez por teléfono. Era sábado y no respondió. La jefa desconectaba siempre el móvil en cuanto salía del museo el viernes por la tarde. Le dejó un mensaje en el que le comunicaba que el rompecabezas ya estaba resuelto y que dejaba las piezas sin pegar, para que ella le diera el visto bueno el lunes por la mañana.

Le costó dejar de mirar a Yilda, pero no podía pasarse allí todo el día. Era como si el silencio y el tiempo que había transcurrido entre la vida de la una y de la otra, les hablaran a ambas. Marga se despidió de Yilda. Tocó las teselas que ya no eran pedazos de cerámica, sino piel, ojos y labios de una mujer que había estado viva, y que de algún modo volvía a estarlo. Posó sus dedos en los cabellos cobrizos y los acarició. En ese momento, tuvo la sensación de que Yilda había hecho un leve movimiento con su cabeza.

Cubrió el mosaico con un papel de seda especial y lo sujetó a la mesa con las grapas de madera que utilizaban en esas ocasiones. Así no había peligro de que se dispersaran las teselas accidentalmente. Se cambió de ropa y se vistió sin dejar de pensar en el rostro de Yilda, y en sus ojos. Sentía que sus miradas se habían encontrado en algún lugar del aire que ambas habían respirado. En algún ámbito más allá del tiempo y del espacio. Cerró la puerta sin volverse a contemplar el interior de la sala, así que no se dio cuenta de que había entrado una abeja a través de la ventana que se había quedado abierta.

Elena se fue a la academia de *ballet*. Allí estaba su padre con van der Leyden, recordando los viejos tiempos en los que ambos eran capaces de saltar en zancadas laterales y caer en equilibrio sobre un solo pie.

—Nuestra carrera es poco perdurable. —Fueron las palabras que oyó Elena a su padre antes de entrar en la sala. Se quedó quieta para que no supieran que los escuchaba—. Mucho esfuerzo para nada. Al final todo se queda en nada.

—¡Cómo puedes decir eso precisamente tú! ¡Qué importa el final! Lo que importa es todo lo que eres capaz de crear cada día, para ti y para los demás. Y para la gloria de la propia música y de la belleza. Este mundo no sería nada sin la belleza. Y el artista es el instrumento que le da forma —replicó el holandés, mientras el pianista asentía con la cabeza.

—Pero hay tanto trabajo detrás de cada paso de baile. Detrás de cada posición, de cada giro, de cada salto. —Álvaro pensaba en el cambio que iba a dar la vida de su hija y se preguntaba si merecía la pena.

—Hay trabajo detrás de todo lo que se consigue. ¡Ay de quien logra triunfos sin esforzarse! Eso, al final sí que es vano e inútil. El bailarín crea belleza a través de su gracilidad y del esfuerzo ímprobo. Y la belleza es lo más útil que existe en este mundo, porque es el amor y la apreciación de la belleza lo que nos diferencia de los animales. Que no se te olvide. Elena estará bien. Tendrá que luchar, pero conseguirá ser una gran bailarina. Logrará compartir su emoción y su arte con el público. Y, acuérdate de cuando tú lo hacías: no hay nada que se pueda comparar a eso.

En ese momento, Elena decidió entrar en la sala. Después de saludarse, van del Leyden le pidió al pianista que tocara el solo de «Julieta» con la música de Tchaikovsky, del que él mismo había creado una coreografía para Elena.

La joven bailarina respiró profundamente y cerró los ojos. La música la envolvió como un enjambre de abejas rodearía a la abeja reina en su danza misteriosa. Sus brazos tocaban el aire pero era a Carlos a quien acariciaban. Abrió los ojos para ver sus movimientos en el espejo. Los giros terminaban con los talones cada vez más juntos sobre las puntas. Sintió que quien se movía al otro lado del espejo no era la misma criatura que estaba a punto de viajar a la ciudad de los canales. No. Quien seguía las notas de la música que invadía cada centímetro cúbico de aire era Julieta. La desdichada y enamorada Julieta. La música la transformaba y convertía su cuerpo en un instrumento más del mundo. Un instrumento que servía para crear y transmitir la belleza de la que tan necesitados están todos y cada uno de los seres humanos. Como Carlos. Como ella. Un instrumento que transformaba a quienes estaban a uno y a otro lado del espejo. Elena transformaba a Julieta. Y Julieta transformaba a Elena.

Cuando las manos del músico dejaron las teclas del piano, todo quedó en silencio. Elena salió sin decir nada, como Julieta en busca de Romeo en la noche de Verona.

Como Yilda mirándose al espejo en la villa junto al río. Y mirando a Marga en la sala del museo.

Como Marga y Federico en su paseo abrazados por el parque al atardecer. Marga, pensando en el rostro de Yilda que le habían devuelto las teselas milenarias. Federico, sonriente porque había decidido quedarse en la ciudad y Marga lo había vuelto a aceptar en su casa.

Como Carlos, cuando en su habitación recordó la tarde que había disfrutado con Elena. No habían contado sus besos, como en el poema del romano Catulo, pero Carlos estaba seguro de que habían sido más de mil. Tal vez más de dos mil, como los años que hacía que Yilda y Cayo Vinicio habían vivido no lejos de la orilla del mismo río donde Carlos y Elena habían decidido que seguirían juntos a pesar de la distancia.

Carlos se levantó y fue al baño. En el suelo encontró tres avellanas. Se preguntó qué hacían allí, fue a la cocina, las abrió y se las comió. Aquella noche de verano la temperatura era tan alta como solo puede serlo en Zaragoza. Maldijo a los romanos por haber fundado la ciudad en aquel lugar del valle del Ebro en el que o hacía mucho calor, o mucho frío, o soplaba un viento que se convertía en huracán en la mayoría de las esquinas de la ciudad. Salió a la terraza y se sentó un rato. El aire mecía los árboles que bordeaban el canal, y su oído captó el ulular de un búho, que se escondía en algún rincón no muy lejano. La luna caminaba solitaria en el cielo. Redonda, más llena y más grande de lo que Carlos recordaba. Carlos pensó que cuando Elena estuviera en Ámsterdam, por la noche verían la misma luna y aquello sería algo parecido a estar juntos. Aunque sabía que aquella reflexión era más propia de un mal poeta anticuado que de él, no pudo ni quiso dejar de hacerla.

Elena tampoco podía dormir. Se había vuelto a duchar y se había puesto el camisón sin secarse. Había salido a la terraza y también se había sentado en su rincón favorito, desde el que veía todas las flores de su terraza, que a pesar del calor sobrevivían en el tórrido verano de la ciudad. Pensó en los canales y en las flores que seguramente habría en cada rincón de Ámsterdam. Un rayo de luna entró en la terraza y se apoyó en sus piernas. Elena acarició aquel regalo que le llegaba desde la bóveda celeste y sonrió a aquel círculo plateado que flotaba en medio de aquella nada que le parecía el universo. Pensó en las estrellas que veía y que ya no existían. Y en otras que seguramente estaban allí y que nadie podía ver. Pensó que la vida es una suma de sueños, de deseos, de nadas y de infinitos.

Pensó que Carlos formaba parte de esa suma. Y que era hermoso ser parte de una suma y no de una resta.